新潮文庫

教皇暗殺

1

トム・クランシー
田村源二訳

新潮社版

7394

教皇暗殺

1

主要登場人物

ジャック・ライアン……………………………ＣＩＡ分析官
キャシー・ライアン……………………………ジャックの妻。眼外科医
ダン・マリー……………………………………ＦＢＩ海外駐在官
サー・バジル・チャールストン………………英ＳＩＳ長官
サイモン・ハーディング………………………英ＳＩＳ職員
エミール・ジェイコブス………………………ＦＢＩ長官
ジム・グリーア…………………………………ＣＩＡ情報担当副長官
ボブ・リッター…………………………………ＣＩＡ工作担当副長官
アーサー・ムーア………………………………ＣＩＡ長官。元判事
エド・フォーリ…………………………………ＣＩＡモスクワ支局長。新任
メアリ・パット（ＭＰ）………………………ＣＩＡモスクワ支局職員。エドの妻
ナイジェル・ヘイドック………………………英ＳＩＳ職員。エドの隣人
アーネスト・フラー……………………………駐ソ・アメリカ大使
レオニード・ブレジネフ………………………ソ連共産党書記長
ユーリー・アンドロポフ………………………ＫＧＢ議長
ドミトリー・ウスチノフ………………………ソ連国防相。陸軍元帥
オレグ・ザイツェフ……………………………ＫＧＢ通信将校
アレクセイ・ロジェストヴェンスキー…アンドロポフの補佐官
ルスラーン・ゴデレンコ………………………ＫＧＢローマ駐在官

ダニー・Oと第五十二消防車隊・第五十二梯子車隊《はしごしや》の男たちに捧《ささ》ぐ

英雄はごく普通の男たちであることが多い
——ヘンリー・デイヴィッド・ソロー

謝辞

手をにぎって、いまはない鉄のカーテンの背後に導いてくれ、密出国の短期集中講座もしてくれたリーナート、ジョニ、アンディに感謝。

もちろん、もう一方の手をずっとにぎっていてくれたアレックスにも。

そして、ハー・マジェスティーズ・ロイヤル・パラス・アンド・フォートレス（ロンドン塔）のトムと仲間たちに。あれほど素晴らしい男の集団は、そうは見つからない。出会えたのは稀有《けう》な喜び。

ふらりと立ち寄った訪問者を快く迎え入れてくれたブダペストのアメリカ大使館員たちにも感謝。

さらに、マイケル、メリサ、ギルバート、指揮官のマーシャにも。きみたちはきっと卓越したプロになる。

人生でもっとも重要なことは、善悪を見きわめて魂を浄化する技である。

ピタゴラス

不知命、無以爲君子也
（命《めい》〔天命〕を知らざれば、以《もっ》て君子たること無きなり）

孔子

プロローグ　裏庭

運転が思いやられる、とジャック・ライアンは思った。車はジャガー——ここではジャギュアと発音されるのを忘れぬようにしなければならない——をすでに買ったが、販売店を二度おとずれて、そのたびに右側ではなく左側の前のドアのほうへ歩いていってしまった。店主は笑いはしなかったが、笑いたかったにちがいない。だが、間違えて助手席に乗りこんで大笑いの種になる愚までは演じずにすんだ。ここでは忘れてはいけないことがたくさんある。道路の〝右側〟が左側であるということ。対向車線を横切るのは、左折ではなく右折のときだということ。そして、州間高速《インターステート》——いや、高速道《モーターウエイ》——では、左側が遅い走行車線だということ。それに、壁のコンセントはみな曲がっている。高額な家賃を払ったというのに、家にはセントラル・ヒーティングもついていない。エアコンもないが、それはたぶん必要ないからだろう。それほど暑い気候ではないのだ。だから、気温が華氏七十五度（摂氏二十四度）を超えると、ここの住民は街中で倒れて死にはじめる。彼らがワシントンDCの気候にさらされたらいったいどうなるのか、とジャックは思った。「熱帯の真昼の陽のなかにでていくのは狂った犬とイギリス人だけ……」と植民地支配を皮肉ったノエル・カワードの歌『狂った犬とイギリス人』は、いまや過去の遺物となってしまったらしい。

だが、なかにはどうにか克服できる不都合もある。陸軍・空軍エクスチェンジ・サーヴィス――近くのグリーナム・コモン空軍基地ではPXで通っている――の食料品購買許可証を持っているので、何はともあれ、ちゃんとしたホットドッグにかぶりつけるし、故郷メリーランドのスーパーマーケット『ジャイアント・フード』で買えるものに近い食べものを口にすることはできる。

しっくりこないことはまだまだたくさんある。テレビもむろんアメリカとは様子がちがう。燐光《りんこう》を発するスクリーンの前にぼんやり座っている機会は自分にはもうあまりないとは思うが、娘のサリーはまだ小さく、アニメを毎日必要としている。それに、重要な書類を読むときでも、馬鹿《ばか》ばかしい番組のおしゃべりが、むしろ心地よいバックグラウンド・ミュージックとなって、逆に集中できるということもある。でも、イギリスのテレビ・ニュースはまあまあだ。そして、新聞は素晴らしい――全体的に見て、祖国《くに》でふつう読んでいるものより上質である。ただ、ここの新聞では、朝、ゲイリー・ラーソンの一コマ漫画『ザ・ファー・サイド』を楽しむことはできない。インターナショナル・ヘラルド・トリビューン紙に載っていればいいのだが、とライアンは思った。それなら駅のキオスクで買える。いずれにせよ、野球の試合結果を見逃すわけにはいかないのだから、ヘラルド・トリビューン紙は買うことになる。

引越し屋《ムーヴァー》たち——そうそう、これも言いかたがちがって、ここではリムーヴァー——が、妻のキャシーの指示のもと、せっせと働いている。なかなかいい家だが、海軍兵学校で真剣に学ぶ若い男女を教える海兵隊大佐に貸したペリグリン・クリフの自宅よりは小さい。主寝室からは四分の一エーカーはあろうかという庭が見わたせる。不動産屋はその庭についてとくに熱をこめて話した。ここに住んだ者たちは庭ですごすことが多かったという。一面に薔薇《ばら》が咲いていて、その大部分を占める赤と白の花は、どうやらランカスター家とヨーク家に敬意を払うためのもののようだ。となると、そのあいだに咲くピンクの薔薇は、両家が合体してチューダー家が生まれたことを意味する。もっとも、そのチューダー家もエリザベス一世の死で滅びてしまう——そして、ライアンが好意をよせる理由がたっぷりある、いまにつづく新しい王家が生まれることになる。

　天気のほうもまるで悪くない。こちらに来て三日になるが、雨は一滴も降らない。太陽もずいぶん早く昇り、かなり遅くなってから沈む。ただ、冬には太陽は高みにまでのぼらず、顔を見せたと思ったらすぐにまた地平線の下にもぐってしまうそうだ。友人になったばかりの国務省の役人たちのなかには、長い夜は小さな子供たちにはつらいかもしれないと言う者もいる。四歳六カ月のサリーはまだ、この〝小さな子供〟の部類に入る。五カ月のジャック・ジュニアはそんなことには気づきもしないだろうし、幸いにもよく眠ってくれる――実はいまも、南アフリカのメソジスト派牧師の娘で、マーガレット・ヴァンダービークという赤毛の若い乳母に見まもられ、ぐっすり眠りこんでいる。マーガレットを雇ったのは強く勧められたからで……彼女がロンドン警視庁による素性調査で問題なしとされたのはそのあとのことだ。キャシーは乳母を雇うということ自体にすこし不安をいだいていた。自分の子供を他人が育てると思うだけで、爪《つめ》で黒板を引っ掻《か》かれるような不快感をおぼえた。しかし、それもこの国の人々が尊ぶ習慣なのであり、ウィンストン・スペンサー・チャーチルという人物にはとてもうまくいった。それにミス・ヴァンダービークはサー・バジル・チャールストンの情報局の調査にも合格した――しかも彼女が属しているのはイギリス政府公認の乳母派遣会社なのである。それでも安心はすこしもできない、とジャックは自分に注意をうながした。彼はこちらに来る前に何週間にもわたる徹底的な状況説明を受けていた。〝向こう《オポジション》〟――ＣＩＡ《ラングレー》でも使われるイギリスの用語――はイギリス情報機関への浸透に一度ならず成功しているのだ。CIAは自分たちはまだ大丈夫だと信じているが、ジャックは怪しいものだと思わざるをえない。KGB（国家保安委員会）はとてつもなく優秀で、人間は世界中どこでも貪欲《どんよく》なのである。ロシア人の金払いはよくはないが、はした金で魂と自由を売る者はつねにいる。彼らはピカピカ点滅する〈私は裏切り者〉という看板を服につけているわけでもない。

受けた状況説明のなかで、いちばんうんざりしたのは、保安に関するものだった。父親は根っからの警官だったが、ジャックは警官のように考える術をついに会得《えとく》することができなかった。諜報《ちようほう》活動システムのなかをくぐり抜けてくる屑《くず》データの滝のなかから確かな情報を探すという本来の仕事をしつつ、同僚全員を疑いの目で見る必要もあり、同時に彼らを信頼して仲良く働かなければならない、というのである。自分を疑いの目で見る同僚はいるだろうか？……いや、たぶんいないだろう、とジャックは思うことにした。あれほど大変な思いをして、やるべきことをやったのだ。それを証明する傷痕《きずあと》も肩にうすく残っている。むろん、あの夜のチェサピーク湾での悪夢もあり、いくら引金をひいても撃てないという夢を見るし、キャシーの半狂乱の恐怖の叫びがいまだに耳のなかに響くこともある。自分は果してあの闘いに勝ったのか？　勝ったというなら、なぜ負けをほのめかす夢を見るのか？　これは精神科医に話すべきことかもしれない。が、精神科医に診てもらうなんて気が狂《ふ》れたにちがいない、なんて言う人たちもいる……

サリーがぐるぐる走りまわったり、自分の新しい部屋を見たり、引越し屋に組み立てられていく新しいベッドに見とれたりしている。ジャックは邪魔にならないよう脇《わき》にのいてながめているだけだ。あなたはこういうことを監督するのにも不向きだとキャシーに言われたからである。だから真っ先に荷ほどきされた彼の工具セットは役立たずのまま。それを使えてはじめてアメリカの男性は自分を男らしく感じられるというのに。もちろん引越し屋も工具を持っている——そして彼らもまたＳＩＳ（秘密情報局）によって調査済みだ。彼らのなかにＫＧＢの協力者がいて、盗聴器を仕掛けないともかぎらないからである。そんなことをされたら、まずいもいいところだ。

「観光客はどこだ？」アメリカ人の声が聞こえた。ライアンは誰だろうかと玄関の間まで行った——

「ダン！　元気ですか？」

「今日は仕事場にいてもやることがなくてね、リズといっしょに様子を見にきたんだ」果して、法務官（ＦＢＩ海外駐在官）のうしろには超美人妻、ひたすら耐え忍ぶ〝聖リズＦＢＩ妻〟がいた。マリー夫人はキャシーのところまで歩いていった。二人は姉妹のように抱き合い、キスをすると、そのまま庭にでていった。キャシーはもちろん薔薇が大好きだった。ジャックはそれに文句などないが、ライアン家では庭いじりの遺伝子は父が独り占めしてしまい、息子がそれを受け継ぐことはまったくなかった。マリーは友を見つめた。

「へとへとっていう感じだなあ」

「飛行時間が長く、本もつまらなくて」ジャックは説明した。

「眠らなかったのかね？」マリーは驚いた。

「機上で？」ライアンは返した。

「飛行機がそんなに苦手なのか？」

「ダン、船だったら、支えてくれている水を見ることができます。飛行機の場合は、そうはいきません」

これにはマリーも笑いを洩《も》らさざるをえなかった。「慣れたほうがいいぞ。これからワシントンのダレス国際空港とのあいだを行ったり来たりして、マイレージをたくさんためるんだからな」

「そうですね」奇妙なことにジャックはこの仕事を受けたときにそのことをしっかり考えてみなかった。間抜けめ、いまごろ気づいたってもう遅い。少なくとも一月《ひとつき》に一回はCIA本部《ラングレー》へ出向かねばならないはずだ——飛行機嫌いにとっては楽しいことではない。

「引越しは順調にいってるかい？　この連中は信頼できるぞ。サー・バジルが二十年以上も使っている者たちで、スコットランド・ヤードの友人たちも気に入っている。はんぶんは元警官だしな」警官はスパイより信頼できる、と言う必要はなかった。

「では、トイレに盗聴器はなしですね？　よかった」ライアンは言った。まだわずかな経験しかなかったが、情報機関で働くというのは、海軍兵学校で歴史を教えるのとはいささかちがう。盗聴器はきっと仕掛けられているのだ——ただし、それはサー・バジルの執務室につながっている……

「そういうことだ。私の家も同じだよ。でも、まあ、いいこともある。これからはちょくちょく会えるじゃないか——きみさえよければ」

ライアンは疲れをあらわにしてうなずき、なんとかにやっと笑って見せた。「うん、少なくともビールをいっしょに飲む友はいるというわけですね」

「そいつはここの国技と言ってもいい。オフィスよりもパブで商談がまとまるほうが多いんだ。パブはアメリカで言えばカントリー・クラブのようなところだろう」

「ビールはおいしいですしね」

「祖国《くに》のしょんべんビールよりはうまい。ビールについては完全に〝改宗〟した」

「あなたはエミール・ジェイコブスFBI長官のために諜報活動をたくさんやっていると、CIA本部《ラングレー》で聞きました」

「すこしはね、やっているよ」マリーはうなずいた。「実は、いまのところ情報収集はきみたちCIAタイプよりもわれわれのほうがうまいことが多いんだ。工作部の者《エージェンシー》たちは七七年の人員大削減からいまだ立ち直れず、しばらくはそのままの状態がつづくんじゃないかな」

ライアンも同感だった。「グリーア提督もそう考えています。ボブ・リッターは切れ者です――誤解を恐れずに言えば、ちょっと頭が切れすぎるかもしれません――でも、議会に友人が少なく、自らの帝国を思いどおりに拡大できずにいます」

グリーアはCIA情報担当副長官で、リッターは工作担当副長官だった。二人はしばしば意見がくいちがう。

「リッターは情報担当副長官ほどには信頼されていないな。十年ほど前、上院のチャーチ委員会がCIAの外国要人暗殺工作についてやったためちゃくちゃな調査の影響がまだ残っているんだ。上院は、ああした暗殺工作をやらせたのは誰だったのか、すっかり忘れてしまっているようだ。なにしろ、責任者の司令官を聖者と認め、命令を実行しようとしただけの兵隊たちを磔《はりつけ》にしているんだからな——もちろん兵隊たちの手《て》際《ぎわ》がえらく悪かったのは確かだがね。まったく、あれはもう——」マリーは言葉をさがした。「ドイツ人がシュヴァイネライと言うものだ。とんでもないアホ豚行為？……ぴったりの訳はないけどね、そんな感じなんだよな」

ジャックは面白がって豚の鳴き声を真似《まね》た。「ええ、大《ファックアップ》へまという言葉よりも適切ですね」

ケネディ時代に司法長官官房によって指揮されたフィデル・カストロ暗殺計画は、まさに『三バカ大将』風味のギャグ・アニメ『ウッドペッカー』、どたばた喜劇だった。政治家どもが、イギリスのスパイくずれが創《つく》りだしたジェームズ・ボンドを真似ようとした結果である。現実の世界は映画とはちがうのだ。ライアンはそのことを、はじめロンドンで、次いで自宅の居間で、それこそ死を賭《と》して思い知った。

「ところで、ダン、彼らは優秀なんですか？」

「イギリス人？」マリーはライアンを表の芝生に連れだした。引越し屋たちはSISの調査に合格していたが——マリーはFBIなのである。「バジルは超一流だ。だから、これほど長つづきしている。かつては素晴らしい現場工作員だった。六三年にソ連に脱出したフィルビーをなにか変だぞと最初に疑ったのも彼だ——いいかい、バジルは当時ほんの駆け出しだったんだ。組織を動かすのもうまいし、彼ほど頭の回転の早い人間を私はほかに知らない。保守党も労働党も、彼を信頼し、好いている。そうめったにあることじゃないぞ。アメリカで言えば、かつてのフーヴァーFBI長官のような人物と言ってもいいだろう。むろん、あれほどのカリスマ性はないけどね。ともかく私は好きだよ。頼りになる。それにバジルはきみが大好きなんだ、ジャック」

「なぜです？」ライアンは訊《き》いた。「私はまだ仕事らしい仕事もしていないんですよ」

「バジルには才能を見分ける眼識がある。きみには素質があると彼は思っているんだ。去年きみが秘密漏洩《ろうえい》を見つけるために考えだした例の仕掛け――〈カナリアの罠《わな》〉――をえらく気に入っているし、次の国王の命を救ったというのも評価しているんじゃないかな。きみはＳＩＳ本部《センチュリー・ハウス》の人気者になろうとしている。彼らの期待に応《こた》えられれば、スパイ・ビジネスで大成功できるはずだ」

「ありがたいことですがね」ライアンは自分がほんとうにそれを望んでいるのかどうかよくわからなかった。「ダン、私は歴史教師に鞍替《くらが》えした株式仲買人でしかないんです」

「ジャック、それは過去のことさ。いまは未来に目を向けるべきだな。メリル・リンチでは株選びがとってもうまかったんだろう？」

「すこしは儲《もう》けましたよ」ライアンは認めた。実際は、すこしどころか大儲けしたのだ。そして所有株の価値はいまも増大しつづけている。祖国《くに》のウォール街では、いまも景気のいい話ばかりだ。

「それなら、そのおつむをほんとうに重要なことに使うべきだな」ダン・マリーは助言した。「言いたくはないが、ジャック、情報組織関係には賢い者はあまりいないんだ。ほんとうさ。自分もその一員だからよくわかる。ぼんくらや並みの頭の持ち主はたくさんいるが、オーラを発するような切れ者《スター》はそりゃあ少ない。きみはスターになる素質がある。ジム・グリーアはそう思っている。バジルもな。きみは既成の枠組みにとらわれずに考える。私もそうだ。だから私はもうフィラデルフィアのリヴァーサイドで銀行強盗を追っていないんだ。株で何百万ドルも儲けたことはないけどな」

「儲ける運に恵まれるのと偉大な男になるのは関係ないですよ、ダン。キャシーの親《おや》父《じ》さんのジョーは、たぶん私が一生かかって得るよりもずっと多い金をすでに稼いでしまっているはずですが、いやになるほど横柄《おうへい》で独断的です」

「でも、きみは彼の娘を名誉ある勲爵士《ナイト》の妻にした」

ジャックは恥ずかしそうに微笑《ほほえ》んだ。「ええ、まあ」

「この国では爵位《しやくい》がものを言う。イギリス人というのは称号が好きだからね」マリーは間をおいた。「ではと——きみらを一杯飲みに連れていこうか？ 丘の上に『舞々蛾《ジプシー・モス》』といういいパブがある。引越しというのは気が狂うほど大変だぞ。家を建てるのと同じくらい厄介だ」

彼の仕事場はツェーントル（センター）と呼ばれるKGB本部の地下一階にあった。保安上そこにあるということだが、なぜ地下なのかという説明を彼は受けたことがない。〝宿敵〟の本部にもまったく同じ業務を担当するところがあって、〈マーキュリー〉と呼ばれているという。マーキュリーはギリシャ神話に登場する神々の使者ヘルメスのことだ——この国が神という観念を認めているなら、実に気の利《き》いた名前ということになるだろう。とどいた通信文は暗号員を経由して彼の机にたどり着く。彼はそれらを熟読し、内容と符丁をチェックして、担当の部局や将校に振りわける。そして、返事がもどってきたら、逆の作業をして、外の正しいところへ送信する。通信文の出入りには決まったパターンがあった。ふつう、外から入ってくるのが午前、反対に内《なか》から出ていくのが午後というパターンだ。言うまでもないが、いちばん厄介なのは暗号化だった。外の現場で活動する人間の多くが、それぞれ専用のワンタイム・パッド（一度しか使われない暗号鍵《あんごうかぎ》の綴《つづ》り）を使っていたからである——そして、そうした暗号鍵綴りのひとつきりの写しが、彼の右手にならぶ数部屋に保管されている。こうしてここで働く者たちは、イタリアの国会議員の性生活からアメリカの核攻撃目標の正確な優先順位まで、さまざまな極秘情報を伝達し、保全する。

奇妙なことに彼らは、対象が受信文でも送信文でも、自分がしたことや暗号化した内容について口にだして話すことは決してない。ここで働く者はみな、心がかなりていど麻痺《まひ》しているのだ。ことによると、そのような心理的傾向のある者たちばかりが、ここで働かされているのかもしれない――だとしても驚きはしない、と彼は思った。ここはまさに、天才たちがロボットによる作業を理想として設計した機関なのである。もしそのようなロボットが実際に製造できたら、人間はお払い箱になるにちがいない、と彼は思う。ロボットなら、意図された道から大きくはずれることはなく、全幅の信頼を寄せることができるからである。

だが、機械は考えることができない。彼の仕事の場合、考えることと記憶することが大いに役立つ。彼が思考力と記憶力を働かせなければ、この組織は機能しない――ここは絶対に機能させなければならない機関なのだ。ここは国家の盾と剣であり、国家はその両方を必要としているのである。そして、彼はその郵便局長のようなもので、何がどこへ行くのか覚えていなければならない。彼はここでおこなわれるすべてを知っているわけではないが、この建物のなかにいる大半の者よりずっと多くのことを知っている。たとえば作戦名や実行場所。作戦の目的や任務内容がわかることも頻繁にある。工作員の本名や顔を知ることはめったにないが、彼らのターゲットも、彼らが取り込んだ協力者のコードネームもわかるし、ほとんどの場合、協力者がもたらす情報を目にすることもできる。

彼はこのセクションに九年半いる。働きはじめたのは一九七三年、モスクワ大学数学科を卒業してすぐのことだった。在学中に規律正しい点がKGBのスカウトの目にとまり、勧誘されたのだ。チェスがおそろしく強く、抜群の記憶力はそのせいで得られたのだと、自分では思っている。どんな盤面になっても、次の手がわかるように、かつての名人たちのゲーム運びを徹底的に研究したおかげで、記憶力が鍛練されたと思っているのである。実はチェスで身を立てようと思ったこともあった。自分では懸命に努力したつもりだった。が、それでもまだ精進が足りなかったようだ。当時まだ若造のボリス・スパスキーに、〇勝六敗二引分け、死にもの狂いで戦っても引分けが精一杯、まさに完膚なきまでに打ちのめされ、そのとき、名声と富を得て……世界を旅行してまわるという夢はついえてしまった。彼は机に向かったまま溜息《ためいき》をついた。世界を旅行。彼は地理の本も目を凝らしてむさぼり読んだ。いまでも目を閉じると写真が見える――ほとんどが白黒写真だ。ヴェネツィアの大運河、ロンドンのリージェント・ストリート、リオ・デ・ジャネイロの華麗なコパカバーナ・ビーチ、そして彼が歩きはじめたばかりのころにヒラリーが初登頂したエベレスト山……こういうところを自分の目で見ることはもう絶対にない。むりだ。高レベルの秘密情報取扱資格をもつ者には許されることではない。そう、ＫＧＢはそうした人々には充分に注意している。ＫＧＢは何人《なんぴと》も信用しない。それは苦労して学ばねばならない教訓だ。この国はいったい何なんだろう、と彼は思う。なにしろ、夥《おびただ》しい数の国民が逃げだそうとする国なのだ。だが、その一方、何百万もの人々が祖国《ロディーナ》を護《まも》るために戦い、死んだ……。彼は数学とチェスの才能があったせいで兵役をまぬがれた。ジェルジンスキー広場二番地に引っぱられたことも、兵役につかずにすんだ理由だと、彼は思っている。ＫＧＢに入ると、建てられて間もない七十五平方メートルもあるすてきなアパートが支給された。それに軍の階級ももらえた――いまはもう大尉《たいい》で、あと数週間もすれば少佐になれるのだから、まあ、悪くはない話だ。さらにありがたいことに、最近、給料が額面どおりの価値がある兌換《だかん》ルーブル紙幣で支払われるようになったため、西側の消費物資を売る〝特権階級専用店〟でも買物ができるようになった――そのいちばんよい点は、あまり並ばずにものが買えるということ。妻にはそれがありがたかった。じきに彼はノーメンクラトゥーラと呼ばれる本物の特権階級の最低レベルに達し、いわば帝政時代の下級貴族のような存在となり、天空へと伸びる出世の階段を見あげ、どこまでのぼれるだろうかと思うはずだった。だが、彼の場合、昔の皇帝《ツァー》や貴族とはちがい、血ではなく自分の功績でここまでのぼってきたのだ——それは男として満足できる事実ではないか、とザイツェフ大尉は思った。

そう、自力でここまで来たのだ。それが重要なのだ。だから、いま極秘情報をあつかう仕事を任せられ、たとえばワシントンに住む〈キャシアス〉というコードネームのアメリカ人スパイのことも知っている。〈キャシアス〉が入手できる貴重な政治情報は、五階のお偉方が秘蔵しているようで、そこからアメリカの行動を占うアメリカ-カナダ研究所の専門家に流されることも多いという。カナダはKGBにとってそれほど重要な国ではないが、アメリカの防空システムに参加している点は無視できない。それに、カナダの有力政治家のなかには南の強大な隣国を嫌う者がいるという点も忘れてはいけない。少なくともオタワの駐在官《レジデント》はしょっちゅう階上のお偉方にそう言っている。そうだろうか、とザイツェフは思う。ポーランド人も東の隣国を嫌いなのではないかと思うが、だいたい言われたとおりのことをする——先月もワルシャワの駐在官が至急報でいかにも嬉《うれ》しそうにそう伝えてきた——政府が言いなりになったのを知ったあの〈連帯〉のせっかち議長はむろん困ってしまった。〝反革命屑野郎《くずやろう》〟というのが駐在官のイゴーリ・アレクセーエヴィッチ・トマチェフスキー大佐がワレサに進呈した言葉だ。大佐はいまKGBのなかでも日の出の勢いを誇る男で、すぐに西側の国のポストを得るはずだった。〝西〟にはいちばん優秀な者たちが送りこまれるのだ。

そこから二・五マイル離れた同じ都市のアパート。ドアを最初に通り抜けたのはエド・フォーリで、そのあとから妻のメアリ・パットが息子のエディの手を引っぱってつづいた。エディの幼い青い目は子供の好奇心で大きく広がっていたが、四歳半の幼児でもモスクワがディズニー・ワールドではないことを学びつつあった。いまやカルチャー・ショックが北欧の神トールの槌《つち》のように彼の上に落ちてこようとしていた。しかし、それも子供の視野をすこし広げてくれるだろう、と両親は考えていた。それが自分たちの視野を広げてくれるように。

「うーん、なるほど」エド・フォーリが第一印象を洩《も》らした。ここに住んでいた大使館領事部職員は、何はともあれ、この部屋をきれいにしようとしていたことだけは確かだ。もちろんロシア人使用人の手を借りて——彼らはソ連政府が手配してくれた者たちで、とても勤勉……つまり、どちらのボスにもよく仕える。エドとメアリ・パットはそういう点も含めて、何週間――いや、何カ月――にもわたる徹底的な状況説明を受け、しかるのちにパンナムのニューヨーク・JFK空港発モスクワ行き長距離便に乗った。

「では、これがわが家なわけだな」エドは慎重に無表情な声をつくった。

「モスクワにようこそ」マイク・バーンズは〝新入り〟たちに言った。彼もまた領事部職員で、いま売出し中の国務省キャリア、今週は新来者の案内役をおおせつかった。

「前の住人はチャーリー・ウスター。いいやつでした。いまは国務省《フォギー・ボトム》にもどって、ワシントンの夏の暑さに閉口しているはずです」

「ここの夏はどんな感じ？」メアリ・パットが訊いた。

「ミネアポリスといったところかな」バーンズは答えた。「暑くてたまらないということはないし、湿気も多くない。それに、モスクワの冬はミネアポリスほど厳しくない――私はそこの育ちでしてね」彼は説明した。「もちろん、ドイツ軍は反論するかもしれません、たぶんナポレオンも。でも、モスクワはパリのようなところのはずだなんて言った者は、いまだかつてひとりもいませんからね」

「ああ、わかっている。ここの夜の娯楽《ナイトライフ》についてはしっかり聞いていますよ」エドは笑いを洩らした。でも、そんなことはどうでもよい。パリに赴任したいとは思わない。だいたいパリには秘密の支局長なんて必要ない。ここモスクワの支局長こそ、自分にまわってくるとは思ってもみなかった、いちばんやりがいのある最高の地位なのだ。ブルガリアも悪くないが、あそこは〝獣《けだもの》の腹のなか〟ではない。きっとテヘランでの仕事ぶりがボブ・リッターをうならせたのだろう。あのときは、うまい具合にメアリ・パットがエディを出産した。それでイランのアメリカ大使館占拠事件に巻きこまれずにすんだ。そう、たしか、三週間前にアメリカに引きあげたのだ。なかなか厄介な妊娠で、メアリ・パットの担当医師がニューヨークに帰って出産するようにと言って譲らなかったのである。子供は神からの授かりもの、だから帰った……。それに、そのおかげでエディもニューヨーカーになれた。エドは息子を生まれたときからのヤンキース・ファン、レインジャース・ファンにどうしてもしたかった。野球はヤンキース、アイスホッケーはレインジャースというわけだ。仕事以外のことで、今回のポストでいちばんいいのは、ここモスクワで世界一のアイスホッケーが見られるということである。バレエや交響曲なんてくそくらえだ。この国のやつらはスケートの仕方を知っている。ロシア人が野球を理解できないのが残念だ。たぶんここの連中には複雑すぎるのだろう。投球法ひとつとってもいろいろある……

「あんまり大きくないわね」メアリ・パットが罅《ひび》の入った窓を見ながら言った。そこは六階だった。ともあれ交通騒音には悩まされずにすむ。外国人居住区——ゲットー——なので、まわりに壁があり、護られている。保護のためとソ連政府は言うが、外国人をねらった路上犯罪はモスクワでは問題化していない。この国の一般市民は外貨所有を法律で禁じられているし、たとえ手に入れたとしても上手に使う方法など一切ない。だから街中でアメリカ人やフランス人から金を奪っても何の利益もない——それに彼らは服装のせいで鴉《からす》のなかの孔雀《くじゃく》のように目立つ。

「こんにちは!」イギリス訛《なま》りの挨拶《あいさつ》が聞こえたかと思うと、血色のよい顔があらわれた。「隣の者です。ナイジェル、ペニー・ヘイドック」と顔の持ち主は言った。四十五歳くらいの長身瘦軀《そうく》の男で、薄くなりはじめた髪に早くも白いものが混じっている。すぐあとからサンドイッチの盆と歓迎の白ワインを持ってあらわれた妻は、連れ合いとは不似合いなほど若くて美しかった。

「あなたがエディね」亜麻色の髪のヘイドック夫人は言った。エド・フォーリが彼女のマタニティ・ドレスに気づいたのはそのときだった。見たところ六カ月といったところ。すると、ヘイドック夫妻に関する状況説明は細かな点まですべて正しかったわけだ。フォーリはCIAを信頼していたが、すべてを確認するのはなかなか骨の折れることなのである。なにしろ、同じ階に住む人々の名前からトイレの水の流れ具合まで調べなければならない。《とくにモスクワではトイレが心配だ》と彼は思い、バスルームに向かった。ナイジェル・ヘイドックがついてきた。

「ここの配管工事は信頼できますよ。でも、うるさい。誰も不平は言いませんけどね」ヘイドックは説明した。

　エド・フォーリは水洗レバーをぐいと下げた。たしかにうるさい。

「それ、直しておきましたよ。私はちょっとした便利屋でしてね」彼は言った。それから、声をひそめて、「ここで話すときは気をつけないと、エド。盗聴器がいたるところに仕掛けられていますから。とくに寝室はあぶない。ロシアの連中は、どうもわれわれのオルガスムを数えるのが好きなようです。ペニーと私はやつらを失望させないよう頑張ってます」ヘイドックはにやっと笑った。そう、なかには夜の娯楽《ナイトライフ》を自分で持ちこまなければならない都市もある。

「ここに二年？」トイレの水は永遠に流れつづけるかのようだった。エド・フォーリは、タンクのふたを持ちあげて、ヘイドックがなかの金具を何か特別なものと取り替えたのかどうか調べたくなった。が、その誘惑には負けず、いまはチェックする必要はないと思うことにした。

「二十九カ月になります。あと七カ月。なかなかにぎやかな仕事場所ですよ、ここは。当然もう聞いていると思いますがね、どこに行くにも、〝お友だち〟がひとりついてきてくれます。彼らを見くびるのも禁物です。対内保安担当の第二管理本部の連中は、徹底的に訓練されていますからね……」トイレの水がやっととまった。すると、ヘイドックは声を変えた。「シャワーのほうは――お湯の出はまったく問題ないのですが、パイプがガタガタいうんです、われわれの部屋のとまったく同じようにね……」彼は蛇口をひねり、湯を流して見せた。たしかにガタガタ鳴ってうるさい。《誰かがパイプを壁に留める金具をゆるめたのだろうか？》とエドは思った。たぶん。きっとこの目の前の便利屋だろう。

「こりゃあいい」

「ええ、ここでいろいろ仕事ができるはずです。お友だちといっしょにシャワーを浴びて、お湯を節約しよう――たしか、カリフォルニアではそう言いますよね？」

フォーリはモスクワで最初の笑い声をどうにかあげることができた。「ええ、そう言いますな」彼は訪問者をちらっと見やった。ヘイドックがこんなに早く自己紹介しにくるとは驚きだったが、これも、あまりにも見え透いたことをして逆をねらうという〝逆ひねり〟のスパイ術なのかもしれない。諜報《ちょうほう》活動の世界にはあらゆる種類のルールがあり、ロシア人というのはルールどおりに行動する。だから、ボブ・リッターは、ルール・ブックの一部をわざと無視しろ、と彼に言ったのだ。あらゆるチャンスをとらえて、あくまで偽装にしがみつき、とてもスパイとは思えない予測できないことをする間抜けなアメリカ人を演じろ、というわけである。リッターはフォーリ夫妻にこうも言った――ナイジェル・ヘイドックは信用してよい人間のひとりだ。彼は工作員の息子だった――父はあのキム・フィルビーに裏切られた男、アルバニアにパラシュート降下したらKGBの〝歓迎委員会〟が待ちかまえていたという哀れな者たちのひとりだ。当時ナイジェルは五歳だった。その年だともう、敵に父を殺《や》られるということがどういうものか一生忘れない。ナイジェルはおそらくメアリ・パットと同じくらい意欲的で、やる気がある。つまり筋金入りということだ。エド・フォーリは酒を何杯か飲んだあとなら、彼が自分よりも意欲旺盛《おうせい》だということを認めるかもしれない。メアリ・パットの場合は、神が罪を憎むごとく敵のやつらを憎んでいる。ヘイドックは支局長ではないが、モスクワにおけるSISの作戦実行要員のトップだ。手際《てぎわ》があざやかなのはそのせいもある。判事ことムーアCIA長官はイギリスの情報機関を信頼している。フィルビーがソ連に去ったあと、彼らがCIAのスパイ狩り名人ジェイムズ・ジーザス・アングルトンの毛鉤用釣竿《フライ・ロッド》よりも強烈な火炎放射器でSIS内を大掃除し、情報漏洩《ろうえい》のあらゆる芽を焼灼《しょうしゃく》してしまうのを、ムーアは見てきたからである。だから、フォーリは、そして大統領も、ムーア判事を信頼しているのだ。秘密情報活動のいちばん奇天烈《クレイジー》な点は、まさにここである。つまり、誰も信用できない――だが、誰かを信用しなければならない。

《まあ》フォーリは手を伸ばして湯かげんをみながら思った。《この商売は辻褄《つじつま》の合うわかりやすいものだなんて言った者はいない》このビジネスはいわば古典的な形而《けいじ》上《じょう》学のようなもの。いや、まさにそのものだ。

「家具はいつ着くんです？」

「いまごろコンテナがレニングラードでトラックに積みこまれているころだと思いますね。家具をいじられる可能性は？」

ヘイドックは肩をすくめた。「ぜんぶチェックすること」警告を発してから、声をやわらげた。「彼らがどこまでやるかは誰にもわからないのです、エドワード。ＫＧＢはとんでもない官僚社会です――この言葉の意味は、ここでの彼らの活動を自分で体験しないかぎりわかりません。たとえば、アパートの盗聴器――仕掛けられたもののうち実際に機能するのはどれほどあるのか？　彼らはブリティッシュ・テレコムでもアメリカのＡＴ＆Ｔでもありません。西側の電話屋の水準には達してないのです。

これがこの国の泣きどころなんですよ、ほんとうに。それ自体はわれわれにとって都合のよいことなんですがね、ただ、それもまた信頼できないんです。なかには機能する盗聴器もあるわけですから。尾行された場合も、相手が経験豊かな熟練者か、トイレも自分で見つけられない間抜け野郎か、まるでわからない。服装も、見た感じも、同じなんです。そんなこと言ったら、われわれだっていっしょですけどね、彼らの官僚社会はとてつもなく大きくて、われわれの組織よりは無能者を護《まも》りやすくなっているんじゃないかと思いますね――ひょっとしたら、これもちがっているかもしれませんけど。たしかにＳＩＳ本部《センチュリー・ハウス》にも役立たずはそれなりにいますからね」

フォーリはうなずいた。「ＣＩＡ本部《ラングレー》では、そういう連中を情報部と呼んでいます」

「なるほど。われわれは国会議事堂と呼んでいます」ヘイドックはお気に入りの偏見で応じた。「配管工事のテストはもう充分でしょう」

フォーリは蛇口を閉め、ヘイドックといっしょに居間にもどった。そこではペニーとメアリ・パットが知り合いになろうとしていた。

「ともかく、お湯はたっぷりでるよ、ハニー」

「よかった」メアリ・パットは応《こた》え、客のほうに向きなおった。「このへんだと買物はどこでするんですか？」

ペニー・ヘイドックは微笑《ほほえ》んだ。「ご案内します。特別な品はヘルシンキの代行会社に注文すれば送ってもらえます。いいものばかりです。イギリス、フランス、ドイツ——アメリカの製品だってあります、ジュースや缶詰なんかはね。生鮮食品はフィンランドのものだけど、だいたいとても上質、とくに子羊の肉はおいしいわ。あそこのラムは最高よね、ナイジェル？」

「うん、まさにね——ニュージーランドものにも劣らない」夫も同感だった。

「ビーフステーキはいまひとつ物足りませんけど」マイク・バーンズが言った。「でも、ステーキは毎週オマハから空輸されます。何トンも——だから友人のみなさんにも分けてあげています」

「そうそう」ナイジェルも認めた。「トウモロコシで育ったアメリカの牛は素晴らしい。私らはみんな中毒になっているんじゃないかな」

「アメリカ空軍さまさまです」バーンズはつづけた。「空軍がアメリカ軍のいるＮＡＴＯの基地すべてに牛肉を空輸し、われわれも配給リストに載っているというわけです。冷凍で来るもので、『デルモニコズ』で供される肉ほど新鮮ではないけれど、故郷を思い出させるくらいの味は維持しています。焼き網は持ってきてますよね。ここでは屋上でよく肉を焼くんです。炭も外から取り寄せています。ロシア人《イワン》には、このバーベキューというやつが理解できないようです」アパートにはバルコニーはなかった。たぶん、街に充満するディーゼル排気の臭《にお》いを避けようというのだろう。

「仕事場へはどうやって？」エド・フォーリは訊《き》いた。

「地下鉄を使ったほうがいいです。ほんとうにすごい地下鉄でしてね」バーンズは言った。

「では、車は私が使えるわけ？」メアリ・パットが嬉《うれ》しそうに微笑んだ。これで計画どおりいく。予想にたがわぬ展開だが、この世界では事がうまく進むのは、どんな場合でも、驚くべきことだった。それはクリスマス・ツリーの下に欲しかったプレゼントがおかれていたときのような驚きに似ている。子供はサンタに手紙がとどくようずっと祈っているが、ほんとうにとどくかどうかは最後までわからない。

「この街の運転術を学んだほうがいいですよ」バーンズが言った。「車のほうはいいのがあります」このアパートの前の住人が白いメルセデス２８０をおいていったのだ。それはほんとうによい車だった。いや、いささかよすぎると言うべきだろう。なにしろ四年しか乗っていない。ただ、そのような車はモスクワにはあまりない。それに、ナンバープレートを見れば、ひと目でアメリカの外交官の車であることがわかる。要するに、それだけ目立てば、交通警官にも、だいたいどこへ行くのにもついてくるK

GBの連中にも、容易に発見できる。これもまた〝逆ひねり〟のスパイ術である。メアリ・パットはニューヨークにはじめて来たインディアナポリスの住民のように運転する術を学ばねばならない。「道路は広いし、よく整備されていますす」バーンズは言った。「それに、ガソリン・スタンドは三ブロック先にありますしね」手で方向を示した。「それがまたでかいんです。ロシア人はそういうのを建てるのが好きなんです」

「すてき」メアリ・パットはバーンズの話に合わせて声をあげた。彼女は頭の空っぽなブロンド美人という偽装をすでに演じはじめていた。世界中どこでも、美人は馬鹿《ばか》ということになっている、なかでもブロンド女は断トツだ。ハリウッドの俳優が何と言おうと、利口者より馬鹿を演じるほうが遥《はる》かにやさしい。

「車の修理は？」エドが訊いた。

「メルセデスですよ。そう簡単には壊れません」バーンズは新来者を安心させた。

「ドイツ大使館に何でもなおせる男がひとりいます。われわれはNATOの同盟国とは親密にしてます。ところで、サッカー・ファンですか？」

「あんなの女のゲームだ」エド・フォーリが即座に返した。

「それはいささか乱暴な意見ですな」ナイジェル・ヘイドックが反論した。

「私はアメリカン・フットボールのほうが好きです」フォーリは食い下がった。

「暴力に満ちたあんな愚かで野蛮なゲームが？　委員会が会合ばかりしているし」イギリス人は鼻で笑った。

フォーリはにやりとした。「食べましょうか」

彼らは腰をおろした。間に合わせの家具は、アラバマのラヴ・モーテルにあるようなものだったが、役には立った。ベッドも眠れないということはない。たぶん殺虫剤がスプレーされていて虫はいないはずだ。たぶん。

サンドイッチはおいしかった。メアリ・パットはグラスをとりにいき、水道の蛇口をひねった――

「それは使わないほうがいいですよ、フォーリ夫人」ナイジェルが注意した。「水道の水で腹をこわす人がいますから……」

「あら？」彼女は驚き、ちょっと間をおいてからふたたび口をひらいた。「私の名前はメアリ・パットよ、ナイジェル」

これで互いにきちんと自己紹介し合ったことになった。「はい、メアリ・パット。私たち、飲み水はミネラル・ウォーターにしています。風呂《ふろ》は水道水でも大丈夫。瓶詰の水を切らしたときは、コーヒーや紅茶なら、沸かすわけですから、水道水でも問題ありません」

「レニングラードの水はもっと悪いです」ナイジェルはさらに注意をつづけた。「住民はみな多少とも免疫《めんえき》ができているそうですがね、われわれ外国人はあそこでは深刻な胃腸障害にやられる可能性があります」

「学校はどうですか?」メアリ・パットは心配していたことを訊いた。

「アメリカン－ブリティッシュ・スクールは子供の面倒をよくみてくれます」ペニー・ヘイドックは請け合った。「実は私もパート・タイムですけどそこで働いているんです。学習計画や授業の質も最上です」

「エディのやつ、もう本を読みだしましてね、なあ、ハニー?」父親は誇らしげに言った。

「『ピーター・ラビット』とかそういうものだけですけどね、四歳にしては悪くないわ」母親も嬉しそうに自慢した。当のエディはサンドイッチの皿を見つけ、何かを噛《か》み切ろうとしていた。それは大好物のボローニャ・ソーセージではなかったが、腹をすかせた子供は選り好みするとはかぎらない。スキッピー・スーパー・チャンク・ピーナッツバターのほうは、大瓶四つがすでに確保されている。グレープ・ゼリージャムはどこでも手に入るが、スキッピーのピーナッツバターはむずかしいかもしれない、と両親は考えたのである。ここのパンは、アメリカの子供の〝餌《えさ》〟であるワンダー・

ブレッドにはかなわないけど、かなりのものだ、と誰もが言う。それに、いまごろトラックか貨物列車でレニングラードからモスクワに向かっているはずのコンテナのなかには、メアリ・パットのパン焼き機《ブレッド・メーカー》が入っている。料理の得意な彼女はパン焼きの名人で、それだけで大使館〝社交界〟の仲間入りができるはずだった。

　彼らが座っているところからそれほど遠くないところで、一通の手紙が手わたされた。わたした者はワルシャワからやって来た。祖国《くに》の政府に——正確には、ある政府機関から受取人の外国政府のある機関へ——急派されたのだ。この任務は使者にとって楽しいものではなかった。彼は共産主義者だった——これほどの重要任務を任せられるのだから当然である。だが、彼もまた、手わたした手紙を書いた本人と同様、ポーランド人だった。そして、そこが厄介な点だった。

　手紙は実はコピーで、わずか三日前にワルシャワのある政府機関——重要な機関——に手わたしされた実物ではなかった。

　受取人は、使者のポーランド情報機関大佐の顔を知っていたが、とくに好意を寄せていたわけではなかった。ロシア人は西の隣人にたくさんの仕事をやらせていた。ポーランド人は、イスラエル人がそうであるのと同じ理由、すなわち敵に囲まれているという理由で、諜報《ちょうほう》活動の才を大いに伸ばしていた。西にはドイツ、東にはソ連がある。その両隣国に係わる不幸な状況のせいで、ポーランドはもっとも優秀な人材の多くを諜報活動につぎこまざるをえなくなっていた。

受取人はそういうことをすべて知っていた。それどころか、手紙の内容も一言一句に至るまですでに知っていた。前日知ったのだ。だが彼はこの遅れに驚いていない。ポーランド政府は転送する前に一日かけて手紙の内容とその重要性を検討したのであり、受取人はそのことに腹を立ててはいなかった。どんな国の政府でも、こうしたことを検討するのに最低一日はかける。ためらい、迷うのは、権力の地位にある者の特質でしかない。もっとも、そうした逡巡《しゅんじゅん》によって生じる遅れは、時間と言葉の無駄だということを、彼らは知らねばならない。マルクス－レーニン主義でも人間の性向までは変えられなかったというわけだ。悲しいが、それが真実なのである。〈新しきソ連人〉も〈新しきポーランド人〉も、結局、人間であることに変わりない。

いままさに演じられているこのバレエは、レニングラードのキーロフ劇場のどんな演目にも負けぬほど様式化されている。受取人は音楽が聞こえてくるような気さえした。実を言えば彼はクラシックよりも西側のジャズのほうが好きだったが、それはともかく、バレエ音楽は脇役《わきやく》の飾りのようなものでしかなく、ダンサーが訓練されたかわいい犬たちのようにきちんと同時跳躍できるよう、そのタイミングを教えるものなのだ。バレリーナたちは、むろん、ロシア人の好みからすると痩《や》せすぎだが、あの〝小妖精《ホモ》〟と呼ばれる男たちがほうり上げるには本物の女は重すぎる。

　なんでこんなとりとめのないことを考えるのか、と受取人は思った。彼はふたたび自分専用の席につき、革張りの椅子《いす》の背にゆっくりと上体をあずけながら手紙をひらいた。それはポーランド語で書かれていて、彼はその言葉を話せも読めもしなかったが、明快なロシア語訳がつけられていたので問題はなかった。もちろん彼は、配下の複数の翻訳者にも原文を訳させるし、手紙の書き手の精神状態を二、三人の精神科医に分析させ、多数のページからなる報告書を作成させるつもりだった。そして報告書ができあがってきたら、時間の無駄と知りつつも、いちおう目を通さねばならない。それから今度は自分が報告する番になる。つまり、政治的に上位の者たち——いや、政治的に同等の者たち——に、そうした分析結果を添えて報告するのだ。すると次に、そうした者たちが彼らの時間を無駄にして手紙とその重要性を検討し、何をすべきか考えることになる。

　このポーランドの大佐は自国の政治指導者たちがどれほど簡単に音《ね》をあげたかわかっているのだろうか、と議長は思った。結局、彼らは自分たちは何の行動もとらず、政治的主人たちにすべてを任せてしまっただけではないか。自分では決断できず、上の者に決めてもらい、責任を逃れようというのだ。それは、場所や思想に関係ない、役人の習性だ。臣下は世界中どこでも臣下でしかない。

　議長は顔をあげてポーランド人を見つめた。「同志大佐、遠路ご苦労だった。きみのところの長官によろしく言ってくれ。以上だ」

　大佐はピシッと気を付けの姿勢をとり、きりっと締まった観閲式用の最高の顔をつくって奇妙なポーランド式敬礼をし、それからドアのほうへ歩いていった。

　ユーリー・アンドロポフはドアが閉まるのを目で確認してから、手紙とそれに付された訳文に注意をもどした。

「では、カロル、きみはわれわれを脅そうというのかね、えっ？」彼はチッチッと舌を鳴らし、首を振ってから、穏やかな声のままつづけた。「勇ましいことだが、きみの判断は修正が必要だぞ、神に仕えるきみよ」

　彼はふたたび顔をあげ、あれこれ考えた。部屋の壁には例によって絵がかけられている。仕事部屋に絵がかけられる理由は、どこでもいっしょだ——そう、空白を埋めること。遠い昔に死んだ皇帝《ツァー》か貴族のコレクションから持ってきた、ルネサンスの巨匠の油彩が二点。ほかに、世界中の人々にお馴染《なじ》みのあの青白い顔とドーム状にきれいに禿《は》げあがった額がきわだつ、出来がよいほうのレーニンの肖像画。そして、その近くには、現在のソヴィエト社会主義共和国連邦・共産党書記長のレオニード・ブレジネフのカラー写真が額縁にきれいに収められて飾られている。その写真は嘘《うそ》だった。そこに写っているのは、現在、政治局のテーブルの最上席に座る意地の悪い耄碌爺《もうろくじい》さんではなく、活力にあふれた若者であったからだ。人間だれしも老いるが、老いたら名誉の引退をして後進に道を譲るというのがふつうである。しかし、わが国ではそうではない、とアンドロポフは老人が権力の座にすわりつづける自国の実状を思い出し……手紙にふたたび目を落とした。この男の場合もそうだ。いまついている地位は終身なのだから。

《それなのに、この男はその問題の部分を変えるぞと言って脅している》と国家保安委員会（ＫＧＢ）議長は思った。そして、それは危険なことなのだ。

危険？

どのような結果が生じるか、それはわからない。だが、危険であることは間違いない。政治局の同僚たちも同じように考えるはずだ。彼らは老いて、用心深く、臆病《おくびょう》になっている。

だから、彼らに危険を知らせるだけではいけない。うまく対処する方法も示さなければならない。

いま壁にかかっているべきは、すでに忘れられつつある二人の男の肖像画だ。ひとりは鉄人フェリクスこと、KGBのもっとも古い前身であるチェーカー（全ロシア非常委員会）の創設者ジェルジンスキーその人。

もうひとりはイオシフ・ヴィサリオノヴィッチ・スターリン。この指導者は、いまアンドロポフが直面しているのと同じ状況を心配し、問いを発したことがある。それは一九四四年のことだった。いま——いまはたぶん、そのときよりも危険は大きい。

いや、はっきりしたことは、今後のようすを見てみないとわからない。ともかく、最終的に判断を下すのはこの私だ、とアンドロポフは自分に言い聞かせた。どんな男でも消すことはできる。不意に頭のなかに浮かびあがったその考えは驚愕《きょうがく》すべきものだったが、彼はすこしも驚かなかった。八十年前に建てられ、全ロシア保険会社の宮殿さながらの本社ビルとなったこの建物は、そうした人間の抹殺を数多く見てきたのであり、ここで働いていた者たちは、さらに夥《おびただ》しい数の死を生じさせる命令をだしてきたのだ。かつて処刑は地下室でおこなわれた。それが廃止されたのはわずか数年前のことで、理由はKGBの官僚機構が膨れあがり、この巨大な建物——さらにはモスクワの街をかこむ内側の環状道路に面する別の建物——の全空間を必要としたからである。しかし、清掃員たちがときどき、静かな夜に幽霊を見たと囁《ささや》き合うことがある。魔女さながらの髪をした老掃除婦が、バケツとブラシを持ったまま、ぎょっとして跳びあがることもあるという。この国の政府は、不滅の魂など信じないわけだから、当然、霊魂や幽霊などというものの存在も信じないが、無知な農民たちの迷信をとりのぞくのは、知識階級《インテリゲンチャ》にウラジーミル・イリイチ・レーニンやカール・マルクスやフリードリヒ・エンゲルスの大部の著作を受け入れさせるのよりもむずかしい。もちろん、スターリンに捧《ささ》げられた仰々しい賛辞をインテリに受け入れさせるのも、迷信を一掃するよりは簡単だ。もっとも、幸いなことに、そんな散文（怯《おび》える男たちだけからなる委員会が作成したもので、それゆえますますひどい文章になる）をいまもってありがたがるのは、マゾとしか言いようのない学者だけである。

《そうさ、ユーリー・ウラジミロヴィッチ》と彼は心のなかで言った。《人々にマルクス主義を信じこませるのはそれほどむずかしいことではない》なにしろ、まず、小学校、共産少年団《ピオネール》、中学校、高等学校、共産主義青年同盟《コムソモール》で共産主義を徹底的にたたきこみ、次いで、ほんとうに頭のよい者だけを正規の党員とするのだ。彼らはいつも党員証をシャツの胸ポケットに入れて持ち歩き、〝心臓のすぐそば〟から離さないようにする。

　しかし、そのころにはもう彼らもすこしはこの国の仕組みが見えてくる。それで、政治がわかるようになった党員は、党の集会で共産主義を心の底から信じていることを告白する。そうしないと、これ以上の出世ができないからである。ちょうど、古代エジプト王朝の賢い廷臣が、視力を奪われないように、ひざまずいて眩《まぶ》しい光を発する王の顔から目を護《まも》るのといっしょだ――彼らが両手をあげて目をおおうのは、生ける神であるファラオが力と繁栄の権化《ごんげ》であるからで、そうやって従順にひざまずき、自分たちの感覚や感性を殺すことにより、出世を手に入れるのである。ここでも同じだ。古代エジプトというと何千年前か？　五千年前？　まあ、歴史書を見ればわかることだ。ソ連は世界でも一流の中世史学者を何人も輩出しているし、優秀な古代史学者も当然生み出しているはずだ。中世史も古代史も政治があまりからんでこない学問領域だからである。古代エジプトがどうであったかなどということは、いまの現実からあまりにも掛け離れていて、マルクスの哲学理論にも、果てしないおしゃべりにも似たレーニンの散漫な思考にも関係ない。だから優秀な学者がその分野に流れる。そして、さらに多くの秀才が純粋科学へと向かう。純粋科学は文字どおり純粋科学であり、水素原子は政治などにまったく関係ないからである。

　しかし、農学は関係がある。製造に関する学問も関係がある。だから、いちばん優秀な者たちはその分野を避けて、政治学そのものを選ぶ。そこに成功への道があるからである。だが、学んだ理論を信じる必要はない。それは、ラムセス二世が太陽神の子だということを古《いにしえ》の廷臣たちが信じなくてもよかったのと同じだ。古代エジプトの王ファラオは、たしか太陽神の子ということになっていたと思うが、別の神の子だったか？　いずれにせよ、廷臣たちは、王が神の子であると信じる必要はなく、ラムセス二世には多数の妻とさらに多くの子供があるという事実を見るだけでよかったのだ、とユーリー・ウラジミロヴィッチ・アンドロポフは思った。それだけでも王の暮らしは男として羨《うらや》むにたるものだったのではないか。それは、レーニン丘に別荘《ダーチャ》を持ち、夏は保養地ソチのビーチで過ごすという現代ソ連エリートの暮らしぶりの古代版と言ってもよい。人間の社会というやつは、ほんとうは何も変わらないのではないか？

そう、たぶん変わりはしない、とKGB議長は思った。そして、自分のおもな職務は、変化を阻止することだ。

そして、この手紙は変化させるぞという脅しではないか。そう、脅威を生む脅しだ。この脅威に対しては何らかの措置を講じねばならないだろう。つまり脅威を生じさせる男に対して何かをしなければならない。

こういうことは前にもあった。これからもあるだろう、と彼は判断した。

アンドロポフはこの対抗措置を考えることによって、まさに自国の崩壊をスタートさせてしまったのだが、彼はそれを悟るほど長生きすることはできなかった。

1 凶兆と夢

「仕事はいつからはじめるの、ジャック？」静穏なベッドのなかでキャシーが訊《き》いた。

夫は自分たちのベッドであることを喜んでいた。ロンドンに来る前に滞在したニューヨークのホテルは居心地がよかったが、どんなホテルでも自宅と同じというわけにはいかない。それに、パーク・アヴェニューの複層式《デユプレックス》アパートメントに住む、自惚《うぬぼ》れのかたまりのような義父にはうんざりさせられた。たしかにジョー・マラーは銀行に九千万ドルもの預金があり、多種多様な有価証券を所有し、その価値は新大統領誕生とともにぐんぐん膨れあがっている。だが、もううんざりだ。

「あさってから」夫は答えた。「昼食後に行って、ちょっとようすを見てこようかなと思っている」

「あなたはもう眠っていないといけないのよ」キャシーは言った。

医者と結婚するのも善し悪《あ》しだ、とジャックはときどき思う。だいたい隠し事があまりできない。医者なら、やさしくふれるという愛情の仕種《しぐさ》で、体温や心拍、いや、もしかしたらそれ以上のことも、わかってしまい、おまけにその〝検診〟で生じた自分の感情をポーカー賭博《とばく》師のように巧みに隠すことができる。まあ、いつも隠すというわけではないが。

「ああ、長い日だった」出発地のニューヨークはまだ夕方の五時前だが、今日〝一日〟は通常の二十四時間よりも長かった。飛行機で眠ることをほんとうに覚える必要がある。座席が窮屈で眠れないというわけではないのだ。政府支給の航空券を自分のアメリカン・エキスプレス・カードでファースト・クラスにグレードアップしたのだから。それに、すぐにマイル数がたまって、席の格上げは自動的におこなわれるようになる。《いや、ありがたいことだよ、まったく》とジャックは思った。ヒースローでもダレスでも空港職員に顔を覚えられてしまうだろう。まあ、ともかく、外交官用の黒いパスポートをもらえたわけだから、荷物検査とかそういうことに煩《わずら》わされることだけはなくなった。ライアンは厳密にはアメリカ大使館員なのである。つまり、第二次大戦中にアイゼンハワー将軍の司令部があった建物と通りひとつ隔てただけの、ロンドンはグローヴナー広場のアメリカ大使館に所属しているわけで、当然、外交官の身分を与えられており、それゆえ国内法のような面倒なものに束縛されない〝超人〟となれる。だから、その気なら、ヘロイン数ポンドをイギリスに簡単に持ちこめる。本人が許可しなければ誰も荷物にさわることさえできないのだ——急を要する仕事があり、私には外交官特権がある、と言って、にべもなく検査を拒否すれば、相手はもうどうすることもできない。外交官が、妻（や愛人）用の香水などや自分用の酒類を、税関を通さずに自由に持ちこんでいるというのは、いまや公然の秘密だが、カトリックの道徳観をもつライアンには、そういう行為は、大罪とまではいかないものの、軽い罪ではある。

例によって疲れた脳に浮かぶとりとめのない思考だと、ジャックは気づいた。頭がこんな状態のときはキャシーは手術を絶対にしないにちがいない。むろん、妻もインターンのときは、長時間ぶっつづけで働かされた——それは劣悪な環境のなかでも正しい判断を下せるようにという訓練なのかもしれないが、ジャックの心のどこかに、いったいどれほどの患者が医学の〝新兵訓練所〟の祭壇に生贄《いけにえ》として捧《ささ》げられているのだろうかという疑問がひっかかっている。もし法廷弁護士がそれをネタに金儲《かねもう》けする方法を思いついてしまったら……

キャシー——白衣につけられるプラスティックの名札によればDr.Caroline Ryan, M.D., FACS（医師キャロライン・ライアン、医学博士、アメリカ外科学会会員《フェロー》）

——は、いまだ訓練段階にあり、苦労して前進しているという状態だった。三十六時間ぶっとおしで勤務したあと愛車のポルシェの小型スポーツカーを駆って帰ってくる妻を、夫は何度も心配したことがある。彼女は長時間にわたる勤務のあいだ、自分では興味のない産科、小児科、一般外科まで担当させられるが、それはジョンズ・ホプキンズ大学病院の一人前の医師になるにはそうした分野のこともすこしは知らなければならないからだ。そう、だから、あの午後、バッキンガム宮殿のまん前で、私が肩をやられたときも、うまく包帯を巻くことができたのだ、とジャックは思った。おかげで妻と娘の目の前で失血死しないですんだ。あそこで死んでしまっていたら、係わった者たち、とくにイギリス人たちにとっては、たいへん不面目なことになっていたはずだ。《私は死んでも勲爵士《ナイト》にしてもらえたのだろうか？》ジャックは洩《も》れでようとした笑いを押し殺した。そのあとすぐ、ついに目が閉じて、彼は三十九時間ぶりに眠りに吸いこまれた。

「彼が向こうでの仕事を気に入ってくれるといいんだが」元判事のアーサー・ムーアCIA長官が一日を締めくくる幹部の会合で言った。

「アーサー、向こうさんも歓待の仕方くらい心得ていますよ」ジェイムズ・グリーア情報担当副長官が指摘した。「バジルはいい先生のはずです」

ロバート・リッター工作担当副長官は何も言わなかった。あのライアンとかいう男は、素人《しろうと》のくせに、CIA職員には似つかわしくない多大な――あまりにも大きすぎる――評判を勝ちえてしまった。情報部の者だからなおさら不釣り合いだ、と彼は思わずにはいられなかった。リッターにとっては、情報部は本来は工作部のためにあるものなのだ。それなのに、情報部は自分のほうが主人だと思いこんでいる。本末転倒もはなはだしい。たしかにジム・グリーアは優秀な情報機関員で、いっしょに働くのに異論はないが、現場のスパイではない。いまCIA《エージェンシー》が必要としているのは――議会はまったく反対の考えだが――その現場の工作員なのである。少なくともアーサー・ムーアはその点を理解している。しかし、議会《ザ・ヒル》で、資金の割当額を決める権限をもつ議員たちに〝現場の諜報員《ちょうほういん》〟と言っただけで、彼らは金の十字架を見せられたドラキュラのように飛びのき、みな一様にヒャーと引いてしまう。リッターもそろそろ何か言わねばならなかった。

「向こうさんは彼に何をさせ、どこまで情報を洩らすんでしょうかね?」工作担当副長官は頭に浮かんだ疑問を口にした。

「バジルは彼を私の代理と見なすはずだ」ムーア判事がちょっと考えてから言った。

「だから、われわれに教えられる情報はすべて、彼にも教えることになるだろう」

「彼らはライアンを取り込もうとするでしょうな、アーサー」リッターは注意をうながした。「彼がよく知っていて、向こうが知らないというものもありますからね。彼らはライアンから情報を引きだそうとします。彼はそれに対して自衛する方法を知りません」

「ボブ、その件についてはすでに説明しておいた」グリーアがきっぱりとした口調で言った。リッター工作担当副長官はそんなことはすでに知っていたが、自分の思いどおりにならなかったので、わざと不機嫌になって見せて相手を牽制《けんせい》していたのだ。彼はそういう技が実にうまいのである。グリーアはボブの母親はさぞや苦労したにちがいないと思った。「あの若者を見くびってはいけない、ボブ。彼は頭がいい。きっと、向こうに引きだされるよりも多くの情報をイギリス人たちから引きだす。ステーキ・ディナーを賭《か》けてもいい」

「ようし、私の勝ちだ」副長官（工作担当）は鼻息を荒くして応じた。

「『スナイダーズ』だぞ」副長官（情報担当）はさらに煽《あお》りたてた。『スナイダーズ』はキー橋を越えてすぐのところにある二人ともお気に入りのジョージタウンのステーキ・ハウスだった。

ＣＩＡ長官のアーサー・ムーア判事は、二人のやりとりを面白そうにながめていた。グリーアはリッターを苛立《いらだ》たせるすべを心得ている。そして、なぜかリッターはそれから身を護《まも》る方法をどうしても見つけられない。たぶんグリーアのニューイングランド訛《なま》りのせいだろう。ボブ・リッターのようなテキサス人（アーサー・ムーア自身もそう）は、鼻から抜くようなしゃべりかたをする者には優越感を感じ、つい油断してしまう。カードをしているときやバーボン・ウイスキーを飲んでいるときはとくにそうだ。判事はこうした張り合いは自分には関係ないと思っていたが、見ているぶんには面白かった。

「ようし、『スナイダーズ』のディナーだ」リッターは手を突き出した。もういいだろう、と長官は思った。会合をしかるべき状態にもどそう。

「話はそれでついたな、諸君、次へ行こう。大統領がポーランドで何が起ころうとしているのか知りたがっている」

リッターはその話に飛びつきはしなかった。ワルシャワには優秀な支局長がいたが、配下にはまともな工作員が三人しかいず、そのうちのひとりは駆け出しだった。だが、彼らが運営する協力者のなかには、ポーランド政府中枢《ちゅうすう》に潜りこんだとても信頼できる情報提供者がひとりいたし、軍隊内にも役立つスパイが何人かいた。

「アーサー、それはポーランド政府にもわからない。この〈連帯〉の件では、彼らもどうしてよいかわからず、遠巻きにして踊っているという状態です、毎日まいにちね」工作担当副長官はほかの二人に言った。「しかも、踊りの音楽はたえず変わりつづける」

「結局、モスクワが彼らに何て言うか、ということになるでしょうな、アーサー」グリーアも同じ意見だった。「だが、モスクワもどうしてよいかわからない」

ムーアは読書用眼鏡をはずし、目をこすった。「そうだな。あっちの連中は、公然と反抗されると、どうしてよいかわからなくなる。ジョー・スターリンだったら、視界に入る者をみんな撃ち殺していただろうが、現在の指導者どもにはそんな度胸はない、ありがたいことにな」

「集団指導制によって、みんな臆病《おくびょう》になってしまったんです。それに、ブレジネフには指導力もない。聞くところによると、彼は誰かの手を借りなければトイレにも歩いていけないというじゃないですか」これはちょっと大げさだったが、ソ連の指導力が弱まりつつあることに関連することであり、リッターは気に入っていた。

「〈カーディナル〉は何て言ってる？」ムーアはクレムリン内奥《ないおう》にもぐりこんだＣＩＡ最高のスパイをもちだした。彼はドミトリー・フェードロヴィッチ・ウスチノフ国防相の専属補佐官で、名前はミハイル・セミョーノヴィッチ・フィリトフだが、それを知っているのはごくわずかの現職CIA職員だけで、ほかの者たちは〈カーディナル〉というコードネームしか知らない。

「ほんとうに指導できる指導者がでてくるまでは政治局には何も期待できないとウスチノフ国防相は考えている、と〈カーディナル〉は言っています。レオニード・ブレジネフは衰えているのです。誰もが知ってますよ、一般市民もね。テレビに映る姿まで偽装できないでしょう？」

「どのくらいもつと思う？」

ほかの二人は肩をすくめた。質問に答えたのはグリーアだった。「医者たちに映像を見てもらって意見を聞いたところ、明日倒れてもおかしくないが、耄碌《もうろく》したままあと数年生きるかもしれない、とのことでした。軽いアルツハイマー病があるようだ、と彼らは言っています。ただ、まだごく軽いものだそうです。いちばん大きな問題は進行性心筋疾患、というのが医者たちの見立てで、初期段階のアルコール中毒によって悪化したのではないかということです」

「彼らはみんなその問題をかかえています」リッターが言った。「〈カーディナル〉もブレジネフは心臓疾患をわずらっていると言っています。ウォツカの飲み過ぎということもね」

「肝臓も重要で、彼の場合はやはり最適状態以下と思われます」グリーアがずいぶん控えめな言いかたをした。ムーアが落ちをつけた。

「しかし、ロシア人に飲むのをやめろと言うのは、灰色熊《グリズリー》に森のなかでクソをするのをやめろと言うようなもので、絶対にむりだ。権力委譲をきちんとできないというのが連中の命取りになる可能性があるな。あそこの体制が崩壊するとしたら、そのせいだろう」

「うーん、そうですかなあ」ボブ・リッターは悪戯《いたずら》っぽくにやっと笑った。「あの国は法律家がたくさんいればすぐに崩壊すると思いますよ。わが国の弁護士や検事を十万人ほど送りこんだらどうでしょう？」

「連中はそこまで馬鹿《ばか》じゃない。ポセイドン・ミサイルを何基か撃ちこむほうがいい。そのほうが社会に対する最終的損害も少なくてすむ」グリーア情報担当副長官が冗談に付き合った。

「どうしてみんな、わが貴き職業を馬鹿にするのだろうな？」ムーアは天井を仰いだ。

「あの体制を救える者がいるとしたら、それは法律家だぞ、諸君」

「ほんとうにそう思うんですか、アーサー？」グリーアが訊《き》いた。

「法の支配がなければ正常な社会は成り立たないし、法の支配はそれをしっかり管理運営する者がいてはじめて成立する」ムーアは元テキサス州高等裁判所長官なのだ。「あの国にはそうした法律がまだない。なにしろ、政治局が嫌いな者を簡単に処刑できるという国だからな。控訴《こうそ》制度らしきものさえない。あれでは国民は地獄に生きるようなものだ。頼れるものなんか何もない。カリグラ治下のローマのようなものだ——皇帝の思いつきが、まさに法律なんだ。いや、ローマの場合は、皇帝でも従わざるをえない法律がいくらかあったな。ロシアのお友だちのところには、そういうものさえない」ほかの二人には、長官がそれをどれほど恐ろしい状態と考えているか、正確にはとらえられなかった。ムーアはまず、法曹界の質の高さで有名な州で最高の法廷弁護士になり、次いで思慮深くて公平な男たちであふれる裁判所の判事となった。ほとんどのアメリカ人は、野球のベース間の距離は九十フィートというのと同じように、法の支配もあたりまえと思っている。だが、リッターとグリーアにとっては、そうしたアーサー・ムーアの法律家としてのキャリアよりも、彼がかつて優秀な現場工作員だったという事実のほうが重要だった。「それで、大統領には何て言えばいいのかな？」

「ほんとうのことを言えばいいんじゃないですか、アーサー」グリーアが答えた。

「彼らもわからないので、われわれにもわからない、と」

あとで厄介なことにならないよう真実を伝えるとなると、そうとしか言えない。それはわかっているのだが……。「おい、ジム、われわれは知るのが仕事で、それで金をもらっているんだぞ！」

「つまるところ、ソ連が脅威をどれほど感じているかですな。ポーランドは彼らにとって便利な〝手先〟、跳べと言えば跳ぶ奴隷《どれい》国家なんです」グリーアは言った。「ソ連政府はテレビもプラウダ紙も完全にコントロールできますから、国民には都合のよいことだけ知らせることができ――」

「しかし、国境を越えて伝わってくる噂《うわさ》までは抑えこめない」リッターが言った。

「それに、ポーランドに送りこまれている兵隊たちが帰郷したら、いろいろ話す――ドイツでもチェコスロヴァキアでもハンガリーでも同じです。『アメリカの声』や『自由ヨーロッパ放送』で聞くこともありますしね」前者はＣＩＡが直接管理している放送局で、後者は表向きいちおう独立した局ということになっているが、そんな作り話を信じる者はひとりもいない。リッター自身、これらアメリカ政府の宣伝放送機関の両方に、かなり口をだす。ソ連のほうも、巧みな宣伝《アジプロ》が力をもつことはわかっていて、その活動や機関を重視している。

「連中はどれくらい追い詰められていると感じているのかな？」ムーアは浮かんだ疑問をそのまま口にした。

「わずか二、三年前、彼らは成功の絶頂にあると思っていました」グリーアが声をあげた。「当時わが国は、経済はインフレで最悪、おまけにガソリン不足による行列やらイラン騒動やらで大変でした。ニカラグアがソ連に転がりこんだばかりの時期でもあり、わが国民の士気は低下し……」

「だが、それも変わりつつある、ありがたいことに」ムーアがあとを承《う》けた。「完全な逆転状態かな？」それは期待しすぎだった。アーサー・ムーアの本質は楽観主義者なのである——でなければ、ＣＩＡ長官にはなれない。

「その方向へいま進んでいるところです、アーサー」リッターが言った。「彼らは鈍くて、まだそれがわからない。連中は頭が切れるとは言えません。それが最大の弱点です。なにせ最高幹部たちはイデオロギーと結婚していて、まわりが見えないのです。だから、痛めつけることはできます——したたかにね——やつらの弱点を徹底的に分析し、それを利用する方法を思いつければ」

「ほんとうにそう思うのか、ボブ？」情報担当副長官が訊いた。

「思っているんじゃない——それが事実だということを知っているんだ！」工作担当

副長官は語気鋭く返した。「やつらはもろい。しかも、自分たちがもろいということをまだ知らない。それが最大の利点だ。いまのうちに何かを仕掛けるべきだ。新大統領はわれわれの工作を支持してくれるにちがいない。乗っても政治的に損はないと大統領が思うような良策をわれわれが考えだせれば、問題はない。議会は大統領が怖くてしかたないので、邪魔しない」

「ロバート」長官は言った。「ひそかに考えている奥の手があるようだな」

リッターは数秒考えてから話しはじめた。「ええ、アーサー、実はあるのです。十一年前に現場からここ本部へ引っぱられたときから考えつづけてきた計画です。文字にはまったくしていません」その理由を説明する必要はなかった。議会はこの建物内にある書類はすべて——正確には、ほぼすべて——提出させて調べる権限があるが、頭のなかにしかないものまで引っぱりだすことはできない。が、そろそろ、それを書きとめるべきときかもしれない。「ソ連の最大の望みは何です?」

「われわれを打倒することだ」ムーアは答えた。正解するのにノーベル賞クラスの知能は必要ない。

「では、われわれの最大の望みは?」

今度はグリーアが応《こた》えた。「われわれはそういう言葉は使って考えることも許されない。だから答えは、連中と暫定《ざんてい》協定を結びたい、だな」それはニューヨーク・タイムズ紙が言ったことだが、それがほんとうにアメリカ国民の声なのだろうか？「オーケー、ボブ、ぜんぶ吐いてしまえ」

「やつらをどう攻撃するか？」リッターは言った。「攻撃するというのは、まさにやつらの住んでいる場所で殴りつけ、痛めつけるという意味で――」

「打倒するというのか？」ムーアは訊いた。

「ええ、もちろん」リッターは答えた。

「できるのか？」長官はリッターが可能だと思っているのを知り、興味をおぼえた。

「だってそうでしょう、アーサー、やつらはあんなに大きな銃でわれわれをねらえるんですから、われわれにだって当然やつらに同じことができるはずです」リッターは意を決し、きっぱりと言った。「やつらはアメリカの政治プロセスを妨害しようと、わが国の政治グループに送金しています。ヨーロッパ中で反核デモを組織し、戦域核兵器の廃絶を叫ばせ、そうしておきながら自分たちは同様兵器の再配備をめざしているのです。われわれはそれについて知っている情報をメディアに洩《も》らすことさえできない――」

「たとえ洩らしても、メディアは記事にしないからな」ムーアは自分の考えを披露した。要するに、メディアは核兵器そのものも嫌いなのに、ソ連の核兵器は進んで大目に見ようとする。メディアはどういうわけかソ連の核兵器は世界平和を脅《おびや》かさないと考えているのだ。リッターの本心は、ソ連がアメリカのマス・メディアに影響力をもっているのかどうか知りたいということではないか、とムーアは思った。だとしたら厄介だ。ソ連がほんとうに影響力を行使しているとしても、そのような調査で実るのは〝毒入りの果実〟だけなのである。メディアというのは、ケチが貯《た》めこんだ金をつかんで放さないように、自分たちは清廉《せいれん》でバランスがとれているという幻想にしがみつく。だが、確たる証拠はないものの、KGBはアメリカのメディアをあるていど操っている、、、ということをCIAは知っている。影響力を確立し、それを行使するのは、実に簡単なのである。メディアの人々におもね、偽《にせ》の秘密を洩らせばいいのだ。それだけで、信頼できる情報源になれる。しかし、ソ連はそれがどれほど危険なゲームになりうるか知っているのだろうか？　アメリカのニュース・メディアは絶対に曲げられない核となる信念をいくつかもっているので、彼らをもてあそぶのは不発弾をいじりまわすようなものなのだ。一歩まちがえば、たいへん面倒なことになる。この本部ビル七階に執務室をもつ幹部のなかには、ソ連の情報機関の特質について多大な幻想をいだく者はひとりとしていない。KGBは、たしかに腕のよい者たちをかかえ、彼らを徹底的に鍛えて優秀な要員に育てあげるが、弱点ももっている。KGBもまた、それが仕える社会と同様、政治的鋳型《いがた》をむりやり現実に当てはめ、型に合わない情報のほとんどを無視してしまうのだ。だから、何カ月あるいは何年も費やして忍耐強く念入りに計画、準備した工作が、担当要員のひとりが敵国の生活は聞いていたほど悪くないと思ってしまったがために、水泡に帰してしまうということがしばしば起こる。嘘《うそ》を信じる者の目を覚ます妙薬は、つねに真実である。それは平手打ちだ。そして、打たれた者が賢ければ賢いほど、痛みは大きい。

「それはあまり重要なことではない」リッターは言い、どちらの同僚をも驚かせた。

「オーケー、つづけて」ムーアは命じた。

「われわれがやらねばならないのは、やつらのもろいところを調べ、そこを攻撃することです——目標はあの国全体を不安定化すること」

「それはちょっとむずかしいぞ、ロバート」ムーアは返した。

「〝野心剤〟でも飲んだんじゃないのか、ボブ?」グリーアはそう言いつつも興味を掻《か》き立てられた。「われらが政治指導者たちは、そんな大それた目標には青ざめてしまう」

「ああ、わかっている」リッターは両手をあげて制した。「おいおい、彼らを傷つけるなんてとんでもない、核攻撃されたらどうするんだ、というわけだろう？　よしてくれ、まったく。やつらが襲いかかってくる可能性はわれわれがそうするよりもずっとずっと低い。いいかね、やつらはわれわれを恐れているんだ、われわれがやつらを恐れているよりもはるかにな。そして、なんと、ポーランドも恐れている。なぜか？ポーランドにいま、ソ連国民もかかってしまうかもしれない病気が蔓延《まんえん》しているからさ。それは期待増進という病だ。そして、やつらはこの膨れあがる期待を満足させることができない。ソ連経済はいまや、切株にたまった水のように停滞している。われわれがちょっと押してやれば……」

「『われわれはドアを蹴《け》るだけでよい。そうすれば腐った建造物全体が崩壊する』」ムーアがアドルフ・ヒトラーの言葉を引用した。「ソ連に攻め入るときのアドルフの言葉だが、彼は雪が降りはじめると手痛い驚きに襲われる」

「あの男は必読書のマキアヴェッリを読まなかった馬鹿者《ばかもの》です」リッターは言い返した。「まず征服せよ、しかるのちに虐殺《ぎゃくさつ》せよ、です。警告を与えるなんて、もってのほか」

「現在のわれわれの敵なら、あのニコロ・マキアヴェッリにだって、教訓をひとつか二つ教えられただろうにな」グリーアは納得した。「オーケー、ボブ、具体的にどうしようというのかね？」

「実際に利用するつもりでソ連の弱点をさがす組織的な調査をする。ごく簡単に言うと、しっかり調査して、われらが敵を大いに困らせる実行可能な策略を考えだす」

「うん、それなら、われわれがいつもしていなければいけないことじゃないか」ムーア長官はすぐさまリッターの提案に賛成した。「ジェイムズ？」

「いいですよ。うちの部に担当チームをつくり、アイディアをいくつかまとめさせましょう」

「いつもの人間ではだめだ」リッター工作担当副長官は声に力をこめた。「お馴染《なじ》みの人員を使ったのでは役立つものは絶対に得られない。通常の殻を破って考えないと意味がない」

グリーアはちょっと考えてから、うなずいて同意した。「オーケー、そういう人選をしよう。特別プロジェクトだ。計画名はどうする？」

「〈感染〉というのはどうかな？」リッターは答えた。

「で、いざ作戦ということになったら、〈疫病《えきびよう》〉にする？」グリーア情報担当副長官は笑い声をあげた。

ムーア長官も笑いを洩らした。「いや、こうしよう。〈赤死病の仮面〉エドガー・アラン・ポーの短編の題名が私にはぴったりのように思える」

「なるほど、それだと工作部が情報部を引き継ぐ感じがよくでますな」グリーアは考えたことをそのまま口にした。

最初は真剣な企てではなく、面白い机上の考察でしかない。ちょうど買収屋が、できれば乗っ取りたいと思っている会社の底力と弱点を探るようなものだ……。そして、機が熟したら、ばらばらに解体する。いや、ソヴィエト社会主義共和国連邦の場合は、そんなに簡単にいくわけがない。なにしろ、諜報《ちょうほう》活動の世界では中心となる最大手なのだ。こちらが南北戦争中のポトマック軍だとしたら、ソ連は南軍総司令官のボブ・リー将軍だし、こちらがボストン・レッド・ソックスなら、向こうはニューヨーク・ヤンキースなのである。彼らを打ち負かすのは、実に魅力的な夢ではあるが、ほとんど夢、いや、まさに夢そのものなのだ。

だが、それでも、アーサー・ムーア判事は夢の実現をめざすことを認めた。容易につかめぬ高いゴールをめざしてこそ人間ではないか。いまつかめるものだけで満足するというのなら、はるか高みに存在する天国は何のためにあるのか？

もうすぐ二十三時というモスクワの夜、アンドロポフは煙草《たばこ》──実はアメリカのマールボロ——をくゆらせながら、アメリカのバーボンを思わせる琥珀色《こはくいろ》の高級ウォツカ、スタールカをちびちびやっていた。レコード・プレーヤーの上には、アメリカの製品がもうひとつ載っている。素晴らしいニューオリンズ・ジャズをトランペットで吹くルイ・アームストロングのLPだ。KGB議長も、大方のロシア人の例に洩れず、黒人を人食い猿同然の生き物と見なしていたが、そういう者たちがアメリカでは独自の芸術形式を生みだしたのである。音楽に関しては、熱愛するならボロディンらロシア・クラシック音楽の作曲家のひとりであるべきで、それはアンドロポフも充分承知してはいたものの、アメリカで誕生したジャズのヴァイタリティーはまさにすごいものので、胸に迫るものがあった。

しかし、いまはそのジャズも思考を助けるバックグラウンド・ミュージックでしかなかった。ユーリー・ウラジミロヴィッチ・アンドロポフは、茶色の目の上に眉《まゆ》がぐっと張りだし、顎《あご》の尖《とが》った細長い顔が他民族の血が混ざっていることを示していたが、心は完全なロシア人、つまりビザンティウム人とタタール人とモンゴル人の縒《よ》り合わせで、己の目標を達成することしか眼中になかった。目標はたくさんあったが、なかでも最大のものは、この国の指導者になるということだった。ソ連は誰かが救わねばならず、彼は祖国《くに》がどれほど救助を必要としているか正確に知っていた。知りえない秘密はほとんどないというのもKGB議長の役得のひとつで、嘘が満ちあふれ、嘘がまさに最高の芸術形式にまで高められている社会では、これが物を言う。とりわけソ連経済は嘘で塗り固められている。だらけた無気力な巨人そのままのソ連経済は、上からの命令によって動かされる構造になっており、工場——と工場長——はみな、達成しなければならない生産目標を与えられる。この目標は達成可能な場合も不可能な場合もある。だが、そんなことは重要ではない。重要なのは、その上からの強制が厳しいということだ。ただ、言うまでもないことだが、いまは昔ほど厳しくはない。一九三〇年代、四〇年代には、五カ年計画が掲げる目標を達成できないと、まさにこの建物のなかで処刑されてしまうということもあった。なぜなら、目標を達成できない者は、〝ぶち壊し屋〟、破壊活動家、国家の敵、国家反逆罪が最大の罪である国での〝反逆者〟になってしまうからである。当然そうした者には極刑が求められ、それは通常、かつて皇帝《ツァー》がアメリカから買った古いスミス・アンド・ウェッソンのリヴォルヴァーから発射される四四口径弾丸による処刑となる。

それゆえ工場長たちは、五カ年計画の目標を達成できなければ、書類上で達成できたことにすればよいということを学んだ。そうするだけで、命を延ばすことができ、仕事上の特典も失わずにすむのである。そして、その嘘はふつう、帝政時代から受け継がれ、マルクス－レーニン主義のもとでさらに育《はぐく》まれ巨大化した官僚制のなかで見失われてしまう。そうした傾向はアンドロポフ支配下のKGBにも大いにあり、彼もそれを知っていた。アンドロポフは不満を口にし、怒鳴ることもあったが、それでどうにかなるという保証はなかった。効果がある場合もあった――実は、最近ではそういう場合がかなり多くなったが、それはアンドロポフが自分でメモし、一週間後くらいにどうなったか調べることにしたからである。ともかく、徐々にではあるがKGBも変わることを学びつつあった。

しかし、この官僚制による曖昧《あいまい》化にはアンドロポフ流の無慈悲さをもってしても到底かなわないという事実まで変えることはできない。たとえスターリンが生き返っても、変えることはできないだろう――もっとも、スターリンの蘇生《そせい》を望んでいる者など、ひとりもいないが。ソ連のシステムに染《し》みこんでいるこの曖昧化は、党ヒエラルキーの頂点である最高幹部にまで達している。だから、政治局も、国営農場〈日の出〉の管理者たちと同じくらい優柔不断なのだ。アンドロポフは最上層にまでのぼりつめるあいだに、まわりを観察しつづけ、能率を学んだ者がひとりもいないことを知った。だから、この国では、あまりにも多くのことが、ほんとうはたいして重要なことではないんだという意識のもとに、誰かがウインクしうなずくだけで起こってしまう。

そのため、当然ながら、進歩というものが現実にはほとんど起こらず、うまく行かないものをうまく行かせるのが彼とKGBの仕事となる。国家が必要とするものを担当機関が提供できない場合、KGBがそれを所有する者から盗まねばならなくなるというわけだ。アンドロポフのスパイ機関KGBと、その姉妹組織である軍情報機関GRUが、あらゆる種類の武器の設計を西側から盗むことになる。《情報機関だけは実に優秀なので》アンドロポフはふんと鼻を鳴らし、心のなかで言った。《ソ連のパイロットはいまもときどき、アメリカのパイロットを何年も前に死亡させた設計上の欠陥によって死ぬ》

そこが問題なのだ。KGBがいくら有能で、たとえ華々しい大成功をおさめても、せいぜいソ連軍を西側の軍から五年遅れた地点にたどりつかせるのがやっとなのである。それに、アンドロポフ配下の工作員をもってしても絶対に盗みだせないものもある。たとえば、最新鋭の武器を可能にする製造現場での品質管理。《いったい何度あったことか》とアンドロポフは心のなかで嘆いた。《アメリカなど西側の国から設計図をなんとか盗みださせたら、ソ連ではそのとおりに複製することなどできなかったということが》

そして、そういう穴を埋めるのもアンドロポフの仕事だった。ギリシャ神話のヘラクレスが課された難業も、KGB議長の職務にくらべたらどうということない、と彼は煙草の火を揉《も》み消しながら思った。祖国を変える？　死してなおミイラとして、赤の広場の廟《びょう》に共産主義の神のように祀《まつ》られているレーニンは、ロシアを帝政後進国から……社会主義後進国に変えた。ソ連政府は社会主義と資本主義を合体させようとする国には軽蔑《けいべつ》をあらわにする——ただ、それでも、ほんのすこしだけ存在価値を認める。そうした国もKGBの盗みの対象となるのだ。西側がソ連製武器に関する情報を得るために資金を投入し、血を流すことはめったにない——あったとしても、武器の不具合を知ることしかできない。西側の情報機関は、ソ連が新しい武器を開発するたびに悪魔の破壊兵器だと言って、それぞれの国の政府をふるえあがらせようと全力を尽くすが、あとになって、ソ連という虎《とら》は、いかに恐ろしげに見える牙《きば》を持っていようと、鉛のブーツをはいていて、鹿《しか》一匹つかまえられないということを発見する。ロシアの科学者が思いついた独創的なアイディア——実はたくさんある——は、西側によってしかるべきときに盗まれ、きちんと機能する装置に化けてしまう。

設計局は軍と政治局に約束する。もうすこしだけ資金があれば、新しい兵器を大幅に改良できるのだが、と言う……ふん！　そうするあいだもずっと、アメリカの新大統領は前任者たちがやらなかったことをしつづける。自分の虎に餌《えさ》をやりつづけるのだ。こうしてアメリカの巨大産業は、生の赤肉を食らって、ここ十年のあいだに開発した新兵器を文字どおり大量生産しているのである。KGBの工作員や協力者によると、過去三十年間ずっと沈滞していたアメリカ軍の士気が、いままさに高まりつつあるという。とくに陸軍の訓練のテンポが速まり、彼らの新兵器は……

……ところが、そう言っても政治局は信じようとしない。政治局員たちはあまりにも偏狭で、国境の向こうの世界の真の姿にふれたこともない。彼らの頭のなかでは、外の世界もレーニンの政治理論――六十年前に書かれた理論！――どおりでソ連国内とあまり変わらないのである。世界は六十年間まったく変わらなかったとでもいうのか！　ユーリー・ウラジミロヴィッチ・アンドロポフは心のなかで憤慨した。私は莫《ばく》大《だい》な金を使って世界で起こっていることを調べだし、得られた情報を、完璧《かんぺき》な訓練を受けた有能な専門家に分析させ、見事にまとまった報告書をあのオークのテーブルをかこむ老人たちに提出している――それでも彼らは耳をかたむけない！

かてて加えてこの問題だ。

《このままではとんでもないことになるぞ》とアンドロポフは自分に言い聞かせ、またしてもスタールカをたっぷり喉《のど》に流しこんだ。適切な人物なら、ひとりだけで充分なのだ。この場合、適切な人物というのは、人々が耳をかたむけ、言行に注目する人物のことである。多くはないが、そのように人々が好意を寄せて注目する人物は世の中にいる。

恐れなければならないのは、そうした人間だ……

《カロル、カロル、なぜこんな厄介事を起こさなければならないんだ?》

彼が脅しているとおりのことをしたら、当然、ただではすまない。あのポーランド政府への親書は、ワルシャワのわれらが従僕たちだけに読ませようとしたものではない——親書がどこにまで行くか彼は知っていたはずだ。やつは馬鹿ではない。それどころか、あの男は私の知るどんな政治家にも負けぬくらい抜け目ない、とアンドロポフは思った。なにしろ彼は共産主義国家でカトリックの聖職者になり、世界最大教派の頂点にまでのぼりつめ、そこの〝書記長〟にまでなった男だ。権力のレバーの動かしかたを知らなければ、そこまで出世できなかったにちがいない。カトリックのくだらない御託を信じるなら、彼がいまついているポストはほぼ二千年前にできたものだという——まあ、たぶん、ほんとうのことなのだろう。古代ローマ時代にすでに教会があったというのは客観的事実だからな。ただ、それはたしかに歴史的事実ではあるが、だからといってキリスト教の信仰そのものまでが、マルクスが評価する以上に根拠があるというわけではない——正確には、マルクスは根拠などまったくないと言っている。ユーリー・ウラジミロヴィッチ・アンドロポフは、神への信仰が意味あるものだと思ったことなどいちどもなく、同様にマルクスとエンゲルスの絶対化を正しいと思ったこともない。しかし、人間は誰しも何かを信じなければならない、ということは知っている。それが真実であるからではなく、それ自体が権力の源であるから、信じなければならないのだ。やるべきことを指示されないと何もできない劣った人々は、自分たちよりも大きな何かを信じる必要がある。地球上にいまだに残る密林に住む未開民族は、雷を単なる暖気と寒気の衝突と考えるのではなく、そこに何らかの生きものの声を聞く。なぜか？　それは、自分たちは強い世界のなかの弱い存在であるということを知っていて、すべてを神のせいにしなければ生きていけないからである。彼らは生贄《いけにえ》を捧《ささ》げれば自分たちを支配するどんな神をも動かせると信じ、豚や子供さえも殺して神に捧げる。そして、当然、神に対するそういう影響力を行使できる者が、社会をかたちづくる権力を獲得する。権力はいろいろと物を言う。〝偉大な人物〟のなかには、それを利用して安楽や女を手に入れる者もいる――KGBでも先任の議長のひとりが、権力を使って女たち、正確には若い娘たちを自由にしていたが、アンドロポフはその悪徳には染まっていなかった。いや、権力はそれだけで充分なものだ。それを使って他のものを手に入れる必要などない。人は権力によって、火のそばで暖まる猫のようにぬくもれるのである。権力は手にしているだけで楽しい。なにしろ、他の者たちを支配し、自分の気持ちひとつで配下の者に死や安楽を与えられるのだ。配下の者は、こちらのほうが偉いということを認めて、へつらい、服従する。

もちろん、それだけではない。権力者は何かをしなければならない。時の砂に足跡を残さねばならない。その善し悪《あ》しはどうでもよい。注目を集めるほど大きい足跡でありさえすればよいのだ。アンドロポフの場合、国全体が彼の指示を必要としていた。政治局員のなかで、何をなすべきかわかっているのは彼だけなのである。彼だけが祖国の進むべき進路を決めることができるのだ。そして、それに成功すれば、後世に名が残る。自分がそのうち死ぬことはアンドロポフもむろん知っていた。死因は肝臓の病気にちがいなかった。だからウォツカを飲むべきではないのだが、権力者は自分のことは自分で決めるという不可侵の絶対的権利をも有している。ほかの者は誰ひとり、ああしろこうしろと彼に指図することはできないのだ。こういう状態をつづけるのは必ずしも賢いこととは言えないが、偉大な男というのは劣った者たちの言葉に耳をかたむけないものだし、アンドロポフは自分を偉人のうちでも最たる偉人と考えていた。自分の意志の強さをもってすれば、この時代の世界のありようも決定できるのではないか、とアンドロポフは自問した。もちろん、できる。だから夜にときどき一杯か二杯、ときとして三杯、酒を飲む。公式ディナーがあればそれ以上飲む。ひとりの男によって祖国が支配される時代は終わって久しい――それは、イワン雷帝をもふるえあがらせるほどの残忍さで統治した〝コヴァ〟・イオシフ・ヴィサリオノヴィッチ・スターリンの死とともに、三十年前に終わった。そう、そのような権力は支配する者にも支配される者にも危険すぎる。スターリンは正しい判断も下したが、それと同じくらい誤りもおかした。正しい判断はたしかに国に利益をもたらした。しかし、彼の誤りはソ連を永遠に後進国に封じ込めたと言っても過言ではない――そして、スターリンは世界でもっとも恐るべき官僚制を創《つく》りだすことによって祖国の進歩をほとんど不可能にしてしまった。

だが、適役のひとりの男が力をもてば、政治局の仲間たちを正しい方向へ導くことができ、次いで新しい政治局員を選ばせ、恐怖ではなく影響力によって必要な目標を達成できる。そうなれば、たぶん、どんな国にも必要な単一統治を維持でき、国はふたたび発展できる。さらに、新しいことを起こす――〈真の共産主義体制〉を樹立する――のに必要なだけの柔軟性も得られ、〈忠実な支持者〉たちが待ち望むものとレーニンの著作に明記されている〈輝かしい未来〉を実現できる。

アンドロポフは心のなかの矛盾には気づいていなかった。〝偉大な人物〟にはよくあるように、自分の肥大したエゴを邪魔するものはまったく見えないのである。

ともかく、いまは結局、カロルの問題、彼がもたらす危険にもどってしまう。

アンドロポフは明朝の幹部会議に備えて頭のなかでメモをした。どのような選択肢があるか考えておかなければならない。政治局員たちは〈ワルシャワ親書〉によって明らかになった問題にどう対処すればよいのかわからず、そう口にだして悩み、きっと私のほうを見る、とアンドロポフは思った。だから、言うべきことを考えておく必要がある。要は、保守的な同僚たちを動転させない手を考えだすということだ。彼らはいちおう権力者ではあるのだが、実はとてもびくびくしているのである。

アンドロポフは現場の工作員から送られてくる夥《おびただ》しい数の報告書を読む。工作員は第一管理本部の有能なスパイで、外国の元首や高官たちの頭のなかにあるものをたえず探っている。彼らの報告書を読むと、実に奇妙なことがわかる。それは、世界には恐怖が満ちあふれているということと、いちばんびくびくしているのは、ほとんどの場合、権力を手にしている者たちであるということだ。

もうやめよう。アンドロポフはグラスのなかのウォッカを飲み干し、今夜の寝酒をそれで打ち切った。権力者の恐怖の原因は、自分たちはほんとうは力をもっていないと自覚しているがゆえの不安である。彼らは強くないのだ。工員や農民とまったく同じで、女房の尻《しり》に敷かれているのである。欲にまかせてつかみとったものを失うのではないかと不安でしかたない。だから、権力を使って卑劣な奸計《かんけい》をめぐらして、自分がつかんでいるものを奪いとろうとする者たちを叩《たた》きつぶそうとする。あの最強の暴君、スターリンでさえ、おもに権力を自分の〝王座〟に座る可能性のある者たちを抹殺するのに使った。だから、偉大な〝コヴァ〟は、前を見ず、外も見ず、下だけ見て、粛清にエネルギーを費やしたのだ。彼はちょうどスカートの下をちょろちょろする鼠《ねずみ》を怖がる台所の女で、突進してくる虎を殺す力と意志をもつ男ではなかった。

しかし、私にはちがうことができる。

私なら目を前に向けて未来を見定めることができる？　アンドロポフは自問した。ああ、できる！　クレムリンのテーブルをかこむ劣った者たちに自分のヴィジョンを伝え、意志の力で彼らを導くことができる。レーニンをはじめとするこの国のすべての政治哲学者が思い描いた理想を見つけだし、それにふたたび焦点をあてることができる。そう、この国の進路を変えて、偉大な男として永遠に記憶され……

しかし、まずはいま、カロルとソ連に対するやつの実に苛立《いらだ》たしい脅しを、どうにかしなければならない。

2　視界と地平線

自分が運転して夫を駅まで送っていくのかと思うとキャシーはほとんどパニック状態になった。車の左側へ歩いていく夫を見て、アメリカ人なら誰しも思うように、ああ、運転していくつもりなんだわと思ったのに、キーを投げわたされて、はた目にもわかるくらいぎょっとしてしまった。

ペダルはアメリカ車と同じであることをキャシーは見つけた。イギリスは左側通行ではあるが、どこの国の人々も利《き》き足は右足というわけなのだろう。だが、チェンジ・レバーはセンター・コンソールにあるので、ギヤ・チェンジは左手でしなければならない。バックで煉瓦《れんが》敷きの庭内路《ドライヴウエー》からでるのは、いつもとたいして変わらなかった。道路にでると即座に二人とも思った。イギリス人がアメリカに行ったり、フェリーでフランスにわたったりして、右側通行——右《ライト》が正しい《ライト》という通行法——に変えねばならなくなったとき、同じくらい苦労するのだろうか、と。いつかビールを飲みながら誰かに訊《き》いてみようとジャック・ライアンは思った。

「いいかい、忘れないでくれよ、左が右で、右が左だぞ。きみはいま間違った側を走っているぞ」

「オーケー」彼女は苛立《いらだ》たしげに答えた。ここでの運転を学ばねばならないことはわかっていて、脳の理性的な部分は今朝がその願ってもない機会だと知ってはいたが、それの到来のしかたがとんでもない不意討ちで、まるで偽装蛸壺《たこつぼ》から突如跳びだしたゲリラのようだったのだ。小さな住宅団地をでて、医院と思われる平屋の建物を、次いでブランコのある公園を通りすぎた。ジャックがここの家を買う気になったのは、その公園のブランコのせいだった。娘のサリーがブランコ好きなのだ。娘はきっと公園で新しい友だちをつくる。そして、小《リトル》ジャックもそこで少しは日を浴びられる。ともかく、夏のあいだは。

「左折して、ベイブ。ここでは左折するときは右折で、直進車と交差しない」

「わかってるわ」ドクター・キャロライン・ライアンは、なぜジャックはタクシーを呼ばなかったのかしらと思った。まだ家の片づけがどっさり残っているのだ。なにもいま運転のレッスンを受けなくたっていい。まあ、この車は敏捷《びんしょう》のようではあるけどね——アクセルをぽんと踏んだだけで気持ちよく一気に加速したのである。でも、愛車のポルシェほどの満足感はない。

「下までおりきったら右折」

「はいはい」よかった、そう複雑な道順ではない。帰りはひとりで運転していかなければならないが、キャシーは道を訊くのが大嫌いだった。それは外科医であるせいだった。外科医は、戦闘機を自在にあやつる操縦席のパイロットと同じくらい自分の生活をしっかりと管理できなければいけない……。それに、外科医であれば、パニックにおちいることも許されない。

「ここでいい」ジャックは妻に言った。「対向する車がどちら側から来るか忘れないように」いまは一台も通っていない。だが、状況はすぐに変わる、たぶん自分が車から降りるやいなや。これから自宅周辺単独運転術を学ぶ妻がちょっとかわいそうではあったが、泳ぎを習ういちばん確実な方法は水のなかに飛びこむことだ——溺《おぼ》れないと仮定して。しかし、イギリス人は親切だから、どうにもならない場合は、近くのやさしいドライヴァーが家まで先導してくれるのではないか。

駅は階段かエスカレーターで線路のあるところまでおりるようになっている石造りの小振りの建物で、ブロンクスの高架式鉄道のプラットフォームといった程度のものでしかなかった。ライアンは切符を買ってから、平日用回数券の販売を知らせる掲示があるのに気づいた。彼はデイリー・テレグラフ紙を選んで買った。これでイギリス人には保守的な人間と思われる。進歩的《リベラル》な傾向がある人間はガーディアン紙を選ぶ。なかに裸の女の写真があるタブロイド紙は無視することにした。朝食の直後に見るようなものではない。

十分ほど待つと、アメリカの都市間急行列車《インターシティ・トレイン》と地下鉄の中間のようなものが、驚くほど静かに滑りこんできた。一等の切符を買ったので、小さなコンパートメントに乗りこんだ。革紐《かわひも》を引っぱると窓を上げ下げできるようになっていて、コンパートメントのドアは外にひらくので、通路を歩かずにプラットフォームに直接でられる。それだけのことを発見すると、ライアンはシートに腰掛け、新聞の第一面に目をとおした。アメリカの新聞と変わらず、国内政治の記事がほぼ半分を占めていた。ライアンはこの人々の習慣や不満を知っておいたほうがいいだろうと思い、二つの記事を読んだ。四十分ほどでヴィクトリア駅に着くという。まあまあだ。車を運転していくよりずっと早い、とダン・マリーは言っていた。それに、ロンドンでの駐車は、道路の反対側にとめなければならないとかいろいろあって、ニューヨークよりさらにむずかしい。

列車は滑らかな走りで、乗り心地はよかった。鉄道会社は国営にちがいなく、路盤に金がかけられているのだろう。車掌が微笑《ほほえ》んで切符をあらため——ひと目でジャックをヤンキーだと見破ったはずだ——次のコンパートメントへ移動した。ライアンはふたたび新聞に目を落とした。そのうち彼は窓外の景色に見とれた。青々とした田舎の風景。イギリス人は芝生がほんとうに好きだ。スレート葺《ぶ》きと思える屋根がついた連棟住宅《テラス・ハウス》は、子供のころに住んでいたボルティモアの同様の住宅よりも小さい。それに、ここの通りの狭さときたら！　車を運転するときはしっかり注意してかからねばならない。さもないと、誰かさんの居間に突っ込むことになる。そんなことをしたら、来訪中のヤンキーの欠点に慣れているイギリス人にも眉《まゆ》を顰《ひそ》められてしまうだろう。

晴れわたった日で、綿毛のようにふんわりした白い雲が浮かび、青く抜けた空が気持ちよかった。ライアンはイギリスの雨をまだ経験したことがない。むろん、イギリスに雨が降ることは間違いない。街を歩く三人にひとりはたたんだ傘を持っている。帽子をかぶっている者も多い。ライアンは海兵隊を辞めてからは帽子とは縁のない生活を送ってきた。イギリスはアメリカとずいぶんちがう、気をつけないと危険だ、と彼は思った。類似点はたくさんあるが、相違点がまるで予期していないときに立ちあらわれ、尻《しり》に嚙《か》みついてくることがある。サリーに通りをわたらせるときは、よほど注意してかからねばならない。四歳半の幼児は左側通行をしっかり刷り込まれているから、通りをわたるとき、タイミングよく正しいほうを見ることができず、かならず間違った方向に目をやる。入院した娘の姿を見るなんて、もう金輪際ごめんだ。

列車はいまやごとごと音をたてて、建物が密集する市街地を走っていた。高架線だった。ライアンは見まわし、見覚えのある目印となる建物をさがした。右手遠くに見えるあれは、セント・ポール大聖堂だろうか？　そうなら、すぐにヴィクトリア駅に着く。彼は新聞を折りたたんだ。すると列車のスピードが落ちた——やっぱりそうだ。ヴィクトリア駅。彼は生粋のイギリス人のようにコンパートメントのドアをあけ、プラットフォームに降り立った。駅は鋼鉄製アーチの連なりで、そこに嵌《は》めこまれた板ガラスは、とっくの昔に引退した蒸気機関車の煙突から吐きだされた排煙によって黒ずんで久しい……なのに誰もガラスの汚れを落とそうとしない。それとも黒ずみは単なる大気汚染のせいなのか？　どちらだかライアンにはわからなかった。ジャックはほかの乗客のあとについて、駅の待合／到着ロビーの目印のようになっている煉瓦の壁まで歩いた。もちろん、そこには例によって雑誌売場や小さな店がいくつか並んでいた。ライアンは出口を見つけ、外にでると、ポケットに手を突っ込んでチチェスター社のロンドン地図をとりだした。ウェストミンスター橋通り。歩くには遠すぎたので、タクシーを呼びとめた。

タクシーのなかでライアンは首を左右に振って外を見まわした。卒業したはずの観光客に逆もどりしたような感じだった。すぐに目的地についた。

　ウェストミンスター橋通り百番地《センチュリー》にあるところからセンチュリー・ハウスと名付けられたSIS本部は、ジャックには典型的な両大戦間の建物と思われた。高さがかなりあり、正面は石でできていて……その石が剝《は》がれはじめている？　建物にかけられたオレンジ色のプラスティックの網は、明らかに、正面の石が歩行者を直撃しないようにするためのものだった。いや、待てよ。誰かさんがソ連の盗聴器を見つけようと建物の表面をすべて剝ぎとっているのかもしれないぞ。しかし、CIA《ラングレー》の誰もそのことを注意してくれなかった。通りの先にはウェストミンスター橋があり、橋をわたったところに国会議事堂がある。まあ、いい地区にあることはある。ジャックは石の階段を小走りにのぼり、両開きのドアまで達した。なかに入ると、十フィートも離れていないところに、入館者をチェックする受付があった。そこには警官の制服のようなものを着た男がいた。

「どんなご用でしょうか？《キャン・アイ・ヘルプ・ユー・サー》」警備官は訊いた。イギリス人がこういうことを言うと、ほんとうに手助け《ヘルプ》したがっているかのように聞こえる。こちらから見えない手のそばに拳銃《けんじゅう》があるのだろうか、とジャックは思った。すぐそばでなくても、近いところにはあるはずだ。ここにも警備は必要なのだから。

「やあ、私はジャック・ライアン。ここで働くことになっているんですが」

即座に笑みと了解の表情が返ってきた。「ああ、サー・ジョン。センチュリー・ハウスへようこそ。お待ちください、上へ電話をしますので」警備官はそうした。「いま、迎えの者がおりてきます。どうぞお座りください」

椅子《いす》の座り心地を味わう間もなく、聞き覚えのある声が回転ドアの向こうから聞こえてきた。

「ジャック！」彼は大声で呼んだ。

「サー・バジル」ライアンは立ちあがり、差しだされた手をにぎった。

「明日来るのかと思っていたよ」

「荷物の片づけはすべてキャシーにまかせました。片づけの才はまったくなしと妻に思われていましてね」

「うん、われわれ男にも能力の限界というものがあるんだよな」サー・バジル・チャールストンは、詩人ロビンソンが残した〝威厳に満ちた痩軀《そうく》〟という言葉がぴったりの、五十歳に手がとどこうかという長身の男で、茶色の髪にはまだ白髪は混ざっていなかった。目は薄茶色できらきら輝き、太めの白い縦縞《たてじま》が入ったグレーのウールのスーツは、ひと目で高価なものとわかり、誰が見てもたいへん裕福なロンドンの投資銀行家だった。事実、家業は銀行家だったが、その世界が窮屈でなじめず、ケンブリッジ大卒という学歴を利用して祖国に仕えることにし、はじめは現場の工作員、のちに管理官として働いた。ジェイムズ・グリーアがムーア判事同様、チャールストンを気に入り、敬愛していることは、ジャックも知っていた。彼は一年前、銃撃を受けた直後に、サー・バジル・チャールストンに会っている。その後、自分が考えだした〈カナリアの罠《わな》〉をサー・バジルが絶賛していることを知った。〈カナリアの罠〉はライアンをCIAの幹部たちに注目させた秘密漏洩《ろうえい》発見の仕掛けだが、サー・バジルもそれを使って秘密が洩《も》れでる危険な穴を二つ三つふさいだにちがいなかった。「いっしょに来てくれ、ジャック。きみにきちんと身支度してもらわねばならない」チャールストンはライアンのスーツのことを言っているのではなかった。ライアンのスーツもサヴィル・ローでつくったもので、チャールストンのものに劣らず高い。〝身支度してもらう〟というのは、服装のことではなく、〝職員〟となるのに必要なことをしてもらうという意味だった。

C——SISでは長官はこうも呼ばれる——がいっしょなら、それも楽にできる。SISはライアンの指紋一式をすでにCIAから得ていたので、あとやることといったら、写真を撮って、それを通行許可証《パス・カード》に入れるくらいのことだった。それさえできれば、CIAにあるのと変わらない電子ゲートをすべて通り抜けることができる。二人はできたばかりのカードを試験用のゲートで試し、うまく機能するのを確認した。それから二人は幹部用エレベーターに乗り、サー・バジルの執務室へ向かった。そこは広々とした角部屋だった。

ムーア判事が我慢しているCIAの細長い長官執務室よりもいい。テムズ川と国会議事堂のながめはなかなかのものだ。SIS長官は手を振ってジャックに革張りの椅子に座るよううながした。

「どうだね、第一印象は？」チャールストンは訊《き》いた。

「いまのところ楽ですね、実に。妻のキャシーはまだ病院へ行ってませんが、バーニー――ジョンズ・ホプキンズ大の彼女のボス――は、こちらのボス医者《ドック》は立派な人だって言ってます」

「うん、ハマースミス病院は評判がよい。それにドクター・バードはイギリス一の眼外科医と目されている。会ったことはないが、優秀な男だそうだ。釣り好きでね、スコットランドの川で鮭《さけ》を釣るのが大好き。既婚、息子が三人、長男は近衛《このえ》歩兵第二連隊の中尉《レフテナント》」チャールストンはきちんと陸軍式の発音をした。

「調査したんですか？」ジャックは信じられなかった。

「用心しすぎることはないからな、ジャック。アイリッシュ海の向こうにいる、きみの遠い親戚《しんせき》のなかには、きみのことがあまり好きではない者もいる」

「それが問題になりますか？」

チャールストンは首を振った。「いや、まずなりそうもないな。ＵＬＡ――アルスター解放軍――打倒に一役買ったきみは、ＩＲＡ暫定《ざんてい》派のやつらの命をいくつか救ったことになるのかもしれない。北アイルランド問題はまだまだ混乱したままだが、それへの対処はおもに保安機関の仕事だ。あそこのテロリストたちはわれわれにはあまり関係ない――少なくともきみに直接関係するようなことは何もない」これがジャックの次の問いの引金になった。

「わかりました、サー・バジル――それで、仕事ですが、私はここで具体的に何をすればいいんです？」

「ジェイムズから何も聞いていないのかね？」チャールストンは訊いた。

「ええ、はっきりとは。彼は驚かせるのが好きなんです」

「ほう。では言うが、きみに入ってもらう合同作業班はだね、おもに、われらがソ連の友に焦点を合わせる。われわれには良い情報源がいくつかある。むろん、きみたちにもある。つまり、ソ連の全体像をより正確に把握するために、互いに情報を持ち寄って分析しようというわけだ」

「情報のみ。情報源は共有しない」ライアンは言葉を返した。

チャールストンはにやっと笑った。「知ってのとおり、情報源は護《まも》らねばならない」

ジャックもそれは知っていた。実際、CIAの情報源については彼も何ひとつ教えてもらえない。情報源に関することはCIAでもいちばん厳しく護られている極秘事項で、それはここSISでも同じだろう。なにしろ情報源は生身の人間であり、誰かがいちど口を滑らせただけで殺されてしまうのだ。情報機関が情報源を大事にするのは、彼らの命よりも情報を失いたくないからだが――諜報《ちようほう》活動も結局はビジネス――遅かれ早かれ彼らのことや、彼らの家族、性癖が、心配になってくる。《心配な性癖の最たるものは大酒だ》とライアンは思った。とくにロシア人はこの問題をかかえている。ソ連では、ごくふつうの市民でも、アメリカだったらアル中とされるくらいの大酒を飲む。

「ええ、わかってます。私はCIAの情報源についても名前や身元はひとつも知らないのです。ひとつもね」ライアンは強調した。それは嘘《うそ》ではないものの、まったくの真実とも言えなかった。情報源の正体は教えてもらえないが、送られてくる情報の性格や、彼または彼女が誰の言葉をどのように引用するかということから、多くのことが推測できるのである――情報源は〝彼〟であることがふつうではあるけれど、ライアンが女性ではないかと疑っているケースも二、三ある。それは、すべての分析官が、いつも自分の心のなかだけでする魅惑的なゲームだが、ライアンは上司であり師でもある情報担当副長官のジム・グリーア提督に二、三回、自分の推測を披露したことがあった。副長官は確証のない推測はおおっぴらにしゃべってはいけないと警告するのが常だったが、そう言いつつ二度まばたきした。それでライアンは言外の気持ちを感じとることができた。自分は分析力を買われて雇われているのだ、と確認できるのはそういうときである。分析力を使わずに眠らせておけというわけではない。送られてきた情報にちょっとでも変なところがあったら、それは、捕まったとか、気が狂ったとか、情報源に何らかの異変が起こったということである。「提督が関心を示されていることがひとつあるのですが……」

「何だね？」SIS長官は訊いた。

「ポーランドです。あそこはいま、ばらばらになりそうな気配がありまして、それがどこまで、どれだけ早く進行し、どんなことをする——つまり、どんな効果をもたらす——のだろうかと、われわれは考えているのです」

「それはわれわれも同じだ、ジャック」チャールストンは考えこむかのようにうなずいた。ポーランド問題に関しては、人々——とくにフリート街の新聞記者たち——もあれこれ憶測をたくましくしている。記者たちも良い情報源をもっているのだ、ある領域ではSISと同じくらい良い情報源を。「ジェイムズはどう考えているのかね？」

「提督も私も一九三〇年代に起こったことを思い出しました」ライアンは椅子の背にゆったりともたれ、楽な姿勢をとった。「全米自動車労組。彼らがフォードの労働者を組合に組織しようとしたとき、トラブルになったんです。ずいぶんもめましてね、フォード社はオルガナイザーを追いだそうとチンピラまで雇ったのです。写真を見たのを覚えてます――ええと、誰でしたか？」ジャックは言葉を切り、ちょっと考えこんだ。「ウォルター・ルーサー？　労組の代表はそのような名前の男です。当時のライフ誌に載った写真でした。チンピラたちははじめ、彼や彼が率いる者たちと話していました――最初の二、三枚の写真では、お互いににやにや笑い合っているんです、闘う直前の男たちのようにね――で、乱闘となってしまう。フォード社の経営陣のやりかたには首をかしげざるをえません――新聞記者の目の前でそんなことを起こすだけでもまずいのに、記者たちはカメラも持っていたんです。まったく、とんでもないへまですよ」

「世論の法廷で裁かれてしまうからな。うん」チャールストンも同意見だった。「世論にはもともと大きな力があり、現代テクノロジーの進化によってその力はさらに大きくなってしまった。そう、電波に乗って送られてくる情報が、ソ連のわれらが友には厄介なものになっているんだ。たとえば、大西洋の向こうのきみたちの国で開局したばかりのCNNニュース専門局なんかは脅威だろうな。CNNは世界を変えるかもしれんぞ。情報は勝手に広まっていく。噂《うわさ》が流れただけでも打撃になる。とめることはできないし、噂は独自の命を獲得して――」

「でも、ほんとうに〝百聞は一見に如《し》かず〟ですよね」

「誰が最初に言ったんだろうな。まあ、誰であろうと馬鹿《ばか》ではない。動く映像の場合、その言葉の真実度はさらに高まる」

「メディアは利用できますね……」

「きみたちはそれについては腰が重いな。私はそれほどでもない。メディア工作なんて簡単で、大使館員にどこかの記者とビールを一杯飲ませ、会話のなかに変だぞと思わせるヒントを織りこませるだけでよい。記者だって、ときどき面白い話を聞かせてやれば、無礼にはならないものだ」

「CIA《ラングレー》はメディアを嫌悪しているんです、サー・バジル。誇張でもなんでもなく、まさに嫌悪しているんです」

「それは遅れていると言わざるをえないな。だが、まあ、メディアの統制はアメリカよりわが国のほうが楽にできるとは思う。それでも、彼らの上手をいくのはそうむずかしいことではないだろうに」

「私はやろうとしたこともありません。グリーア提督は、記者と話すのはロットワイラーとダンスをするようなものだと言ってます。顔をなめられるのか、喉《のど》を嚙《か》みちぎられるのかわからない」

「彼らは悪い犬ではまったくないぞ。上手に訓練する必要があるだけだ」

《イギリス人と犬か》ライアンは考えた。《彼らは自分の子供よりも犬をかわいがる》ジャックは大型犬はあまり好きではなかった。が、アーニーのようなラブラドル・レトリーヴァーは別だ。〝ラブ〟の口はとても柔らかい。娘のサリーはアーニーが恋しくてしかたない。

「それで、きみはポーランドについてどう思っているんだ、ジャック？」

「スープはぐつぐつ煮えつづけ、そのうち鍋《なべ》のふたがはずれて、中身が噴きこぼれ、めちゃくちゃなことになると思います。ポーランド人は共産主義を心から受け入れているわけではないのです。軍隊には司祭まで付いているんですから。自営という形をとってハムなどを自由に売っている農民もたくさんいます。それに、いちばん人気のあるテレビ番組は『刑事コジャック』です。しかも、それが放映されるのは日曜の朝、つまり当局はそうまでして国民を教会に行かせまいとしているのです。これらのことから二つのことがわかります。国民はアメリカ文化が好きだということと、政府はカトリック教会をいまだに恐れているということです。ポーランド政府は不安定で、彼らはそれを自覚しています。自由に身を動かせるスペースを国民にすこしだけ与えるというのは、短期的には賢いやりかたと思いますが、根本的問題は体制そのものが不正であるということなのです。不正な国は決して安定しません。いかに強く見えようと、土台が腐っているからです」

　サー・バジル・チャールストンは思うところがあるような顔をしてうなずいた。

「私は三日前に地方官邸《チエカーズ》で首相に状況説明したばかりでね、そのとき同じことを彼女に言ったよ」SIS長官はちょっと考えこんでから決心した。彼は机上の書類の山からファイル・フォルダーをひとつとりあげ、差しだしてライアンに手わたした。

　表紙には〈機密〉とあった。《では》とジャックは思った。《もう、いきなり？》サー・バジルはテムズ川に落ちて泳ぎを学んだのだろうかとライアンは思った。そう、みんな、そうやって学ぶべきなのだ。

　ライアンは表紙を勢いよく繰った。中身は〈レン〉と呼ばれる情報源からの報告だった。彼はポーランド人にちがいなく、報告の内容から、かなり高位にある者とわかった。そして、その内容たるや——

「まいったな」ライアンは思わず声を洩らした。「信頼できる情報ですか?」

「ああ、できる。5/5だよ、ジャック」信頼度は五段階中の5、つまり最高に信頼できるという意味だ。情報の重要度も同じ格付けになっていた。「きみはカトリックだったと思うが」もちろん先刻承知のことなのだが、これがイギリス流の話しかた。

「高校、ボストン大学、ジョージタウン大学でイエズス会士に学び、セント・マシューズ小学校で修道女にも教わりました。これでカトリックでなかったら大変です」

「きみたちの新しい教皇をどう思う?」

「ここ四世紀、いや、たぶんそれ以上、教皇はずっとイタリア人だったのに、それをくつがえしたのです。それだけでもすごい。新教皇はポーランド人だと聞いたとき、私はワルシャワのヴィシンスキ枢機卿《すうききけい》かと思いました——あの人は天才の頭脳と狐《きつね》の狡猾《こうかつ》さを持ち合わせていますからね。この人については私は何も知りませんでした。あとで読んだところによると、とてもしっかりした信頼できる市民です。教区司祭としても、司教、大司教としてもすぐれ、政治感覚もたいへん鋭い……」ライアンは言葉を切った。自分が属する教会の首長を、議員や大統領の候補であるかのように語っているような気がした。むろん、教皇が自分にとってもっとずっと重みのある人であることはよくわかっていた。間違いなく深い信仰の人であり、核にある信念は地震でも揺るがすことも砕くこともできないほど堅い。そういう人物が同様の人々によって、たまたまライアンが属す教会でもある世界最大の教会の指導者、代弁者に選ばれたのである。何ものも恐れない男であるはずだ。弾丸だって、モノポリー・ゲームのゲット・アウト・オブ・ジェイル・カード（釈放カード）のようなラッキーなもので、この世という監獄から自由にしてくれるもの、神のもとへ運んでくれるもの、でしかないのだろう。自分のなすことすべてに神の存在を感じるのではないか。誰も脅すことのできない男、誰にも信念を曲げられない男。

「ほんとうに彼がこの手紙を書いたのなら、サー・バジル、はったりではありません。いつワルシャワにとどいたんです？」

「まだ四日もたってない。こんなに早く情報を送ってよこすのはルール違反なのだが、われわれの協力者はあえてそれをした。重要な情報であるのは明らかだからな」

《ロンドンへようこそ、ジャック》とライアンは心のなかで言った。自分はいま、スープのなかに放りこまれたのだ。漫画で宣教師たちが煮られるような大きな釜《かま》のなかに。

「オーケー、それは当然モスクワへ転送された？」

「協力者はそう言っている。そこでだ、サー・ジョン、ロシア人《イワン》は何て言うかな？」この問いでサー・バジル・チャールストンはジャックが放りこまれた大釜の火をつけた。

「いろいろな要素がある問いですね」ライアンは状況が許すかぎり巧みにかわそうとした。

が、うまくかわせなかった。「何か言うはずだ」チャールストンは薄茶色の目でライアンをまっすぐ見つめた。

「オーケー、彼らは気に入らない。脅威と見なすはずです。問題は、彼らがどれだけ深刻に受けとめ、真に受けるか、ですね。スターリンだったら笑いとばしていたかもしれません……いや、ちがうかな。スターリンは病的な疑念や恐れをいだく男でしたからね」ライアンは口を休め、窓の外に目をやった。いつのまにか雲ができていた。雨雲だろうか？

「ええ、スターリンなら何かしていたでしょう」

「そう思うかね？」自分はいま値踏みされているのだ、とジャックは思った。ジョージタウン大学博士号試験の口頭試問のようだった。ティム・ライリー神父の細身の剣さながらの鋭利な機知と、針のように突き刺してくる鋭い質問。サー・バジルはあの辛辣《しんらつ》な神父にくらべればまだやさしいが、この試験に受かるのは簡単ではない。

「レオン・トロツキーは彼にとって脅威でも何でもなかった。トロツキーの暗殺は、スターリンの異常な恐怖と極度の卑《いや》しさから生まれたものです。個人的な問題だったのです。スターリンは自分で敵をつくり、彼らを決して忘れませんでした。しかし、現在のソ連の指導者たちには同じことをする度胸がありません」

チャールストンは板ガラスの嵌《は》まった窓を指さし、その向こうのウェストミンスター橋を示した。「ソ連のやつらはあの橋の上で男をひとり殺す肝っ玉はあったんだぞ。それからまだ五年もたっていない――」

「でも、それで非難された」ライアンは受入先のボスの記憶を呼び覚ました。暗殺とわかったのは、幸運とたいへん利口なイギリスの医師のおかげだった。それでも哀れな犠牲者の命を救うことはできなかった。ともかく死因だけはつきとめられた。街のごろつきに殺《や》られたのではなかった。

「その事件で彼らはすこしでも眠れなくなったと思うかね？　私は思わない」Cは確信をもって言った。

「だとしたら困りもんですけどね。でも、彼らもああいうことはもうやってません、私の知るかぎりでは」

「国外ではやらんがね、国内ではやっている。ポーランドは彼らにとっては〝国内〟
のうち、完全に勢力圏内だ」
「しかし、教皇はローマに住まわれているんですよ。ローマは彼らの勢力圏内では、な
い。結局、問題は、彼らがどれだけ怖がっているか、ということになると思います。
ジョージタウン大学のティム・ライリー神父は、私が博士号を取得するさい、戦争は
怯《おび》えた男たちが起こすのだということを決して忘れるな、と言われました。彼らは戦
争を恐れているが、それよりももっと、戦争をはじめなかったら起こることを恐れる
のです——これは戦争と同等の行動についても言える、と私は思います。したがって、
繰り返しになりますが、問題は結局、彼らがこの脅威をどれほど深刻なものと考える
か、それにどれほど怯えるか、ということになります。そして、最初の問いへの答え
は、きわめて深刻な脅威と考える、でしょう。教皇の脅しははったりではないと思い
ます。教皇の性格、経歴、勇気——これらは疑いようのないものです。それゆえ、脅
威は実在します。しかし、それよりも大きな問題は、彼らが脅威をどれほど重大なも
のと判断するかです……」
「つづけて」SIS長官は穏やかに命じた。
「彼らが脅威を認知できるほど賢いとして——ええ、私が彼らの立場だったら、心配

しますね……すこし怯えることにもなると思います。ソ連はみずから超大国——アメリカと対等の国——をもって任じていますが、彼らは心の奥底では自国がまともな国とは言えないということもよくわかっています。ヘンリー・キッシンジャーがジョージタウン大学へ来て、講演してくれたことがあります……」ジャックはぐっと上体を椅子《いす》の背にあずけ、しばし目を閉じて、そのときのようすを思い出そうとした。「終わり近くに彼が言ったことなんです。ソ連の指導者たちの特徴に関する話です。ブレジネフがクレムリンの内閣館やらを案内してくれたそうです。それはニクソンがこれから最後の首脳会談にやって来る場所でした。ブレジネフはみずから立像をおおう布のカバーを次々にとりはらっていき、アメリカ大統領来訪のために、いかに時間をたっぷりかけてすべてをきれいにしたかを見せたといいます。なぜそんなことをしたんだろう、と当時の私は思いました。だって、メイドやら雑役を担当する者やらが当然いるわけですからね。そんなことは誰にでもわかる。それなのに、わざわざキッシンジャーにいかにきちんと掃除したかを見せた。なんでそんなことをしたんでしょう？　それは劣等感からにちがいありません。不安感が根っこにあるのです。彼らは背丈が十フィートもある強敵だと、われわれはずっと聞かされつづけてきましたが、私はそうは思いません。彼らについて知れば知るほど、手強《てごわ》いという感じが薄れていくんです。ここ二、三カ月、私はこの件について提督といろいろ議論しました。彼らには大規模な軍隊がある。情報機関も一流です。彼らはたしかに大きい。モハメッド・アリがよく言っていたように、〝醜い大熊野郎《おおくま》〟です。でも、アリはその熊を二度も打ち負かしたんです」言うまでもないが、熊はソ連のニックネームで、〝醜い大熊野郎〟はアリが当時のヘヴィー級チャンピオン、ソニー・リストンを揶揄《やゆ》、挑発するときに使った言葉だ。「遠回しの言いかたになってしまいましたが、ええ、この手紙に彼らは怯えると思いますね。問題は、何かをするほど怯えるか、です」ライアンは首を振った。「その可能性はあります。しかし、現時点ではデータ不足で、はっきりしたことは言えません。彼らが実際に何らかの行動をとることにした場合、われわれはそれを事前に知りうるのでしょうか?」

チャールストンは自分の番がまわってくるのを待っていた。「期待はできるが、無理かもしれない」

「CIA本部《ラングレー》にいたとき、ソ連に関しては、われわれの知識が狭く深い領域と、広く浅い領域がある、という印象をもちました。そうした情報を分析するだけで満足している者に私はまだ会ったことがありません——いや、その言いかたは正確ではありませんね。満足している者もいますが、彼らの分析は信頼できないことが多いです——

少なくとも私にはそう思えます。たとえば、ソ連経済に関する分析――」

「ジェイムズはきみにそんなことまでやらせているのか？」チャールストンは驚きをあらわにした。

「最初の二、三カ月、私はあらゆることをやらされました。でも、私がボストン大学から得た最初の学位は経済学士です。それに、海兵隊に入隊する前に、ＣＰＡ試験に合格しました――ＣＰＡは公認会計士《サーティファイド・パブリック・アカウンタント》のことです。ここではちがう呼びかたをしますよね。それから海兵隊をやめて、証券ビジネスでなんとかうまくやり、そのあと博士号をとって教職に入りました」

「きみはウォール街でいったいいくら儲《もう》けたんだね？」

「メリル・リンチにいたときですか？　そうですね、六、七百万ドルです。ほとんど、シカゴ・アンド・ノース・ウェスタン鉄道会社の株による儲けです。マリオ叔父――母の弟――に、そこの従業員が自社株を買いとって会社の立て直しをはかろうとしていると聞いたんですよ。自分で調べてみて、これはいけそうだと思いました。純益が投資分の二十三倍になりました。もっと金を注ぎこむべきでしたが、メリル・リンチでは慎重になれと教えられていましたんでね。ニューヨークで働いていたわけではありません。ずっとボルティモアのオフィスにいたんです。株はまだやっています。相場はいま、かなり堅調のようでして。まだ手を出しています。大化けするものにいつ出くわすかわかりませんからね、道楽半分につづけているんです」

「ほう。有望な株があったら、私にも教えてくれ」

「ただでいいですよ——でも、儲かる保証もなし」ライアンは冗談で返した。

「保証なしというのは困るぞ、ジャック、この忌《い》まいましい仕事ではな。きみにはソ連作業班に入ってサイモン・ハーディングと働いてもらう。サイモンはオックスフォード大卒で、ロシア文学の博士号をとっている。きみは彼が知りうるすべてを知りうる。情報源に関する情報以外のすべてをな——」ライアンは両手をあげて制した。

「サー・バジル、私は情報源のことは何も知りたくありません」知ったら夜眠れなくなります。未加工の情報だけ知ることができればいいんです。余計なことは考えずに、自分の仕事の分析だけしていたいですね。そのハーディングという人、切れます?」ライアンはわざと無邪気に訊《き》いてみた。

「たいへんな切れ者だ。たぶんきみも、彼の書いた報告書を見たことがあるんじゃないかな。二年前にわれわれがつくったユーリー・アンドロポフ個人に関する評価報告書も、彼がまとめたんだ」

「あれなら読みました。ええ、立派なものでした。書いたのは精神科医かと思っていました」

「彼は心理学関係の本も読んでいる、学位をとるほどではないがね。サイモンは切れる。細君は芸術家、絵描きで、なかなかの美人だ」

「いますぐですか？」

「もちろん。私も仕事にもどらねばならないしな。よし、案内しよう」

　遠くはなかった。ライアンは、ここ最上階のオフィスを共同使用させられるのだと即座に気づいた。それは驚きだった。CIA本部《ラングレー》だったら、幹部用の〈七階〉に到達するには何年もかかり、他人《ひと》の屍《しかばね》を乗り越えていかねばならないことも多い。誰かが切れ者だと評価してくれたにちがいない、とジャックは思った。

　サイモン・ハーディングのオフィスはどういうことのない部屋だった。二つの窓とも川上のほうを向いていて、そこからはおもに、何に使われているのかわからない二、三階建ての煉瓦《れんが》造りの建物が見えた。ハーディングのほうは四十近い男で、顔は青白く、髪は金髪、目は青磁色だった。ボタンをはずしたヴェスト――ここではウェストコート――を身につけ、くすんだ色のさえないネクタイをしめている。机は縞模《しまも》様《よう》のテープで縁取りされたフォルダーでおおわれていた。縞模様は秘密情報を意味する万国共通の印だ。

「サー・ジョンだね」ハーディングはブライヤーのパイプをおいた。

「名前はジャックです」ライアンは返した。「騎士《ナイト》のふりをするなんて私にはむりです。馬も鎖かたびらも持っていません」ジャックは職場の同僚と握手した。ハーディングの手は小さく骨張っていたが、青い目は利口そうだった。

「彼をよろしく頼むぞ、サイモン」言うなりチャールストンは部屋からでていった。

片づきすぎていてかえって怪しげな机のうしろに、すでに回転椅子が一脚きちんとおかれていた。ジャックは試しに座ってみた。これで部屋はちょっと狭くなるだろうが、窮屈というところまではいかない。机上の電話の下には盗聴防止装置がおかれているので、電話でのやりとりは安全にできる。しかし、これはＣＩＡ本部で使っていた盗聴防止システム電話ＳＴＵほど頼りになるものなのか、とライアンは思った。チェルトナムにある電子監視を任務とするＧＣＨＱ（政府通信本部）は、アメリカのＮＳＡ（国家安全保障局）と緊密に連携して仕事を進めているので、たぶん外のプラスティック・ケースはちがっていても内部機構は同じなのだろう。外国にいることを、これからもたえず自分に思い出させねばならないな、とライアンは思った。まあ、それほど大変なことにはならないだろう。アメリカとのちがいといえば、ここの人々は変な話しかたをする。たとえば、グラス（草）をグラァース、ラズベリーをラァーズベリー、キャッスルをキャァースルと発音する。もっとも、アメリカの映画と世界中に送信されるテレビ・ニュースのせいで、イギリス英語はゆっくりとではあるが確実にアメリカ英語へと〝堕落〟しつつある。

「教皇のこと、バジルから聞いたかね？」サイモンが訊いた。

「ええ。あの手紙は爆弾になるかもしれません。ソ連はどう反応するだろうかと、長官は気を揉《も》んでいます」

「われわれはみんな心配している、ジャック。きみはどう思う？」

「あなたのボスに言ったばかりですが、スターリンがいま権力の座にあるとしたら、教皇の命を縮めようとするんじゃないでしょうか。でも、それはとんでもないギャンブルになりますけどね」

「問題はだ、ソ連は現在、集団指導制という形をいちおうとってはいるけれど、アンドロポフが優位にあり、彼は他の者たちよりもどうも口数が少ない、という点だな」

ジャックは椅子の背にゆったりともたれた。「二、三年前のことですが、ジョンズ・ホプキンズ大学病院の妻の友人たちが向こうに行ったことがあるんです。ミハイル・スースロフが糖尿病性網膜症をわずらっていまして——彼はひどい近視でもありましたが——彼らはその網膜症をなおしにいったんです。何人かのロシア人医師に処置法を教えもしました。妻のキャシーは当時まだ研修医でして、行きませんでしたが、バーニー・カーツは派遣チームに入っていました。彼はウィルマー眼科学研究所長です。最高の眼外科医で、とても信頼できます。ＣＩＡが帰国した彼や他の医師たちから話を聞きました。その聴取記録、読みました？」

ハーディングの目がきらっと光った。「いや。役立つのかね？」

「私は医者と結婚していろいろ学びましたが、医者が口にする人物評には耳をかたむけるべきだというのも、そのうちのひとつです。バーニーの言うことなら、いつだってしっかりと耳をかたむけます。あれは読む価値がありますよ。誰だって外科医には正直に話したくなるものじゃないですか。この傾向は世界中どこでも同じでしょう。それに、繰り返しになりますが、医者には、ほとんどの者が見逃すものに気づく力があるのです。ソ連に行った医者たちによるスースロフ評は、頭が切れ、慇懃《いんぎん》で、てきぱきしてはいるが、実はいつも銃――いや、ナイフ――を手にしているような男で、信用できない、というものでした。自分の視力はアメリカ人にしか救えないという事実が、彼はそうとう気に入らなかった。同胞の医者には必要な治療ができないというのでは、虚栄の幻想に酔うことはできず、いい気持ちになれなかった。しかし、それでも、アメリカの医師団が仕事をきちんと終えたあとの、ロシア人のもてなしぶりは実に手厚く、オリンピック級だったそうですよ。ですから、彼らも完全な野蛮人ではないわけです。バーニーはたぶん野蛮人だろうと覚悟して行ったんですけどね――バーニーはたしか、まだ帝政ロシアの一部だったころのポーランドからアメリカにわたったユダヤ人の子孫だったと思います。ＣＩＡに聴取記録を一部送らせましょうか？」

ハーディングはマッチの火をパイプの火皿に近づけて揺らした。「そうだな、読みたいね。ロシア人というのは――変な連中だよな。素晴らしく文化的なところもある。ロシアは詩人としてまともに暮らしていける世界最後の場所だ。彼らは祖国の詩人たちを崇敬している。それは賞賛すべきことだと思う。だが、その一方で……といっても、スターリン自身は芸術家――つまり作家――狩りについて話したがらなかったがね。作家で平均寿命よりもだいぶ長く生きた者をひとり覚えているが……それでも彼は結局、強制労働収容所で死んだんだ。だから、彼らの文明化にも限界があるというわけだ」

「ロシア語は話せます？　私は学んだこともない」

イギリス人分析官はうなずいた。「文学にはもってこいの言語ではないかな。アッティカ語と呼ばれる大昔のアテナイ人が用いた古代標準ギリシャ語のようにね。ロシア語は詩に向いている。だが、野蛮なことを表現する力もあり、人をぞっとさせることもできる。彼らの行動はかなり予測がつく、多方面にわたってね。政治的決定はとくにつく。むろん、予測できない場合もある。彼らのなかで、ロシア人特有の保守主義とマルクス主義の政治的教条がせめぎ合うことがあり、そういう場合は予測がつかない。われらが友のスースロフは重病、心臓病だ——糖尿病の合併症だと私は思う。が、彼のうしろには、ラヴレンチー・ベリヤの倫理観をもった、保守的なロシア人であると同時にマルキストでもある、ミハイル・エフゲニエヴィッチ・アレクサンドロフがいる。彼は西側を忌み嫌っている。アメリカの医者に屈服するくらいなら盲目になれ、と彼はスースロフに助言したのではないかと私は思う——二人は古い古い友人なんだ。それに、そのカーツという医師がユダヤ人なら——そうなんだろう？——彼はさらに気にくわなかったはずだね。まったく、魅力のひとかけらもない男だよ。スースロフが死んだら——あと二、三カ月の命とわれわれは考えている——アレクサンドロフが政治局の新しいイデオローグとなる。彼はユーリー・ウラジミロヴィッチ・アンドロポフを全面的に支持する。アンドロポフがやりたいどんなことにでも賛成するだろう、たとえローマ教皇への身体攻撃でもね」

「そこまでいく可能性があるとほんとうに思います？」ジャックは訊いた。

「可能性がある？　ああ、あるね」

「オーケー、あの手紙はCIA本部《ラングレー》にも転送されたんですか？」

ハーディングはうなずいた。「きみたちのロンドン支局長が今日とりにきた。きみたちにも独自の情報源があるとは思うけど、すでにわかっていることで危険をおかすのは馬鹿《ばか》げている」

「ですね。それで、もしソ連がそこまでやったら、そりゃもう高い代償を払わなければならなくなる」

「かもしれない。が、彼らはわれわれとはちがう見かたをするんだ、ジャック」

「わかってます。想像力を充分に働かせるというのはむずかしいですよね」

「それができるようになるには、かなりの時間がかかる」サイモン・ハーディングも同感だった。

「詩を読めば想像力が豊かになる？」ライアンは頭に浮かんだ疑問をそのまま口にした。ロシアの詩はすこししか読んだことがない。それも、詩を読むのにはふさわしくない翻訳で。

ハーディングは首を振った。「それほどでもない。彼らは鈍感なままだ。だからプロテスト詩なるものも存在する。ただし、抗議は充分に遠回しなものにする必要があり、鈍感な読者には特定の若い女性への叙情的な賛辞しか読みとれないようにし、その裏に隠された表現の自由を求める叫びに気づかせないようにしなければならない。いまでは、そうした隠された政治的意味をさぐるために詩を分析する部局がＫＧＢにあるにちがいないが、実は、政治局員たちがちょっと露骨すぎる性的描写のある詩を見つけるまでは、その隠された政治的意味などに注目する者なんてひとりもいないのだ。あの国の指導者たちは上品ぶっているのさ……道徳観念はセックスに関することだけで、ほかにはまったくないというのだから、なんとも奇妙な連中だよ」

「『デビー・ダズ・ダラス』を非難するんだったら、まあ、話はわかりますけれどね」ライアンは一九七八年にアメリカで製作された有名なポルノ映画を引き合いにだした。

ハーディングはパイプの煙にむせた。「まさにね。あれは『リア王』のような高尚な芸術とは言えないからな。あそこもトルストイ、チェーホフ、パステルナークを輩出した国だ」

ジャックは彼ら文豪の作品をひとつも読んでいなかったが、いまはそれを認めるときではないように思えた。

「あの男が何と言ったって？」アレクサンドロフは訊いた。

憤慨は予想したとおりだが、怒りかたはかなりおとなしい。ずいぶん自制したもんだな、とアンドロポフは思った。ことによると、ほかの大勢の者たちにも、いや、共産党書記局ビルにいる部下たちにも聞かせたいという思いを込めて、声を高めただけなのかもしれない。

「これがその親書だ。翻訳もある」ＫＧＢ議長は文書を手わたした。

次期第一イデオローグは文書を受けとると、ゆっくりと読みはじめた。彼は怒りのせいで見落としが生じないよう、気持ちを落ち着けた。細かいニュアンスまですべて理解したかったのだ。アンドロポフはマールボロに火をつけて待った。注いでやったウォツカに客のアレクサンドロフが口もつけていないことにアンドロポフは気づいた。

「この聖職者は野望をいだきだした」アレクサンドロフは読み終えて、文書をコーヒー・テーブルの上においた。

「そのようだな」ユーリー・アンドロポフは応《こた》えた。

驚愕《きょうがく》でアレクサンドロフの声が跳ねた。「この男は自分を不死身とでも思っているのか？　こんな脅しをかけたら、重大な結果をまねくということを知らないのか？」

「彼は本気で、起こりうる結果など、そう、すこしも恐れていないにちがいない、というのが、うちの専門家の分析だ」

「殉教がやつの望みなら、それを叶《かな》えてやったらどうなのかな……」ミハイル・エフゲニエヴィッチ・アレクサンドロフの声が薄気味悪く先細って消えた。冷血なアンドロポフでさえ寒気をおぼえるほど凄《すご》みのある言いかただった。警告を発しておかなければ、とアンドロポフは思った。イデオローグの問題点は、現実をきちんと考慮して理論を打ち立てるとはかぎらないという点だ。しかも、彼らはそれをほとんど自覚していない。

「ミハイル・エフゲニエヴィッチ、そのような行動は軽々しくとるべきではない。厄介な政治問題になりうる」

「いや、たいした問題にはならない、ユーリー。たいした問題にはならない」アレクサンドロフは繰り返した。「しかし、そう、きみの言うとおり、いかなる対抗策をとるかは、必要な行動を起こす前に熟慮を充分に重ねて決定しなければならない」

「同志スースロフの考えは？　この件は彼にも伝えたのかね？」

「ミーシャは重病人なんだ」アレクサンドロフの応えかたは、あまり悲しそうではなかった。それにアンドロポフは驚いた。客は病をわずらう上位のイデオローグにかなりの恩義があるはずなのである。イデオローグたちは狭い自分たちの世界だけに住んでいるので、よくわからないところがある。「残念ながら、彼の命は尽きようとしている」

それはアンドロポフにとって驚きではなかった。政治局会議に出席するスースロフを見るだけでそれはわかったからだ。彼が浮かべていた絶望的な表情は、死期が迫っていることを知る男の顔に見られるものだった。彼は死ぬ前に世界を正しくつくり変えたかったが、自分にはそんな力はないということも知っていた。それを悟ったとき、彼は驚き、落胆した。スースロフもついに、マルクス－レーニン主義は間違った道であるという事実に気づいたのだろうか、とKGB議長は思った。アンドロポフ自身は、五年ほど前にその結論に達していた。しかし、それはクレムリンで話せるようなことではあるまい。アレクサンドロフと話せることでもない。

「彼は昔からずっと善き同志だった。きみの言うとおりなら、実に残念で悲しいことになるな」KGB議長は、共産主義理論の祭壇と、それをつかさどる死にゆく司祭の前にひざまずくかのように、静かに、うやうやしく言った。

「そういうことだ」アレクサンドロフも、アンドロポフ同様、自分の役を演じ、同感の意を示した——政治局員はみな自分の役を演じるが、それはそうすることを求められているから……そうする必要があるから、である。それが正しいからではないし、おおむね正しいからでもない。

ユーリー・ウラジミロヴィッチ・アンドロポフも、客のアレクサンドロフと同じで、信じているからではなく、信じることになっているものが権力という現実的な力の源であるからこそ、信じるのである。この男は次に何と言うのだろうか、とアンドロポフKGB議長は思った。私はアレクサンドロフを必要とし、彼も私を必要としている。が、どちらが相手をより必要としているかといえば、それはアレクサンドロフのほうだ。いまのミハイル・エフゲニエヴィッチ・アレクサンドロフは、ソヴィエト連邦共産党書記長になるにはいささか力不足である。共産主義理論に関する深い知識と、国教となったマルクス＝レーニン主義への熱愛という点で、アレクサンドロフは敬われてはいるが、彼を国の最高指導者にふさわしい人物と見る者は政治局員のなかにはひとりもいない。しかし、誰であろうと最高指導者の座をねらう者にとっては、彼の支持がどうしても必要になる。長男が荘園領主となり、次男がその地の司教となった中世と同じように、最高権力者の座にまでのぼりつめるには、〝司教〟であるアレクサンドロフの、スースロフが存命中はスースロフの——適切な言葉かどうかわからないが——〝宗教的正当化〟が必要になる。ソ連では、中世の抑制と均衡《チェック・アンド・バランス》のシステムが、当時よりもさらに歪《ゆが》んだ形になって残存している、というわけだ。

「そのときがきたら、言うまでもないが、きみが彼の後釜《あとがま》におさまることになる」アンドロポフは同盟者からの約束という感じで言った。

アレクサンドロフはもちろん異議をとなえた……いや、そうするふりをした。「党書記局には優秀な人材がたくさんいる」

KGB議長はその言葉を振りはらうかのように手を振った。「きみはいちばん上位のイデオローグだし、もっとも信頼されている」

そんなことはアレクサンドロフも先刻承知のことだ。「きみにそう言われると嬉《うれ》しいよ、ユーリー、ありがとう。それでと、この馬鹿なポーランド人をどうするかな?」

露骨な言いかたをすれば、それはアレクサンドロフとの同盟関係を維持するのに必要な経費ということになる、とアンドロポフは思った。書記長になるためにはアレクサンドロフの支持がもうすこし必要で、それを得るためには……そう、すでに考えはじめていることを実行し、このイデオローグをすこし喜ばせなければならない。造作もないことではないか。

KGB議長は何の感情も混じらぬ事務的な声をだした。「ミーシャ、この種の作戦をくわだてるのは、そう簡単なことではない。細心の注意をはらって計画を練り、できうるかぎり慎重かつ徹底的に準備し、さらに、政治局に危険を承知してもらったうえで承認してもらわねばならない」

「きみはもう何か考えているな……」

「考えていることとならたくさんある。だが、夢想は計画ではない。夢想を夢想でなくすには、徹底的に考え、策を綿密に練る必要がある。そうしなければ、そのようなことが可能かどうかもわからない。一歩一歩、慎重にやっていかねばならないんだ」アンドロポフは注意をうながした。「それに、たとえ可能だとわかっても、成功する保証はない。映画とはちがうんだ。現実はね、ミーシャ、複雑なんだ」どう頑張っても、このていどの言いかたしかできない。アンドロポフがアレクサンドロフにほんとうに言いたかったのは、きみは砂場で理論をいじって遊んでいればいいんだ、そこから離れすぎて、結果が問題となる血みどろの現実世界に迷いこまないようにしろよ、ということだった。

「うん、きみは忠実な党員だ。きみにはこのゲームの勝算がわかっている」アレクサンドロフも自分なりの言いかたでKGB議長に対する書記局の期待を伝えた。ミハイル・エフゲニエヴィッチ・アレクサンドロフにとって、党とその教条が国家だった――そして、KGBは党を護《まも》る〈剣と盾〉だった。

奇妙な話じゃないか、とアンドロポフは思った。このポーランド人教皇も、自分の信じる教義と世界観を絶対的なものとしているという点では、アレクサンドロフと変わりないのだからな。しかし、やつらの信仰とやらは、厳密にはイデオロギーとは言えまい？《いや、こうした点では、同じようなものだろう》とユーリー・ウラジミロヴィッチ・アンドロポフは心のなかで自答した。

「うちの者たちにしっかり検討させる。できないものはできないが、ミーシャ――」

「しかし、ソヴィエト連邦のきみの機関にできないことなんてあるのかね？」問いは修辞法《レトリック》で、答えはすでにでていた。しかも、その答えは危険なものだった。この理論家が考えているよりもずっと。

　二人はよく似ている、とKGB議長は思った。くつろいで琥珀色《こはくいろ》のスタールカをちびちびやっているこの男は、正しさを証明できないイデオロギーを信じ切っている。そして彼は、同じように正しさを証明できないものを信じている男の死を願っている。なんと奇妙な状況だろう。思想の闘い。どちらも相手を恐れている。恐れている？カロルが恐れているのは何だ？死ではない、もちろん。ワルシャワへの親書がそれを雄弁に物語っている。むしろ、彼は〝私は死を求めている〟と叫んでいるのも同然だ。殉教をみずから求めて、い、る、のである。《人間がなぜ死を求めたりするのか？》とKGB議長は思ったが、答えはすぐに見つかった。自分の生死を武器にして敵をやっつけるためだ。彼がソ連と共産主義を敵と見なしていることは間違いない。それは祖国ポーランドへの熱愛のせいであり、また、信仰に基づく信念のせいである……。しかし、彼はほんとうにその敵を恐れているのか？

《いや、たぶん恐れていない》ユーリー・ウラジミロヴィッチ・アンドロポフは認めざるをえなかった。それが事実なら、仕事はむずかしくなる。アンドロポフの手のなかにあるのは、うまく動かすために恐怖が必要となる機関なのだ。恐怖こそがＫＧＢの原動力であり、恐怖をいだかない男は思いどおりに動かすことはできない……

しかし、思いどおりに動かせない男も、殺すことはできる。結局、殺してしまえば問題は解決する。レオン・トロツキーのことをいまだにしっかり覚えている者などいやしない。

「絶対にできないなんてものはほとんどないな。むずかしいものはあるがね」ＫＧＢ議長はやっと賛同の意を示した。

「では、実行可能な策を検討するというわけだな？」

アンドロポフは注意深くうなずいた。「そう、明朝からはじめる」こうして教皇暗殺計画が動きはじめた。

3　探査

「ところで、ジャックがロンドンで仕事を開始した」グリーア情報担当副長官が〈七階〉の同僚たちに言った。

「そりゃあ、よかった」ボブ・リッター工作担当副長官が返した。「うまくやっていけると思うかね？」

「ボブ、きみはライアンに文句でもあるのか？」情報担当副長官は訊《き》いた。

「きみのお気に入りは出世の階段をのぼるペースが速すぎる。このぶんだと、そのうち落ちて、大変なことになるぞ」

「きみは、ジャックまでも、わんさといるふつうの事務屋にしろというのか？」情報部の大きさと、その結果もたらされる力について、リッターが口にしてきた不満を、ジェイムズ・グリーアは何度はらいのけたかしれない。「きみのところにだって、日の出の勢いの者が何人かいるだろう。あいつは見込みがあるんだ。私は彼を壁にぶつかるまで走らせるつもりだ」

「おい、ぶつかるバシッという音がもう聞こえたぞ」工作担当副長官はいかにも不満そうに言い返した。「オーケー、彼はどんな宝物をイギリスのわれらがいとこたちに渡したがっているんだね?」

「たいしたものじゃない。ジョンズ・ホプキンズ大学病院の医師団によるミハイル・スースロフの評価。彼らがスースロフの目を治しにモスクワへ飛んだときの観察をまとめたものだ」

「まだ見せていなかったのかね?」判事ことムーアCIA長官が訊いた。最高機密文書ではないんだろう、というような言いかただった。

「ええ、見せてくれと言われなかったからだと思います。いずれにせよ、スースロフはもうあまり長くはもちません、われわれが観察したところでは」

ＣＩＡはさまざまな方法でソ連高官の健康状態を判定していた。もっとも一般的な方法は、問題の人物の写真を使うというものだ。むろん、映画やビデオの映像があれば、そのほうがいい。ＣＩＡに雇われた医者——いちばん多いのは有名大学医学部の正教授——が写真を見て、四千マイル以上離れているところから本人の病気を診断する。理想的な診察とは言えないが、情報が何もないよりはましだ。また、駐ソ・アメリカ大使が、クレムリンに行くたびに、大使館にもどると、どんなに些細《ささい》な無意味に思えるものでも洩《も》らさず、目にしたものすべての印象を秘書に口述筆記させる。だから医者を大使にと訴える者たちがよくいるが、それが実現したことはいちどもない。外国要人の尿採取を目的とする工作部直々の作戦も頻繁におこなわれる。尿は病状診断上、重要な情報源であるからだ。そのため、外国政府高官の宿泊にしばしば使われる、ホワイトハウスから通りひとつ隔てただけのブレア・ハウスでは、通常必要ない余計な配管工事がおこなわれるし、世界中で診察室へ侵入しようとする奇妙な試みがあとをたたない。さらに噂話《うわさばなし》がある。噂は次々に発生し、決してなくならない、とくにソ連では。こうもさまざまな方法を駆使して知ろうとするのは、健康状態が当人の思考や意思決定に影響を与えるからである。しかし、いまこの部屋にいる三人の男たちは、ジプシー占い師をひとりかふたり雇ったらどうか、というジョークを飛ばすこともある。高給とりのプロの工作員から得る情報も怪しげな占いくらいの正確さしかなかろうというのだが、それがまさにそのとおりなのである。メリーランド州フォート・ミードでは、さらにもうひとつ別の作戦が実施されている。〈スターゲイト〉というコードネームのもとに、ＣＩＡがジプシー占い師よりもずっと怪しげな人々を雇っておこなっている作戦だ。それが開始された理由はおもに、ソ連が先に同様の人々を雇って同様の作戦をはじめたからである。

「彼の病状は?」ムーアが訊いた。

「三日前に彼の映像を見ましたが、クリスマスまでもたないと思いますね。急性冠動脈不全ということらしい。彼がニトログリセリンの錠剤と思えるものを口にほうりこむ瞬間の写真があります。〝レッド・マイク〟にとっては良い兆候ではありませんな」

最後にジェイムズ・グリーアは仲間内で使っているスースロフの綽名《あだな》を用いた。

「で、アレクサンドロフが後釜《あとがま》に座る? 何も変わらん」リッターが切り捨てるように言った。「二人は生まれたときにジプシーに取っ替えられたんだと思うね、それくらいよく似ている——例によって〝偉大な神マルクス〟を盲信する〝狂信的共産主義者〟がまたしても登場する」

「アメリカ人の場合は、みながみな、独善的な超保守的バプテスト派になれるわけではないな、ロバート」アーサー・ムーア長官が指摘した。

「二時間前にロンドンから安全なファックスで送られてきた」グリーアが書類をまわした。最高の情報を最後にとっておいたのだ。「重要と思われる」情報担当副長官は言い添えた。

ボブ・リッターはいくつもの言語を速読できる。「なんてことだ!」

ムーア判事はゆっくり読んだ。《判事のペースで》と彼は思った。そして、工作担当副長官よりも二十秒遅れで声をあげた。「まいったな」しばしの間。「われわれの情報源からは何もないのか？」

リッターは座ったまま体をもぞもぞ動かした。「時間がかかるんです、アーサー。それに、フォーリ・コンビはまだ新環境に落ち着こうとしているところです」

「これについては〈カーディナル〉から何か言ってくると思うが」彼らがこのスパイのコードネームを口にすることはそう頻繁にあることではない。CIAの宝物殿のなかで〈カーディナル〉はあの世界最大のカリナン・ダイヤモンドなのだ。

「ウスチノフ国防相がそれについて話せば——たぶん話すと思いますが——その内容を知らせてくるでしょうね。もし彼らが何かやるつもりなら——」

「やるかな、諸君？」CIA長官は訊いた。

「考えることは考えるでしょうね、絶対に」リッターが間髪を入れず答えた。

「実際にやるにはかなりの覚悟が必要です」グリーアがリッターよりは落ち着いた声で思ったことをそのまま口にした。「教皇はそれを求めているんでしょうか？　わざわざ虎《とら》の檻《おり》まで歩いていって、扉をあけ、嫌な顔をして見せる者は、そうはいませんし」

「これは明日、大統領に見せなければならないな」ムーアは言葉を切り、ちょっと考えた。週にいちどホワイトハウスでおこなう大統領への報告は、明朝十時からということになっている。「ヴァチカン大使はいまワシントンにいないんじゃないかね？」ほかの二人は知らなかった。チェックしておかなければならない。

「でも、大使に何て言うんです？」そう言ったのはリッターだった。「ローマのヴァチカンでは、みんながこんな親書をださせまいと教皇を説得しようとしたはずです」

「ジェイムズ？」

「なんだか暴君ネロの時代に逆もどりという感じではないですか。これでは俺を殺してみろと言ってソ連を脅すも同然です……。こんなふうに考える人間がほんとうにいるんですかね？」

「四十年前、きみだって命をかけて戦ったじゃないか、ジェイムズ」グリーアは第二次世界大戦中、軍艦に乗って国に仕え、いまでもよくスーツの上着の折り襟に、士官用の潜水艦資格章である金のドルフィン章をつける。

「アーサー、私は艦上のみんなといっしょに運を天にまかせて戦っただけです。東条《とうじょう》英機《ひでき》に手紙を書いて、自分のいる場所を教えたりしませんでした」

「教皇はとんでもない肝っ玉の持ち主だぞ」リッターが声を低めて言った。「こういうことは前にもあった。キング牧師も生きているあいだは一歩たりとうしろにさがらなかったじゃないか」

「たしかに、彼にとってクー・クラックス・クランは、教皇にとってのKGBほど危険な存在だったと思う」ムーアがあとを承《う》けて話をまとめた。「聖職者というのは、ふつうの人間とはちがうふうに世界を見ている。たえず〝徳〟と呼ばれるものを基準にして見ているんだと私は思う」上体を倒して前かがみになった。「オーケー、この件を大統領に訊かれたら——かならず訊かれる——いったい何て言えばいいんだ？」

「われらがソ連のお友だちが、教皇様はもう充分に生きられたとの判断を下す可能性があります、と」リッターが答えた。

「しかし、たいへんな危険がともなう賭《か》けだぞ、それは」グリーアが疑問を呈した。

「一機関だけでできるようなことではない」

「KGBならやりかねない」工作担当副長官は情報担当副長官に言った。

「そりゃあ高い代償を払うことになるんだぞ、ボブ。彼らもそれはわかっているはずだ。連中もチェス・プレーヤーで、ギャンブラーではない」

「この親書でやつらは追い詰められる」リッターは長官のほうを向いた。「判事、私は教皇の命が危険にさらされる可能性があると思います」

「そこまで言うのは時期尚早だ」グリーアは異議をとなえた。

「いまKGBを動かしているのは誰かを思い出せば、そうではないことがわかる。アンドロポフは党に忠実な男だ。彼が忠誠を尽くすのは、共産主義体制にであり、われわれが守るべき原則と認めるものにでは絶対にない。もし、この親書に怯《おび》えれば、いや心配するだけでも、彼らは教皇排除作戦を検討するだろう。教皇は甲冑《かっちゅう》の手甲《てっこう》を彼らの足もとに投げつけて戦いを挑んだんだ」副長官（工作担当）はほかの二人に言った。「彼らが手甲をひろって決闘に応じる可能性は充分にある」

「こういうことをした教皇はいままでにもいたのかね？」ムーアは訊いた。

「教皇の座からおりた者という意味ですか？　記憶にないですね」グリーアは認めた。「途中で辞められるシステムになっているかどうかも私は知りません。ともかく、とんでもない意思表示です。本気だと考えざるをえません。はったりだとは私には思えない」

「うん」ムーア判事も同感だった。「はったりはありえんな」

「彼は祖国の人々を見捨てるような男ではない。そのはずです。もうだいぶ前になるけれど、教区の司祭を務めていたことがある。赤ん坊に洗礼名をさずけ、結婚式をとりおこなっていた。彼は人々にじかに接していたのです。信徒を知っているのです。彼にとってポーランド国民は顔かたちのはっきりしない人間の群れではない——彼みずから洗礼をほどこし、埋葬した人々なのです。彼らは彼の信徒なのです。彼はおそらく全ポーランドを自分の教区と思っているのではないでしょうか。しかし、自分の命を危険にさらしてまでポーランド国民のために尽くせるか？ いやいや、彼はそうするしかない」リッターは身を乗り出した。「これは彼個人の勇気の問題ではない。ソ連に挑戦状をたたきつけなければ、カトリック教会は面目を失う。だから、そう、彼は本気も本気、はったりではありえない。問題は、われわれにいったい何ができるのか、です」

「ソ連に警告し、やめさせる？」ムーアが頭に浮かんだことをそのまま口にした。

「だめですね」リッターが即座に返した。「わかっているはずです、アーサー。KGBが暗殺作戦を練りあげる場合、あいだに中間連絡員《カットアウト》をたくさん入れて自分たちとのつながりを巧みに消しますからね。その点はマフィアもかなわない。教皇の警護はどのていどのものだと思います？」

「見当もつかん」CIA長官は正直に答えた。「美しい制服に身をつつんで槍《やり》を持つスイス人衛兵がいるのは知っているが……。たしか彼らもいちど戦ったことがあったな？」

「ええ、たしか」グリーアが答えた。「誰かが教皇を殺そうとし、彼らが徹底抗戦しているあいだに教皇はローマから逃げだしたのです。そのときは衛兵のほとんどが殺されたはずです」

「いまでは衛兵も記念写真のためにポーズをとったり、トイレの場所を教えるくらいなものだろう」リッターは声にだしながら考えた。「しかし、ヴァチカンにだって何かはできるはずだ。教皇ほど有名な人物にはかならず狂人が興味を示す。ヴァチカンはいちおう独立国だから、国としての機構をいくらか備えているはずだ。彼らに注意をうながすこともできると思うが——」

「それは、注意をうながす具体的な情報が得られてからだな。いまはまだないだろう」グリーアが指摘した。「教皇は、この親書を送ったとき、相手をいくらか刺激することになるだろうとは思ったはずだ。教皇の警護隊がどんなものかは知らないが、彼らはすでに警戒を厳重にするよう言われているにちがいない」

「この件は大統領も注目する。きっと、もっと知りたがり、対抗策を要求する。いやもう、なにしろ、大統領がスピーチでソ連を〝悪の帝国〟と非難してからというもの、川向こうの政界は大騒ぎだからな。もしソ連がほんとうに何かやらかしたら、たとえわれわれが彼らの仕業だという証拠を示せなくても、大統領はセント・ヘレンズ山のように大噴火する。ここアメリカには、一億人近いカトリック教徒がいて、その多くが彼に投票したんだ」

ジェイムズ・グリーアだけは、このまま先走っては収拾がつかなくなるぞ、と思っていた。「いいかね、われわれの手のなかにあるのは、いまのところ、ロンドンからファックスで送られてきた、ポーランド政府あての親書のコピーだけだ。この親書がモスクワへ転送されたかどうかも確実にはわからない。モスクワからの反応はまだ何もつかめていない。だから、われわれがこれを知っているということを、ソ連《イワン》には教えられない。つまり、彼らに警告を発し、牽制《けんせい》することはできない。いまは、いかなる形でも、手の内を見せられないんだ。同じ理由から、心配していると教皇に伝えることもできない。ソ連《イワン》が動くつもりになれば、きっとボブのところの誰かが情報をもたらしてくれるだろう。ヴァチカンにも独自の情報機関があり、それがかなり優秀なことはわれわれも知っている。要するに、現時点でわれわれがつかんでいるのは、事実であろうと思われる興味深い情報ひとつだけで、その真偽さえもいまだ確認されていない」

「では、いまはまだ何もせずに見まもり、とことん検討するだけにしろ、というのかね？」

「それ以上のことはできませんよ、アーサー。ソ連《イワン》は迅速には動きません。決してね

──これほど政治的に重大な件では、絶対に。ボブ、どう思う？」

「そうだな、たぶんきみの言うとおりだろう」工作担当副長官は同意した。「それでも、大統領には知らせる必要があるな」

「ちょっと貧弱すぎる情報ではあるぞ」グリーアは注意をうながした。「しかし、そうだな、大統領には知らせるべきだろうな」そうすべきほんとうの理由はグリーアにも見当がついていた。大統領にいま知らせておかないと、恐ろしいことが実際に起こった場合、いまここにいる三人とも新しい職をさがさねばならなくなる、ということだ。「モスクワで動きがあったら、われわれにも伝わるはずだ、とんでもないことが起こる前に」

「よし、では大統領に知らせることにしよう」ムーア判事も納得した。《大統領、この件につきましては今後も目を離さず、充分に注意して監視をつづけます》これでふつうはうまくいく。ムーアはインターコムで秘書にコーヒーを持ってくるよう命じた。明朝十時に大統領執務室《オーヴァル・オフィス》で大統領に状況説明。ついで昼食後、ＤＩＡ（国防情報局）、ＮＳＡ（国家安全保障局）両長官との週に一度の会合。現在どんな興味深いことが起こりつつあるのか、他の情報機関から教えてもらうためだ。長官同士の会合は大統領への状況説明の前にやるべきなのだが、通常はなぜかこういう順序でスケジュールが組まれる。

仕事はじめは思ったよりもずっと長びき、帰るのがだいぶ遅くなってしまった。エド・フォーリはモスクワの地下鉄にびっくりした。装飾を手がけたのは、石のウェディング・ケーキのようなモスクワ大学を設計した狂人と同じ人物なのだろう——彼は偏狭で古臭い美的感覚しかもたなかったジョー・スターリンのお気に入りだったにちがいない。地下鉄は皇帝《ツァー》の宮殿を思わせはしたが、どこか変だった。つまり、末期アルコール中毒患者が思い描いた装飾過多の大宮殿なのだ。ということは、やや無様ではあるが、機能的には素晴らしいということである。しかし、それよりも肝心なのは、スパイであるエド・フォーリにとっては地下鉄内の雑踏が実にありがたいということだ。人込みのなかであれば、ブラッシュ－パスと呼ばれるすれちがいざまの受け渡しなど、協力者からの情報の受け取りが、訓練どおりにやるかぎり、それほどむずかしくない。それに、エドワード・フランシス・フォーリはその種の技が得意だった。妻のメアリ・パットもここが大いに気に入るはずだ、と彼は確信した。妻にとって地下鉄は、息子のエディにとってのディズニー・ワールドのようなものになるだろう。地下に群がる人々はみなロシア語をしゃべっていた。エド・フォーリのロシア語はかなりのものだった。メアリ・パットのほうは、祖父の膝《ひざ》の上で学んだせいで、ロシア語はロシア文学を教えられるほどの腕前だったが、一介の下級大使館員の妻にしては堪《たん》能《のう》すぎると思われては具合が悪いので、わざと下手に見せなければならなかった。

地下鉄は彼にとって実に都合がよかった。大使館は駅から二ブロックしか離れていなかったし、アパートのほうは玄関の踏み段が駅に接していると言ってよいほど近かった。だから、アメリカ人の自動車好きはよく知られてはいるものの、いかに疑り深い第二管理本部の尾行者でも、通勤に地下鉄を使うことをあまり怪しみはすまい。エド・フォーリはせいぜい観光客がやるていどにあたりを見まわし、ひとり尾《つ》けてきているようだと思った。いまはもっといて当然だろう。自分は新しい大使館員だから、当然ロシア人はCIAのスパイのような怪しい動きかたをしないかどうか調べたがる。彼は外国にいる無害なアメリカ人のように振る舞うことにした。そうしたところで同じかもしれないし、ちがうかもしれない。それはいま尾けてくる者の経験次第で、なんとも言えない。確実なのは、ここ二、三週間、尾行がつくということだ。それはあらかじめわかっている我慢せざるをえないもの。尾行はメアリ・パットにもつくだろう。ことによると、エディにも。ロシア人の疑心暗鬼ぶりは異常なほどだが、それに不平を鳴らす権利は自分には、まあ、あるまい。そう、あるはずがない。彼らの国の秘密の扉をこじあけて、最高機密をかっさらうのが、こちらの仕事なのだから。彼は新任のCIAモスクワ支局長だったが、それを隠して職務にはげむことになっていた。これはボブ・リッター工作担当副長官が新たに考えだした独創的なアイディアのひとつだった。通常、大使館のボス・スパイの正体は秘密にされない。秘密にしておくと、誰であろうとそのうち、敵の囮《おとり》作戦か作戦上のミスによって正体がばれてしまい、ていどの差はあるにせよ、落ち込んでしまう。それはヴァージンを失うようなものなのだ。いちど失われてしまったら、もう元にもどらない。しかし、CIAが夫婦チームを現場で使うことはめったにないし、エド・フォーリは長い歳月をかけて偽装用の経歴をつくってきた。ニューヨークのフォーダム大学卒、かなりの若年でCIAに引っぱられ、FBIの身元調査を受けたのち、ニューヨーク・タイムズ紙に入って社会部の記者となった。面白い記事もいくつか物したが、たいして多くなく、そうこうするうちに、社が解雇する気にならないうちに自由にできて花を咲かせられるような中小の新聞社に移ったほうがよいのではないか、という助言を受けた。彼はこれを容《い》れて、ニューヨークの大新聞社を辞し、国務省の大使館報道担当官という職を得た。いちおう官僚の仲間入りをしたわけで給料はかなりよかったが、高級官僚への道は閉ざされていた。彼の大使館での公式の仕事は、アメリカの大新聞や大テレビ局のエリート海外特派員とむだ話をし、彼らと大使および大使館員のあいだをとりもち、記者たちが重要だと思いこんでいる記事を書いて本国に送りにかかったら、邪魔をしないようにする、というものだった。

　彼のもっとも重要な仕事は適任であるように見せるということだったが、やるべきことはもうすこしあった。ニューヨーク・タイムズ紙のモスクワ特派員がすでに、同僚たちにこう言っていた。フォーリは〝アメリカ一の大新聞〟でジャーナリストとして成功するほどの能力がなく、まだ教職——無能記者のもうひとつの墓場——につくほどの年ではないので、それよりはすこしだけましな役人になった、と。こうした傲《ごう》慢《まん》さを助長するのも、フォーリの仕事だった。KGBが要員をアメリカの報道関係者に近づかせ、大使館員のことをいろいろ聞きだそうとするのを、彼は知っていたからだ。スパイにとっての最良の偽装は、愚鈍と思われることなのである。愚鈍ではスパイになれない、と思われているのだから。これについては、イアン・フレミングと彼の作品から生まれた映画に感謝しなければならない。ジェームズ・ボンドは頭の切れる利口な男なのだ。エド・フォーリはちがう。そう、エド・フォーリは一介の役人にすぎない。なんとも馬鹿《ばか》げた話だが、国中が愚鈍な役人によって支配されているソ連だからこそ、まるでアイオワ州の養豚場からでてきたばかりの豚のように、たいてい、いとも簡単にこの手に引っかかってしまうのだ。

《諜報《ちようほう》活動に予測できることは一切ないが……ここは別だな》とCIAモスクワ支局長は心のなかで呟《つぶや》いた。行動が予測できるというのも、あてにしてもよいロシア人の特徴である。ロシア人の場合、すべてが巨大なルール・ブックのなかに書かれていて、誰もがそれにのっとってゲームをする。

　フォーリは地下鉄の車両に乗りこむと、見まわして乗客たちのようすをうかがい、彼らが自分をどんなふうに見ているか観察した。外国人であることは着ているものではっきりわかる。服装がここではルネサンス絵画の聖人の頭にかかる光輪のように目立つのだ。

「どこの人？」好意があるのか悪意があるのかよくわからない声に訊《き》かれ、フォーリはちょっと驚いた。

「えっ、何ですって？」フォーリは訛《なま》りむきだしのロシア語で訊き返した。

「ああ、アメリカ人ですね？」

「ダー、そうです。アメリカ大使館で働いているんです。今日が最初の日でして。モスクワははじめてなんです」尾行者かどうかはわからなかったが、ここは正直に答えるしかない。

「モスクワはどうですか?」相手は尋ねた。官僚のようだった。KGBの防諜要員かその協力者かもしれない。あるいは、好奇心に駆られただけの、国営企業の職員かなにか。ここにはそういう連中もいるのだ。ただの庶民がこんなふうに声をかけてきたりするだろうか? たぶんしない、とフォーリは判断した。地下鉄のなかでは、一般の人々は自分たちのことしか考えず、好奇心を外に向けようとはしない……ただ、ロシア人はどんなアメリカ人も気になってしかたない。ロシア国民はアメリカ人を軽蔑《けいべつ》しろ、いや、憎めとさえ言われているので、イヴが林檎《りんご》にいだいたような思いをよくアメリカ人にいだく。

「すごい地下鉄ですね」フォーリはできるだけ無邪気にあたりを見まわした。

「ご出身はアメリカのどこですか?」というのが次の質問だった。

「ニューヨークです」

「アメリカでもアイスホッケーをしますか?」

「ええ、もちろん! 私は子供のころからニューヨーク・レインジャースのファンです。ここでもアイスホッケーの試合を見たいですね」これは嘘偽《うそいつわ》りのないことだった。ロシアの〝スケートとパスのゲーム〟はスポーツの世界のモーツァルトと言ってもよい。「大使館によい券があるそうです。今日そう言われました。ツェスカの」フォーリは言い添えた。ツェスカは〈軍中央スポーツクラブ〉の略称だ。

「ふん！」モスクワっ子は鼻を鳴らした。「私はクルィローのファンだ」このロシア人は〈ソヴィエトの翼《クルィロー》〉という名のチームがひいきだった。

《この男は本物のアイスホッケー・ファンなのかもしれない》とフォーリは驚いて思った。ロシア人は、アメリカの野球ファンが地元のチームにこだわるのと同じくらい、アイスホッケー・チームにこだわる。しかし、防諜担当の第二管理本部にだってアイスホッケー・ファンはいるはずだ。彼は〝用心しすぎる〟という観念を認めないことにしていた、ここではとくに。

「ツェスカは優勝チームですよね？」

「女々しすぎる。アメリカでのあのざまは何ですか？」

「アメリカの選手は当たりの激しいゲームをしますからね——言いたいこと、わかります？　あなたがたにはごろつき《フーリガン》に見えるんじゃないですか？」フォーリは列車に乗ってフィラデルフィアまで試合を観《み》にいった。〝ブロード・ストリートの暴れ者〟という名でのほうが通っているフィラデルフィア・フライヤーズが、ソ連からやって来たちょっと傲慢な野郎たちをこてんぱんにぶちのめし、彼はかなりいい気持ちにさせてもらった。フィラデルフィアのチームは、老境に入ったケイト・スミス歌う『ゴッド・ブレス・アメリカ』という秘密兵器までくりだした。おかげで選手たちは朝食に釘《くぎ》と人間の赤ん坊を食っている野獣のようになった。いや、まったく、あれはすごいゲームだった！

「アメリカの選手はたしかに荒っぽいプレーをしますがね、いいんですよそれで、ホモじゃないですから。ツェスカの連中は自分たちをボリショイ劇場のバレエ・ダンサーと勘違いしているんです。あの滑りかた、あのパスまわしですからね。やつらがときどき高慢の鼻をへし折られるのを見るのは楽しいもんです」

「八〇年のオリンピックを思い出しますなあ。でも、あれは正直言って奇跡です。あなたがたの素晴らしいチームをアメリカが打ち負かしたんですから」

「奇跡ですって！　とんでもない！　われわれのコーチは眠っていたんです。ヒーローたちもね。あんたらの選手は実に生きいきと戦った。実力で勝ったんです。あのコーチは銃殺に処せられるべきでしたよ」うーん、この男は正真正銘のファンのように話す。

「実はここで息子にアイスホッケーを習わせたいんです」

「いくつです？」男の目に本物の興味の火がともった。

「四歳半です」フォーリは答えた。

「スケートを習うにはいい年です。モスクワでは子供がスケートをする機会はたくさんあります。なあ、ヴァーニャ？」彼は、二人のやりとりを好奇心と不安がないまぜになったような表情で見まもっていた隣の男にふった。

「よいスケート靴を買ってやらないといけません」その男が言った。「悪い靴だと足首を痛めますからね」典型的なロシア人の助言。この無情なことの多い厳しい国でも、子供は本物の愛情をそそがれて護《まも》られる。ソ連という熊《くま》は、子供たちにはやさしい心で接するが、大人たちには凍った花崗岩《かこうがん》のような心で接する。

「ありがとう。そうします」

「お住まいは外国人居住区ですか？」

「そうです」フォーリは答えた。

「では、次の駅ですね」

「ああ、スパスィーバ。ごきげんよう」フォーリはドアのほうへ向かったが、途中で振り返って、友人になったばかりの二人のロシア人に親しみをこめてうなずき、さよならの仕種《しぐさ》をして見せた。《KGBだろうか？》と彼は思った。たぶん。だが、確かではない。それは、これから一カ月ほど地下鉄で二人に会うかどうかで判断すればよい。

だが、わずか二メートルしか離れていないところで、今日のサヴィェーツキイ・スポールト（ソヴィエト・スポーツ）紙を持って、彼らのやりとりを最初から最後まで観察していた男がいたことは、エド・フォーリも知らなかった。男の名前はオレグ・イワノヴィッチ・ザイツェフ、彼はKGBだった。

CIAモスクワ支局長は地下鉄の車両から降りると、人込みの流れにしたがってエスカレーターまでたどり着いた。昔はこれが運んでいってくれるところに、スターリンの立っている全身の肖像画があったが、いまは取り払われ、ほかの者の肖像画もかけられていない。外は初秋の冷気におおわれつつあり、地下鉄の息苦しさを味わったせいで、清々《すがすが》しく感じられた。まわりで、十人以上の男がひどい臭《にお》いの煙草《たばこ》に火をつけ、それぞれ別々の方向へ歩いていった。塀にかこまれたアパート群からなる外国人居住区まで半ブロックしかなかった。出入口には守衛小屋があるが、そこには事情に通じていない係員がひとりいるだけだ。彼はフォーリを目でざっと調べ、オーバーの質からアメリカ人と判断しただけで、通りすぎる彼にうなずいて挨拶《あいさつ》することもしなかった。むろん、微笑《ほほえ》みもしなかった。ロシア人はあまり微笑まない。この国を訪れたアメリカ人はみな、これには驚く。むっつりして気むずかしそうにしているロシア人は、外国人には理解しがたい人々としか思えない。

二駅先で、オレグ・ザイツェフは接触報告書を書くべきだろうかと思った。KGBに属する者はみな、外国人と接触した場合は報告書を書くようにと言われている。理由は、それがKGBに対する忠誠の印となるだけでなく、組織内では〝主要敵国〟と呼ばれるアメリカの市民への警戒を一瞬たりと怠っていないところを見せることにもなるからである。それはKGBがいだく病的な恐れを示すことでもあると言ってよい。疑心暗鬼はKGBがあからさまに助長してきた特徴のひとつなのだ。しかし、ザイツェフの仕事は事務処理で、彼はふだん扱っているよりもさらに意味のない書類を作成する必要を感じなかった。書いて提出したところで、ただながめられ、よくてもぞんざいに読まれるだけで、上の階にいる上位の官僚がどこかのファイル・ボックスに投げこみ、二度と読まれることはない。自分の時間は貴重で、そんな無意味なことをしている暇はない、とザイツェフは思った。それにあの外国人と話したわけでもないのだ。彼はいつもの駅で地下鉄から降り、エスカレーターに乗って、夕方の爽《さわ》やかな冷気のなかにでた。すぐさま労働《トルード》という名の煙草に火をつけた。ひどい煙草だった。彼は〝特権階級専用店〟を利用できるので、その気ならフランスやイギリスのものはもちろん、アメリカの煙草だって買えるが、値段が高すぎた。好きなものを何でも買えるほどの金があるわけでもない。服の質は同志の大半が着ているくたびれたものよりはほんのちょっとよいだけで、大差はない。だから目立つということはあまりない。駅からアパートまでは二ブロック。部屋は第一の階――アメリカ人の言いかたなら第二の階――つまり二階の3、上層でないのがむしろよいと彼は思っている。エレベーターがとまっても、心臓発作を起こす危険がないからである。エレベーターは月にいちどほど故障するのだ。今日は動いている。年配の婦人が入っている一階の管理人室のドアは閉まっていた。開いていないということは、住民に注意しなければならない機械の不具合はないということだ。今日はこの建物はすべて順調で、何も壊れていない。祝うほどのことではないが、運命を気まぐれに決める神と呼ばれる者に感謝すべき人生の小事ではある。玄関ドアをあけて、なかに入ったとき、ちょうど煙草も終わりになった。ザイツェフは吸殻を灰皿にほうりこみ、エレベーターまで歩いた。珍しいことに、エレベーターはドアをあけて待っていた。

「こんばんは、同志ザイツェフ」運転係が挨拶した。

「こんばんは、同志グレンコ」彼は大祖国戦争（第二次世界大戦）の傷痍《しょうい》軍人だった。胸につけている勲章でそれとわかる。砲兵だったと彼は言っている。たぶん、このアパートの情報提供者で、変わった出来事があると、ほかのKGB関係者に報告し、その見返りにわずかな報酬をもらい、赤軍から払われる年金の足しにしているのではないか。二人は挨拶しただけで、ほかには何もしゃべらなかった。グレンコはハンドルをまわし、エレベーターを二階までゆっくり昇らせ、ドアをひらいた。そこからザイツェフのアパートまで、わずか五メートル。

アパートのドアをあけると、キャベツの煮える匂《にお》いに迎えられた――ディナーはキャベツ・スープ。お馴染《なじ》みの料理。これにこくがあって栄養も豊富な黒パンをつければ、ロシアの食事の定番のひとつだ。

「パーパ！」オレグ・イワノヴィッチ・ザイツェフは身をかがめて幼いスヴェトラーナを抱きあげた。丸ぽちゃの顔に歓迎の笑みを浮かべている娘は、ザイツェフの人生を照らす光だった。

「今日はいい子にしていたかな、子兎《ザイチク》ちゃん？」彼は娘を抱きかかえ、愛らしいキスを受けた。

スヴェトラーナは同年齢の子供たちでいっぱいの――幼稚園でも託児所でもない――保育所に通っていた。彼女の服装は、この国で着られる目いっぱいカラフルなものと言ってもよかった。緑色のプルオーヴァーのシャツに、灰色のズボン、その下の小さな赤い革靴。娘にこういう服を買ってやれるのも、〝特権階級専用店〟で買物ができる利点のひとつだった。ソ連では赤ん坊用の布おむつさえ売っていない――おむつは母親たちが古いシーツからつくるのがふつうだ――西側で好まれる使い捨てタイプはもちろんない。だから、子供のトイレのしつけがとても重要になる。スヴェトラーナの場合は、しばらく前に自分でトイレへ行けるようになり、母親をほっとさせた。オレグ・ザイツェフはキャベツの匂いを追って、キッチンにいる妻のところまで行った。

「お帰りなさい、あなた」イリーナ・ボグダノヴァはレンジから離れずに言った。キャベツ、ジャガイモ。ハムも入っていればいいのだが、とオレグは思った。紅茶、パン。ウォツカはまだだ。ザイツェフ夫妻は酒を飲むが、度は過ごさない。ふつうはスヴェトラーナが寝てから飲む。イリーナはグム百貨店で経理の仕事をしていた。モスクワ大学卒で、しきたりや偏見にとらわれない、西側で言う〝解放された〟女性だったが、実際に社会の枷《かせ》から解き放たれているわけではなかった。キッチン・テーブルわきにかかっている買物用の手さげ袋を、どこへ行くのにもハンドバッグのなかに入れて持ち歩くのは、いかなるときでも買いたい食料品や、さえないアパートを明るくするものはないかと探しているためだ。ソ連では買物は列にならぶことであり、それは女性の仕事なのである。夫のために夕食をつくるのもそうで、これは夫や彼女の地位に関係ない。イリーナは夫がKGBで働いていることは知っていたが、どんな仕事をしているかは知らず、わかっているのは、夫がかなりよい給料をもらい、めったに着ない制服を支給され、すぐにまた一ランクあがる階級を与えられているということだけだった。だから、何をしているにせよ夫はきちんと働いているとイリーナは考え、それで満足していた。大祖国戦争の歩兵の娘で、公立学校に通い、平均以上の成績をおさめたが、思いどおりの結果ではなく、つねに不満が残った。ピアノの才をいくらか示したものの、モスクワ音楽院に進めるほどではなかった。文筆の技量もためしてみたが、こちらのほうも本をだせるほどの才能はなかった。女としての魅力はないわけではない。しかし、ロシアの基準からすると瘦《や》せすぎ。肩にかかる茶色の髪は、ふつうはよくブラッシングされている。読書家で、読むに値する入手可能な本は何でも読み、クラシック音楽を聴くのも大好き。ときどき夫とともにチャイコフスキー・コンサート・ホールにでかけたりもする。夫のオレグがどちらかというとバレエのほうが好きなので、そちらにもでかける。そういうことができるのも夫がジェルジンスキー広場二番地で働いているおかげだとイリーナは考えている。夫の地位はまだそれほど高くないので、夫婦そろって打ち解けた雰囲気のパーティに出席し、KGBの高官たちとなごやかに酒を酌《く》みかわすというところまではいっていない。夫が大佐になったら、たぶんそういうこともできるのではないか、とイリーナは期待している。いまのところは、共働きをしてやっと、国家に雇われた官僚の中流の暮らしを維持しているという状態だ。それでも、KGBの〝特権階級専用店〟をときどき利用できるのだからありがたい。そこへ行けばともかく、自分やスヴェトラーナのために良質の製品が買えるのだ。それに、ひょっとすると、近いうちにもうひとり子供をもてる余裕ができるかもしれない。二人はまだ若いのだ。男の子ができれば家庭はもっと明るくなる。

「今日は面白いことなかった?」イリーナは訊《き》いた。これはほぼ毎日欠かさずに口にする冗談。

「俺の仕事場で面白いことなんてありはしないよ」オレグも冗談で返した。そう、そのとおり。現場の工作員との相も変わらぬ連絡作業のみ。受けとったメッセージを所定の整理棚におくと、それを配達係が手で持って、KGBを実際に動かしている管理官たちが陣取る階上のオフィスへと運ぶ。先週、かなりの地位にある大佐がひとり、オレグたちの仕事ぶりを見におりてきたが、にこりともせず、親しみをこめた言葉ひとつかけるでもなく、質問さえせずに、二十分いただけで、すっと姿を消し、エレベーター・ホールへもどっていった。自分たちの部の長である大佐が付き添っているのを見てはじめてオレグは、上の階から視察にきたその大佐が相当の地位にある者であることを知った。二人の大佐は何やら言葉をかわしていたが、遠すぎて聞き取ることはできなかった――だいたい彼が所属する部の者たちは、会話をかわすこと自体あまりなく、あったとしても囁《ささや》き合うことが多い――それに、オレグは関心をあまり示さないよう訓練されていた。

しかし、訓練にはそれ以上のことはできない。オレグ・イワノヴィッチ・ザイツェフ大尉《たいい》は心を完全に閉ざしてロボットになれるほど愚鈍ではなかった。それどころか、彼の場合、仕事を適切に遂行するためには、判断に近いようなことをする必要もあった。ただし、それは猫でいっぱいの部屋を歩く鼠《ねずみ》のように用心深くやらねばならない。彼はいつも、すぐ上の上官のところへ行き、最初にかならず可能なかぎり謙虚な質問をし、最終的に承認を引きだす。実のところ、自分の判断を質問という形にして承認を得るというこの方式が失敗したことはいちどもない。オレグはこの手の才があり、なかなか気が利《き》いていると認められはじめてもいた。遠からず少佐になれるだろう。そして昇進すれば、さらに給料はよくなり、〝特権階級専用店〟でもっと買物ができ、徐々にだが、与えられる自由裁量度も増していく――いや、これは正確な言いかたではない。制限がすこしだけゆるみ、できることの幅が広がる――こう言うべきだ。そのうち、送信内容は賢明と言えるだろうか、とさえ問えるようになるかもしれない。実際、《ほんとうにわれわれはこれをする必要があるのでしょうか？》と彼はときどき訊きたくなることがある。むろん、作戦をどうするかという決定を下すのはオレグの任ではなく、彼には逆立ちしてもできないが、できるかぎり遠回しの言葉で命令文の表現に疑問を呈することはできる——正確には、そのうちできるようになる。たとえば、ときどきローマの工作員４５７号へ送られる指令文を目にし、祖国はほんとうにこんな危険をおかす必要があるのだろうかと思う。指令どおりにやってうまくいかなかった場合、重大な結果が生じるのだ。そういうことがこれまでにも何度かあった。二カ月前にも彼は、ボンから送られてきた緊急信を見た。西ドイツの防諜《ぼうちょう》機関が不穏な動きをしていると警告するもので、現地の工作員は至急指示をあおぎたいと結んでいた——そして送られた指示は、上官の聡明《そうめい》さを疑わずに任務を継続せよ、というものだった。すると、その工作員は所在不明となり、連絡も絶えた。《逮捕され、銃殺された？》とオレグは思った。彼は、工作員の名前はいくつか、作戦名はほぼすべて、作戦のターゲットや目的はたくさん、知っている。いや、それよりも何よりもすごいのは、数百人にもなるＫＧＢ外国人協力者のコードネームを知っているということだ。だからスパイ小説を読んでいるような気分になることだってある。工作員のなかには文学的なところがある者もいる。彼らが送ってよこす通信文は、軍人が書く簡潔な声明文とはちがう。彼らは、協力者の心理状態とか、情報や任務の〝感触〟とかも、伝えたがるのだ。旅先で出合ったものを描写するプロのトラベル・ライターのようになることがある。ザイツェフはほんとうはそうした情報を頭のなかに残してはいけないことになっているが、彼だって好奇心をもつ人間だ。それに、通信文にはかならず、この種の文書につきものの秘密の符号がいくつも組み込まれている。たとえば、三つめの単語の綴《つづ》りの間違いは、その工作員の正体が見破られそうになっているという警報にもなりうる。工作員はそれぞれ、別々のこうした符号システムを使っていて、ザイツェフはそのすべてのリストを持っている。綴りの間違いに関して言えば、彼はこれまでに二度見つけたことがあり、そのうちの一度は、単なる書き誤りだから無視しろと上官たちに言われた――これにまた彼はびっくり仰天した。しかし、その間違いは一回きりで、繰り返されはしなかった。だから、そのときはほんとうに、問題の工作員が暗号化の段階でうっかり間違えただけだったのかもしれない。とにかくKGB本部で訓練された男たちはそう簡単に捕まりはしない、と上官は言った。うちの工作員は世界一で、西側の敵どもはそれほど賢くないからな。そう言われてザイツェフ大尉は、その場はうなずいて上官の説明を飲んだが、あとで要注意のメモを書き、それを保存用ファイルのなかにしっかり収めた。そうやって、いっぱしの官僚なら誰しもやるように、あとで厄介なことになったとき言い逃れできるようにしたのだ。

もしも、そのすぐ上の上官が西側のスパイ機関の支配下にあったとしたら、いったいどうなるのか、と彼はそのとき思った。その後も、テレビの前に座って酒を二、三杯飲んだあとなど、この不安がよみがえることがある。もし実際にそうであったら、まさに完璧《かんぺき》な工作だ。工作員や協力者の名が書かれたリストは、ＫＧＢのどこにも、一部たりと存在しない。そう、ＫＧＢでは一九二〇年代か、それよりも以前に、〝区画化〟というコンセプトが考えだされたのだ。アンドロポフ議長でさえ、その種のリストを手のとどくところにおいておくことを許されない。彼がそれを携えて西側に亡命するといけないからである。ＫＧＢは誰も信用しない、とりわけ議長を。それゆえ、奇妙なことに、これほど広範な情報に接することができるのは、ザイツェフが所属する部の者たちだけなのである。ただし、彼らは作戦の立案、実行にあたる者たちではなく、単なる通信員にすぎない。

しかし、外国の大使館の暗号員もまた、ＫＧＢがたえず協力者にしようとする対象ではなかったか？　通信文の暗号化・復号を担当する彼または彼女は、ふつうの職員にすぎず、実は重要な情報をゆだねられるほど賢くはないのだから、取り込むことも可能なのである——しかも、そのように重要な情報をあつかう暗号員は彼女ではなかったか？　そう、女性であることがとても多いのだ。だから、彼女たちを誘惑すべく訓練されたKGB工作員も存在する。ザイツェフはこういう誘惑作戦に関する通信文も目にする。なかには誘惑の行為を事細かにどぎつく描写しているものもあるが、それはたぶん、男としての能力と、国家に対する献身的な愛の強さを、階上の幹部たちに印象づけようとするためだろう。女とやって給料をもらうというのは、ザイツェフにはあまり英雄的なこととは思えないが、たぶん女はずば抜けて醜く、そのような状況下で男の務めを果たすのはむずかしいはずだから、かなり大変なことではあるのだろう。

要するに、一介の事務職員が広範囲にわたる秘密をゆだねられていることがとても多く、自分もそのうちのひとりだということだ、とオレグ・イワノヴィッチ・ザイツェフは思った。興味をそそる話ではないか？　そう、目の前のキャベツ・スープよりも絶対にそそる、栄養はないけれど。つまり、現在のソ連では、〝信頼〟は人々の思考システムから追いだされてしまった観念で、人間は火星から来たと言うのと同じくらいありえないことなのだが、それにもかかわらず国家が信頼する人々は少数だがいるというわけだ。そして自分はそのうちのひとり。それから、そう、幼い娘がかわいい緑色のシャツを着られるのも、その皮肉な事実のおかげなのである。オレグ・イワノヴィッチは本を二冊ほどキッチンの椅子《いす》におくと、スヴェトラーナをひょいと抱きあげてその上に座らせ、小さな娘が夕食を食べられるようにした。亜鉛とアルミニウムの合金の食器類はスヴェトラーナの手にはすこし大きいが、重すぎて使えないということはなかった。彼はまだ娘のためにパンにバターを塗ってやらなければならなかった。本物のバターを買う余裕があるのはありがたいことだった。

「帰る途中、あの特別店ですてきなものを見つけたわ」イリーナは、夫は機嫌がよいと知った女たちが夕食の席でだすような声をだした。今日のキャベツはとくに良質で、ハムはポーランド産だった。ということは今日、妻は〝特権階級専用店〟で買物をしたのだな、とオレグは思った。妻が特別店で買物をするようになったのはわずか九カ月前だというのに、いまはもう、それができなくなったらどうやって生きていけばよいのかしら、と声にだして言うほどになってしまった。

「何だね?」オレグはグルジア産の紅茶をひとくち飲んだ。

「ブラジャーよ、スウェーデン製の」

オレグはにやっと笑った。ソ連製のブラジャーは例外なく、子供というより子牛に乳を飲ませる農婦のためにデザインされているように思える――自分の妻のように人間的な体型をしている女には、とてもじゃないが大きすぎる。「いくら？」夫は目をあげずに訊いた。

「たったの十七ルーブル」

《兌換ルーブル紙幣でな》とオレグは思ったが、口にだしはしなかった。兌換《だかん》ルーブル紙幣は額面どおりの価値が保証されている紙幣で、理論上は、ドルなど国際的に使用可能な強い外貨とさえ交換することができる。それは、ふつうの工場労働者に支払われる価値が保証されていない紙幣とはちがう。庶民がもらうルーブルの価値は……言ってしまえば、この国の他のあらゆることと同様……完全に架空のものなのである。

「色は？」

「白」たぶん特別店には黒や赤のものもあるだろうが、そうしたブラジャーをつけようと思う女性はソ連にはめったにいない。この国の人々は習慣ということにおいてはたいそう保守的なのである。

夕食が終わるとオレグは、後片づけを妻にまかせてキッチンをあとにし、幼い娘を連れてテレビのある居間へ行った。テレビ・ニュースが、例年どおり収穫がはじまっていることを告げた。栽培、収穫とも素早くやらねばならない北部で、集団農場の労働英雄たちが、春播《はるま》き小麦の最初の刈り取りをおこなったという。豊作、とテレビは言った。《よし》とオレグは思った。《これでこの冬はパン不足にならずにすむ……たぶん》テレビが言ったことをそのままほんとうに信じられるかというと、とてもそんなことはできない。お次のニュースは、アメリカの核兵器がＮＡＴＯ諸国に配備されつつあることへの抗議。そのような世界平和を脅《おびや》かす不必要な挑発的行為を断念するよう、ソ連は西側に求めたが、その正当な要請は無視され、配備は進んでいるという。ソ連のＳＳ－20中距離弾道ミサイルがほかの場所に配備されつつあることをザイツェフは知っていた。が、むろん、こちらのほうは世界平和を脅かすものではまったくない。今夜のテレビ番組の目玉は、軍事作戦と祖国のために戦うソ連の素晴らしい青年たちを紹介する『我等ソヴィエト連邦に奉仕する』だった。しかも今夜は、実に珍しいことに、アフガニスタンで〝国際的務め〟を果たす男たちのようすを伝える。ソ連のメディアがアフガニスタンでの軍の戦いぶりを伝えることはめったになく、オレグは当局が何を見せるのか興味津々《しんしん》だった。アフガニスタンの戦争については、職場でも昼食時にときどき議論が戦わされたが、オレグはだいたい聞き役にまわった。兵役をまぬがれた身で、それをほんのすこしも悔いていなかったからである。彼は歩兵部隊が日常的に体験する残酷物語をいくらでも聞いていた。それに、軍服に魅力を感じず、着たいという気にならない。ごくたまにしか着ないＫＧＢの制服も嫌でたまらないのだ。それでも、オレグはその番組を見るつもりだった。映像は言葉には伝えられない物語を伝え、彼は自分の仕事にも必要となる鋭い観察眼をもっていたからである。

「毎年、カンザス州でも小麦の収穫がおこなわれるが、それを『NBCナイトリー・ニュース』がとりあげるなんてことは絶対にない」エド・フォーリが妻に言った。「ここでは国民を食べさせられたら大変な偉業ということになるんじゃないかしら」メアリ・パットが意見を述べた。「どんなオフィスだった？」

「小さかったよ」間をおいてエドは両手を振り、興味深いことは何も起こらなかったと身振りで伝えた。

メアリ・パットも、近いうちに車を乗りまわして、しかるべきところに待機シグナルがないかどうかチェックしなければならない。フォーリ夫妻はここモスクワでコードネームを〈カーディナル〉というロシア人スパイを運営することになっていて、それが二人のもっとも重要な任務だった。〈カーディナル〉と呼ばれる大佐のほうも、運営者が新しい二人になるということを知っていた。この引き継ぎは危険で厄介な作業だったが、メアリ・パットはその種のことには慣れていた。

4　イントロダクション

　ジャック・ライアンが盗聴防止装置を作動させて祖国に安全な電話をかけたのは、ロンドンでは夕方の五時、ラングレーでは正午だった。彼はその時差にまだ慣れていなかった。ご多分に洩《も》れずライアンも、自分の一日の創造的時間がおのずと二つの部分にわかれる傾向があることに気づいていた。午前中は情報を吸収するのに最適な時間で、そのあとの午後は熟考に向いている。グリーア提督の時間も同じようにわかれる傾向があり、これでは仕事のサイクルがボスと合わないでジャックは苦労するはずだった。彼はまた、書類を処理する手順にも慣れる必要があった。書類処理が思ったほど容易ではなく、意外に複雑になってしまうということは、ライアンも政府機関であるていど働いた経験があるので予想がついた。

「はい、グリーア」双方の盗聴防止システムがリンクすると、声が聞こえた。

「ライアンです」

「イギリスはどうだ、ジャック？」

「まだ雨が降るのを見ていません。キャシーは明朝から仕事をはじめます」

「バジルはどうだね？」

「なかなかの歓待ぶりです」

「いまどこだ？」

「SIS本部《センチュリー・ハウス》です。最上階の部屋をもらいました。ソ連課のひとりといっしょに働いています」

「家にもSTUが欲しいだろう」

「図星です」ボスは心を読むのが実にうまい。家にも盗聴防止システム電話STUがないとやはり具合が悪い。

「ほかには？」

「いま思いつくものは何もありません、提督」

「興味を引くようなものはまだないか？」

「ええ、まだ新しい環境に慣れようとしている段階でして。ここのソ連課はいいようです。いっしょに働いている課員のサイモン・ハーディングは、かなりの分析能力の持ち主です」ライアンは言った。ありがたいことに、サイモンはいま外出中だ。もちろん、この電話が盗聴されている可能性はある……いや……彼らもヴィクトリア勲爵士《ナイト》の電話は盗聴すまい……いやいや、わからんぞ。

「子供たちは元気かね？」

「はい。サリーはこちらのテレビを理解しようとしています」

「子供はとても上手に適応するからな」

《そりゃあ、大人よりはうまい》とライアンは思った。「子供たちのことはまた知らせます、提督」

「例のジョンズ・ホプキンズ大学の文書だが、明日中にきみのところにとどく」

「ありがとうございます。彼らも気に入ると思います。バーニーが興味深いことを言ってましたからね。それから、教皇の件ですが……」

「われらがいとこたちの反応は？」

「心配しています。私もです。教皇はかなり激しく挑発したと私は考えます。これではソ連《イワン》も無視できないでしょう」

「バジルは何と言ってる？」

「たいしたことは言ってません。ＳＩＳが現地にどんな資産《アセット》をもっているか私は知りません」資産《アセット》は諜報《ちようほう》活動に利用できる人員のことだ。「彼らはしばらく待って、どこまでわかるか見てみようとしているのだと、私は思います」ジャックはすこし間をおいた。「われわれのからは何もないのですか?」

「まだない」簡潔な答えがピシッと返された。これは〝きみには何も話せない〟をさらに強めた答え。《グリーア提督は私をほんとうに信頼しているのだろうか?》とジャックは思った。提督に好かれていることは確かだが、問題は優秀な分析官としてほんとうに信頼されているかどうかだ。もしかしたら、このロンドン一時逗留《とうりゅう》は、新兵訓練ではないにせよ、第二の士官基礎学校《ベイシック・スクール》入りなのかもしれない。そこは海兵隊が、少尉《しょうい》の線章をもつ若者を徹底的に鍛える学校で、卒業できれば戦場で部下を指揮する能力がほんとうにあるということになる。海兵隊でもいちばん厳しいという評判の学校だ。そこでの訓練はライアンにとっても楽とはとても言えなかったが、彼はクラス一の成績で卒業した。幸運だっただけなのかもしれない……。ともかく、それがはっきりする前に除隊せざるをえなくなった。クレタ島でのCH-46輸送ヘリの事故で負傷したせいだが、そのときのことはいまでもときどき悪夢となってよみがえる。幸運にも部下の一等軍曹と海軍の衛生下士官が体を固定してくれ、大事にいたらずにすんだが、ジャックはいまだにヘリコプターのことを考えただけで寒気が走る。「きみはどう思うんだ、ジャック?」

「もし自分の仕事が教皇の命を護《まも》ることだったら、ちょっと不安になるでしょうね。

ロシア人というのは、そうしたくなったら、平気で手荒なこともできますから。ただ、政治局がどう反応するかは読めません——つまり、彼らにどこまで根性があるか、ということですが。バジルと話していたとき、私はこう言いました——問題は結局、彼らが教皇の脅しにどれほど怯《おび》えるか、ということだと。まあ、あれを脅しと呼べるとしたら、ですが」

「きみは何と呼ぶんだ、ジャック?」CIA情報担当副長官は三千四百マイル彼方《かなた》から訊《き》いた。

「はい、そうですよね、降参です。彼らの考えかたでは一種の脅しということになると思います」

「一種の? そいつは彼らにはどう見えるのかね?」ジム・グリーアが大学院レベルの歴史か政治学を教えたら、そりゃあ厳しい先生になるだろう。ジョージタウン大学のティム神父もかなわないような。

「わかりました、提督。あれは脅しです。ソ連の連中もそうだと思うでしょう。しかし、彼らがその脅威をどれほど深刻なものと考えるかという点は、私にもはっきりわかりません。彼らは神を信じているようには見えません。彼らにとって〝神〟は政治であり、政治は単なる方法でしかないのです。〝神〟はわれわれが理解しているような意味での信仰の対象ではないのです」

「ジャック、きみは敵の目で現実を見ることを学ぶ必要がある。きみの分析能力は一流だが、知覚のからくりについても勉強しないといけない。これは株や証券とはちがう。誰が見ても同じに見える数字をあつかうわけではない。数字を見るのとはわけがちがうんだ。十六世紀の画家エル・グレコは乱視のせいで、すべてのものが歪《ゆが》んで見えたという。ソ連の連中はわれわれとはちがうレンズを通して現実を見ているんだ。それを真似《まね》て彼らと同じように見られるようになれば、最高の分析官のひとりになれる。ただし、それには想像力を跳躍させなければならない。ハーディングはそれが実にうまい。彼らの頭のなかをのぞく術を彼から学ぶことだ」

「サイモンをご存じなんですか？」ジャックは訊いた。

「私はもう何年も前から彼の分析報告書を読んでいるよ」

《では、これはすべて仕組まれたことだったのだ、ジャック》ライアンは尋常ではない驚きに襲われ、思わず心のなかで叫んだ。これは今日二つめの教訓。「そうだったんですか」

「驚いているようではいかんぞ」

「アイ・アイ・サー」ライアンは海兵隊の新任少尉のように応《こた》えた。《この過《あやま》ちは二度とおかしません、提督》このとき、ジョン・パトリック・ライアンは本物の情報分析官になった。

「大使館に言ってきみのところへSTUをとどけさせる。あれの安全確保の方法は知っているな?」情報担当副長官は念のため注意をうながした。

「はい、わかります」

「よし。こちらは昼飯だ」

「はい。明日また連絡します」ライアンは受話器を架台にもどすと、電話の盗聴防止装置のスロットからプラスティック製の暗号鍵《あんごうかぎ》を引き抜き、ポケットのなかに入れた。そして腕時計に目をやった。店じまいの時間だった。机上の極秘文書フォルダーはすでに片づいている。四時半ごろ女性がひとりショッピング・カートを押してきて、フォルダーを回収し、中央記録保管所へ返すのである。ちょうどよいタイミングでサイモン・ハーディングがもどってきた。

「何時の列車?」

「六時十分」

「よし、ビールの時間だ、ジャック。どうだい、一杯?」

「いいですね、サイモン」彼は立ちあがり、ルームメイトのあとを追って廊下にでた。

たった四分歩いただけで、『狐と雄鶏《フォックス・アンド・コック》』に着いた。SIS本部《センチュリー・ハウス》から一ブロックの昔ながらのパブだった。ちょっと古風すぎるほどで、太い木と漆喰《しっくい》の壁のせいで、シェイクスピア時代の遺物のように見えた。むろん、その時代の建物のように見せているだけなのだろう。実際の建物がそんなに長くもつはずがないではないか。なかに入ると、煙草《たばこ》の煙がたちこめ、上着にネクタイという服装の者がたくさんいた。明らかに高級パブで、常連の多くはSIS局員のようだった。ハーディングの説明で、そのとおりであることがわかった。

「ここはわれわれの溜《た》まり場だ。主人は元SISでね、そちらで働いていたときよりもいまのほうが実入りはいいはずだ」ハーディングは頼まれもしないのに、テトリーのビターの一パイントを二つ注文した。ビールはすぐに来た。すると彼はジャックをすみのブースへ連れていった。

「で、サー・ジョン、新しい仕事はどうだね?」

「いまのところ、文句なし、ですね」ライアンはビターをひとくち飲んだ。「あなたは才知に長《た》けているとグリーア提督は思っています」

「そして、彼もかなりの切れ者だとバジルは思っている。提督はいい上司かね?」ハーディングは訊いた。

「ええ、最高です。話をよく聞いてくれて、考える手助けをしてくれます。へまをしても、がみがみ叱《しか》りつけるようなことはしません。責めて困らせるのではなく、教えてくれるのです——ともかく、私の場合はそうでした。もっと上級のベテラン分析官のなかには、こっぴどく叱られた者もいます。私はまだ叱られるほど上級ではないということでしょうね」ライアンはすこし間をおいてから、ふたたび口をひらいた。「あなたは私の訓練教官なんですよね、サイモン?」

あまりの率直さにイギリス人は驚いた。「それはどうかな。私はソ連を専門とする分析官だ。きみの守備範囲はもっと広いんじゃないかと思うが?」

「まずは〝見習い〟ということで」ライアンは提案した。

「よし。では、きみは何を知りたいのかね?」

「ロシア人のように考える方法」

ハーディングは笑い声をビールに吹きかけた。「そいつは、われわれ分析官の誰もが毎日学んでいることだ。ただ秘訣《ひけつ》はあって、それは、彼らにとってはすべてが政治であるということを忘れないこと。しかも、政治は曖昧模糊《あいまいもこ》とした観念、美学なんだな。ソ連ではとくにそうなっているんだ、ジャック。彼らは自動車、テレビといった本物の製品を生産できないので、現実のすべてを政治理論つまりマルクスとレーニンの言葉に合わせることに全力を尽くす。もちろん、マルクスとレーニンは、現実の世界で実際にものをつくったり動かしたりすることについては、なんにも知らなかった。マルクス-レーニン主義はまさに完全に狂ってしまった宗教だよ。しかし、彼らは背教者を雷《いかずち》や聖書にあるような災厄ではなく銃殺隊で殺す。彼らの世界観では、うまくいかないものはすべて、政治的背教のせいなんだ。彼らの政治理論は人間性を無視するものなのに、絶対的権威をもつ〝聖書〟になってしまっているので、誤謬《ごびゅう》などありえず、間違っているのは人間性のほうということになる。これでは現実を無視した空論だよ。論理的に破綻《はたん》している。形而上学《けいじじょうがく》を学んだことは？」

「あります、ボストン大学で、二年のとき。そこはイエズス会が経営する大学でして、一学期間、形而上学を学ばせられるんです」ライアンは認め、ビターをたっぷり喉《のど》に流しこんだ。「好むと好まざるとにかかわらず」

「つまり、共産主義というのは、現実世界に情け容赦なく適用された形而上学なんだ。それに合わないものはすべて悪いということになる。たとえば、穴は丸いというのが共産主義の理論だとした場合、それに合わない四角いものがつねに悪いのだ。これは貧しい者たちにとくに厳しい方式と言わざるをえないな。ともかく、そういうわけで、ジョー・スターリンはおよそ二千万もの人を殺害した。ただし、これは政治理論に合わないからということだけでなく、彼自身の精神病と残忍さのせいもあった。あの狂人はまさしく正真正銘の偏執病《パラノイア》だった。ねじ曲げられた異常なルール・ブックを手にする狂人に支配されると、大変な代価を支払わねばならない、というわけだ」

「でも、現在の政治指導者たちはマルクス主義理論にどれだけ忠実なんでしょうね？」

ハーディングは真顔になってうなずいた。「それが問題なんだ、ジャック。そして、忌《い》まいましいことに、まるでわからないというのが、きみの問いに対する答えだ。彼らはみな、心から信じていると口では言う。だが、果してほんとうにそうなのか？」ハーディングは言葉を切り、何やら考えこみながらビターを飲んだ。「いや、都合のよいときだけだ、と私は思う。ただし、人によってちがう。たとえば、スースロフは完全に信じ切っている――しかし、ほかの者たちはどうか？　多かれ少なかれ彼らは信じているし、信じていない。以前は日曜にはかならず教会に行っていたが、いまはその習慣をやめてしまった人たちがいるが、それと同じと考えればわかりやすいかもしれない。いまだに信じている部分はあるのだが、多かれ少なかれ信じていない部分もある。ただ、共産主義という〝国家宗教〟が権力と地位の源であるという事実は、彼らも確実に信じている。それゆえ、一般庶民には、共産主義を信じているように見せねばならない。国民に共産主義を信じさせることによってのみ、彼らは権力と地位を手に入れられるのだからね」

「知的慣性？」ライアンは頭に浮かんだことをそのまま口にした。

「そのとおり、ジャック。ニュートンの運動の第一法則さ」

　ライアンにはハーディングの説明に異議を唱えたい気持ちもあった。世界はもっと道理にかなった場所でなければならないのだ。しかし、ほんとうにそうなのか？　そうでなければならないというルールでもあるのか、とライアンは自問した。あるとしても、それを誰が強制するのか？　それに、そもそも、そんな単純な話なのか？　なにしろ、ハーディングがいま二百語たらずで説明してくれたことが、何千億ドルという支出や、信じられないほどの破壊力がある戦略兵器や、軍服——戦時かそれに近い状況で侵略や殺し合いへと駆りたてる憎しみの象徴——を着た何百万もの人々の存在を、正当化するものだというのだから。

　しかし、世界は善い思想と悪い思想の対立によって成り立ち、共産主義思想とライアン自身の思想との闘争によって、彼の働く状況も、彼だけでなく家族まで殺そうとした者たちの信念システムも決まってしまう。それがまさに現実ではないのか。そう、だから、世界を道理にかなった場所にするようなルールなど存在しないのだ。人々はそれぞれ勝手に、理にかなうもの、かなわぬものの判定をする。すると、世界のすべては、それぞれの知覚によって決まってしまうのか？　すべて、心の問題なのか？　では、現実とは何なんだ？

　それこそすべての形而上学を生みだした問いではなかったのか。ボストン大学で形而上学を学んだときは、あまりにも純理的で、現実と接点がまったくないように思えた。十九歳のライアンには理解するのがむずかしかった。三十二歳のいまも、同じくらいむずかしい。だが、今度の成績は、インクで通知表にではなく、しばしば人間の血で記録される。理解しそこなえば、血が流れるのだ。

「まいりましたね、サイモン。それでは、彼らが神を信じていてくれたほうがずっと簡単じゃないですか」

「それだと、ジャック、新たな宗教戦争が起こるだけさ。それも実に厄介なものだぞ。そうだろう？　十字軍みたいなことになったら、と考えてみるといい。ある神と別の神との戦い。そういう戦争は恐ろしくたちが悪いんだ。モスクワの〝信じ切っている者〟たちは、自分たちは歴史の波に乗っていて、人間の状況を完全なものにしようとしているのだ、と考えている。だから、祖国が国民に充分な食料を供給できないでいるのを見て、彼らはそれを無視しようとする——しかし、当然ながら、国民の空腹を無視するのはむずかしい。そこで、すべてをわれわれや国内の〝破壊者〟――反逆者や破壊・妨害工作者――のせいにする。彼らはそういう者たちを投獄したり殺したりするわけだ」ハーディングは肩をすくめた。「私は彼らを、異教徒、間違った神を信仰する人々、と考えることにしている。そう考えるほうが簡単なんだ。私は彼らの〝政治的神学〟を研究したけど、それだけでは不充分なんだな。すでに言ったように彼らのなかには、自分たちのシステムの肝心な部分をほんとうは信じていないという者たちが、それはたくさんいるからね。彼らはときどき昔のロシアの部族民のように考える。ロシアの民はわれわれの基準からすると歪《ゆが》んでいるとしか思えないような見かたでずっと世界をながめてきたんだ。ロシアの歴史はあまりにも混乱しているので、それを学んでも西洋の論理では理解しきれないところがある。ロシア人というのは、重度の外国恐怖症でね、昔からずっとそうだった――しかし、これには充分に納得できる歴史的原因がある。彼らは西からも東からも脅威を受けつづけてきたんだ。たとえば、モンゴル人にバルト海まで攻め込まれたことがあるし、ドイツ人とフランス人にはモスクワの門をがんがん叩《たた》かれたことがある。彼らはいわゆる〝変なやつ〟なんだ。ひとつ確実なのは、まともな人間は彼らを主人にしたくないということ。残念だかな、ほんとうに。素晴らしい詩人と作曲家をあれほどたくさん輩出した民族なんだからね」

「はきだめに鶴《つる》?」ライアンは言ってみた。

「そのとおりだ、ジャック。うまいじゃないか」ハーディングはパイプをとりだし、キッチン用マッチで火をつけた。「で、ビールはどうだね?」

「おいしいです。祖国《くに》のよりずっとうまいですね」

「アメリカ人がなんであんなひどいビールを飲めるのか私にはわからない。しかし、牛肉に関してはイギリスよりアメリカのほうが上だな」

「トウモロコシ飼育なんです。草を食《は》ませて育てるより肉がうまくなるんです」ライアンは溜息をついた。「ここの生活にはまだ慣れません。快適と思いはじめるたびに、伏兵があらわれて居心地の悪い思いをするんです」

「でも、われわれのところには一週間たらずで慣れたじゃないか」

「子供たちは妙な話しかたをするようになるでしょうしね」

「上品な話しかただ、ジャック、上品な話しかた」ハーディングはさも面白そうに笑い声をあげた。「きみたちヤンキーがわれわれの言葉を壊しまくっているんだ」

「それはそうですね」すぐにハーディングは野球をラウンダーズと呼ぶようになるだろう。ラウンダーズはイギリスでおこなわれる野球に似た球技だが、スポーツというより女子供のお遊びだ。イギリス人は剛速球がどんなものかまるで知らない。

エド・フォーリのほうは、アパートに仕掛けられているにちがいない盗聴器が不意に癪《しゃく》にさわりだした。なにしろ、妻とセックスするたびに、ＫＧＢの盗聴野郎が盗み聞きしているのである。その防諜《ぼうちょう》要員にとっては倒錯的な気晴らしになるのだろうが、それは間違いなく夫婦の性生活なのであり、すこしは遠慮してもらいたいものではないか。フォーリ夫妻は、そこまで盗み聞きされるという説明を出発前に受け、メアリ・パットはこちらへ向かう飛行機のなかで、それについての冗談を口にした——彼らも飛行機にまでは盗聴器を仕掛けられまい。彼女の冗談は、〝野蛮人たちにまともな人間の生活ぶりを教えるよい機会だわ〟というもので、エドは笑ったが、いまこうやってそれが現実のものになってみると、くそ忌まいましいだけで、まるで面白くない。これではまるで、衆目にさらされ、笑われ、指さされる、動物園の動物ではないか。ＫＧＢは夫婦の営みの頻度まで記録しているのだろうか、とエドは思った。やつらはたぶん、夫婦間がうまくいっていないかどうか探っているのだろう。うまくいっていなければ、それを利用して私や妻を取り込めるかもしれないと思っているのだ。それは新たな協力者をつくるさいの常道である。だから、その可能性はないぞとやつらに教えるためにも、私と妻はしょっちゅうセックスしなければならない。ただし、逆にわざと不和をよそおえば、それなりの面白い展開が期待できないわけでもない……。いや、それでは事があまりにも複雑になりすぎてしまい、モスクワでやるべき本来の仕事にさしつかえる、とCIAモスクワ支局長は思った。支局長の役をこなすだけでも充分に複雑なのだ。

エド・フォーリの正体を知らされていたのは、大使と国防担当武官とCIA要員だけだった。表向きの支局長はロン・フィールディングで、彼の仕事は釣針につけられた立派な餌《えさ》ミミズのように身をくねらせることだった。たとえば、ときどき、サン・ヴァイザーをおろすか九十度回転させたまま車をとめたり、上着のボタン穴に花をさして歩きだし、一ブロックも行かぬうちに誰かに合図するかのようにそれを落としたりする。しかし、いちばん利《き》くのは、知らない者にぶつかって、ブラッシュ - パスと呼ばれるすれちがいざまの受け渡しをしたように見せることだ。この種のことをやると、第二管理本部の防諜要員が慌《あわ》てふためくことがある——うまくすると、彼らは無実のモスクワっ子を追いかけ、連行して尋問することもあるだろうし、監視班を組んで、その無関係の哀れな男のやる一部始終を見張らせることもあるだろう。そこで終わったとしても、KGBに見せかけの獲物を追わせて無駄骨を折らせ、資産《アセット》を浪費させることができる。だが、いちばんの利点は、フィールディングはへまな支局長だと彼らに思わせられるという点だ。それで敵はかならず気分をよくし、こちらをあなどる。それがCIAにとっては賢い手なのだ。エド・フォーリがやらねばならないのは、他の駆け引きが幼児のボードゲーム〈滑り台と梯子《シューツ・アンド・ラダーズ》〉に見えるほど複雑なゲームなのである。

しかし、寝室にもたぶん盗聴器が仕掛けられているというのには、エド・フォーリも苛立《いらだ》ち、むかつく。しかも、ラジオをつけて話をするといった通常の対抗措置もとれない。そう、彼は訓練を受けたスパイのように振る舞ってはいけないのだ。愚鈍であると思わせねばならないのである。そして、愚鈍をよそおうには、頭脳と鍛練と細心の注意が必要となる。たったひとつのミスも許されない。ひとつでもミスをおかせば、人が殺される可能性が生じるのだ。エド・フォーリには良心というものがある。良心は現場の工作員には危険なものだが、それを捨て去るなんてできるわけがない。自分のために働き、情報をもたらしてくれる現地人協力者は、心配してやらねばならない。彼らは全員——ほぼ全員——問題をかかえている。なかでもアル中は大きな問題だ。フォーリの場合、自分がでくわす協力者はみんな大酒飲みと考えている。狂人としか思えない者もなかにはいるが、ほとんどの者は仕返しをしたいと思っている人々だ――仕返しの対象は、上官や上司のこともあれば、体制、国、共産主義、配偶者、さらには道理にかなわない世界全体のこともある。ほんとうに魅力的と思える者たちも、ごくわずかだが、いることはいる。ただし、そういう者たちは、フォーリが選ぶわけではない。彼らのほうがフォーリを選ぶのだ。そして、彼は配られたカードでゲームをしなければならない。ゲームの規則は厳しく非情だ。だが、彼の命は保証されている。もちろん、彼――やメアリ・パット――が少々痛めつけられることもありうるが、二人とも外交官パスポートを持っていて、彼または彼女が深刻な干渉を受けたときは、アメリカのどこかでかなり高位のソ連外交官が街の暴漢――訓練された法執行官の場合もあればそうじゃない場合もある――の手に落ちて難儀をする可能性があるということだ。外交官はこうしたことを好まないから、実際にはここまで事態は進まない。実は、アメリカ人よりロシア人のほうがゲームの規則をよく守る。だから、フォーリ夫妻は安全なのである。しかし、彼らが運営する協力者のほうは、正体がばれると、きわめてサディスティックな猫にもてあそばれる鼠《ねずみ》よりもむごい仕打ちを受けることになる。この国にはまだ、拷問《ごうもん》も、長時間延々とつづけられる尋問もある。正当な法手続きなるものも、時の政府に都合のよいものでしかない。控訴《こうそ》したところで、拳銃《けんじゅう》による頭への一発が銃殺隊による処刑に変わるくらいのことしかない。

だから、協力者が酔っぱらいであろうと、売春婦であろうと、重罪犯であろうと、フォーリは彼らを自分の子供のようにあつかい、おむつを替えてやったり、就寝時の水を持っていってやったり、洟《はな》をふいてやったりするのと同じようなことをするのだ。

結局、なんともしんどいゲームではある、とエド・フォーリは思った。だから夜も眠れない。ソ連の連中にそれまで気づかれてしまうのか？　壁にはカメラが仕込まれているのだろうか？　だとしたらあまりにもえげつなくはないか？　しかし、アメリカのテクノロジーはそこまで進んでいないのだから、ソ連にも無理なはずだ。たぶん。フォーリは、この国にも利口な者たちがいて、その多くがＫＧＢのために働いているということを思い出さざるをえなかった。

それにしても、隣ですやすや眠っている妻には驚かざるをえない。現場の工作員としては、妻のほうが私よりも間違いなく上だ、とエドは思った。妻は海水をえた海豹《あざらし》のようにこの世界に馴染《なじ》み、獲物の魚を追いかける。しかし、鮫《さめ》に見つかったらどうするのか？　メアリ・パットがいかに優秀なスパイであろうと、妻のことを心配するのは男として当然のことだとエドは思う。女が母となるようにつくられているように、男は妻を心配するようにプログラムされているのだ。エドには薄暗がりに眠るメアリ・パットが天使のように見えた。寝顔に浮かぶかわいい微笑《ほほえ》み。枕《まくら》の上に頭をのせるやいなやばらばらになる、赤ん坊の髪のようにきれいな金髪の乱れ具合。ソ連の連中にとって、メアリ・パットはスパイの可能性がある女でしかないのだろうが、エドワード・フォーリにとっては最愛の妻であり、同僚であり、自分の子供の母親なのだ。実に奇妙な話だが、そのようにひとりの人間が、見る者によってそれぞれちがった存在になり、そのいくつもの存在のすべてが真実なのである。と、哲学的なことを考えたところで——くそっ、俺には睡眠が必要なんだ！——エド・フォーリは目を閉じた。

「で、彼は何と言ったんです？」ボブ・リッター工作担当副長官が訊《き》いた。

「あまり嬉《うれ》しそうではなかったな」と判事ことムーアCIA長官は答えたが、誰も驚きはしなかった。「しかし、われわれにできることはあまりないという点は理解してもらえた。彼は来週、労働者とくに組合加入者たちの気高さについてスピーチすることになると思う」

「そりゃいいが」リッターは不満げにぶつぶつ言った。「彼はこのあいだ、組合加入の航空管制官全員を首にしたんじゃなかったのかな」工作担当副長官は当てつけの名人だったが、そういうことを言ってはいけない場はしっかりわきまえていた。

「スピーチはどこで?」ジム・グリーア情報担当副長官が訊いた。

「シカゴだ、来週。あそこにはポーランド系の住民がたくさんいる」ムーアは説明した。「もちろん、彼は造船所の労働者たちにもふれ、自分もかつて労働組合を率いていたことも明かす。まだ原稿を見ていないが、ほとんどがどうでもよいありきたりのヴァニラ・アイスクリームで、ポーランドに関するチョコレート・チップを二つ三つ加えただけのものになると思う」

「ブルー・カラー票をねらったスピーチと新聞は書くでしょうな」ジム・グリーアは意見を述べた。新聞というやつは、見識があると自ら称しているが、フライドポテトとケチャップをつけて、はいどうぞと目の前に持っていってやるまで、肝心なことは何もわかりはしないのだ。ジャーナリストは政治論議の名人だが――できれば一音節のごく単純な言葉で――しっかり説明してやらないと、ほんとうのゲームがどのようにおこなわれているのか、まったくわからない、という連中なのである。「ソ連のわれらが友人たちは気づくでしょうか?」

「たぶんな。あちらのアメリカ－カナダ研究所には細かな動きまで上手に読みとる優秀な分析官がいる。誰かさんが国務省《フォギー・ボトム》で、ソ連大使館の誰かさんに、アメリカはポーランド系の国民をたくさん抱えているのでポーランド情勢をちょっと心配して見まもっている、と雑談のついでに言うことになるかもしれない。いまできることは、それくらいのことだ」ムーア長官は説明した。

「つまり現時点では、われわれはポーランドのことを心配しているだけで、教皇のことは心配していない、ということにするわけですな」リッターが状況を整理し、はっきりさせた。

「われわれは教皇の件はまだ知らないのだろう？」CIA長官は疑問形で返した。

「ソ連の連中は、教皇がわれわれを引き入れて脅さなかったのはなぜだろうと思いませんかね……」

「それはないだろう。親書の文章から私的な書簡とわかる」

「私的と言っても、それほどではない。ポーランド政府がソ連政府に転送したくらいですから」リッターが異議を唱えた。

「妻の口癖だが、それとこれは別」ムーアは撥《は》ねつけた。

「いやあ、アーサー、こういう込み入った複雑なゲームにはときどき頭が痛くなります」グリーアは愚痴をこぼした。

「だが、ルールはあるぞ、ジェイムズ」

「ルールはボクシングにもあって、そのほうがずっとわかりやすい」

「〝つねに己を防御せよ〟だろう」リッターが要点をついた。「われわれのゲームでも、それが〝第一ルール〟だ。で、危険があるという具体的な警告はまだとどいていない？」ほかの二人が黙って首を振った。そう、はっきりしたことはまだ何もわからない。「彼はほかに何か言ってました、アーサー？」

「教皇が実際に危険にさらされるのかどうか調べるように、ということだ。教皇に何かあったら、大統領は怒り狂うはずだ」

「十億かそこいらいるカトリック教徒もね」グリーアも同意見だった。

「ソ連のやつらは北アイルランドのプロテスタントに暗殺実行を請け負わせるんじゃないかと思わないか？」リッターは気味の悪い笑みを浮かべた。「あそこの連中も教皇が嫌いだからな。バジルに探ってもらったほうがいい」

「ロバート、それはちょっと突飛すぎるんじゃないか」グリーアは即座に分析した。

「彼らはカトリックを憎むのと同じくらい共産主義も憎んでいるんだからな」

「アンドロポフはそんなに遠くにまで事を広げようとは思わない」ムーアは断じた。

「モスクワの連中は誰もそうしようとは思わない。もしアンドロポフが教皇を消すことにしたら、自分のところの資産《アセット》を使って、巧妙にやろうとするだろう。そんなことがないように祈りたいが、万が一そこまで事が進んだら、われわれにもわかるはずだ。

そして、アンドロポフがその方向にかたむきかけているように見えたら、やめたほうがいいと警告し、思いとどまらせなければならない」

「彼らもそこまでやりはしないでしょう。政治局は慎重ですから」情報担当副長官は言った。「どう見てもまずいやりかただと彼らは思うはずです。頭のいいチェス・プレーヤーがやるようなことではない。チェスはいまだにソ連の国技のようなものです」

「レオン・トロツキーの意見も聞いたほうがいいぞ」リッターが語気鋭く言った。

「トロツキーの場合は、個人的なものだったんだよ。ジョー・スターリンは彼の肝臓を玉葱《たまねぎ》や肉汁といっしょに食べたいくらいだった」グリーアは言い返した。「あの暗殺は純粋に個人的な憎しみからのものだったんだ。政治的には無意味なものだった」

「ジョー伯父さんはそうは思っていなかったぞ。彼は心の底からトロツキーを恐れていたんだ――」

「いや、それはちがう。たしかに彼は根拠のない病的恐れをいだく偏執病《パラノイア》だった。しかし、それでも、病的恐れと本物の恐怖のちがいくらいわかっていた」言葉が口から飛びだした瞬間、しまった、間違ったことを言ってしまった、とグリーアは思った。そこで、証拠隠滅にとりかかった。「たとえスターリンがレオン爺《じい》さんを恐れていたとしても、いまの指導者たちはちがうぞ。彼らはスターリンとはちがって偏執病《パラノイア》ではないんだ。つまり、彼らにはスターリンのような断固たるところがない」

「ジム、きみは間違っている。〈ワルシャワ親書〉は彼らの政治的安定を揺るがしかねない危険なものなんだ。彼らはかならず深刻に受けとめる」

「ロバート、きみが信心深い男だったとは知らなかった」ムーアが冗談を言った。

「私はちがいますよ、彼らもね。でも、彼らは心配します。かなり心配すると私は思います。直接行動にでるほど？　その点は私も確信がもてませんが、彼らは考えることは考えます、きっと」

「どうかな、現時点ではまだわからん」ムーア判事は反論した。

「アーサー、それが私の評価です」工作担当副長官は即座に反撃した。そして、〝評価〟という言葉で、この件は重大問題となった、少なくともCIA局内では。

「なんでこうも早くそこまで思い込んでしまったんだ、ボブ？」判事は訊いた。

「彼らの視点から考えれば考えるほど、どんどん深刻な事態に見えてきたのです」

「何か打つ手を考えているのか？」

これにはリッターもすこし不安になった。「フォーリ・チームに大きな任務を与えるのはまだちょっと早すぎます。が、ともかく、彼らに注意をうながし、この件について考えさせます」

それは作戦上の問題で、ムーアとグリーアはいつもボブ・リッターと彼の元現場スパイとしての勘にしたがわざるをえない。協力者から情報を受けるのは、ふつうお決まりの手順を踏むだけですむが、協力者に対して指示をだすのは、それだけではすまず、むずかしいことが多いのだ。それに、在モスクワ米大使館員は全員、常時または不定期的に尾行されていると考えられるので、彼らにスパイのように見えることをさせるのは危険だった。フォーリ・チームにとってはとくにそうだった——二人はモスクワに赴任したばかりで、現在しっかり監視されているはずだからである。リッターは彼らの正体がばれないようにしたかった。それには通常の理由のほかに特別な理由がもうひとつあった——要するに、夫婦チームをモスクワに送り込んだのは大胆な奇策で、それがうまくいかなかったら、その責めは自分に返ってくる、ということだ。大博打《おおばくち》を好むポーカー・プレーヤーであるリッターは、チップを失いたくないという気持ちが誰にも劣らぬほど強い。フォーリ・チームへの期待はとてつもなく大きいのである。彼らがモスクワの任務についてわずか二週間で、夫婦チームの大きな可能性が吹き飛ばされるなんて、彼にはとうてい耐えられなかった。

ムーアとグリーアは何も言わなかった。ということは、リッターはそのまま進めてよく、自分が適当と思うように工作部を運営してよいということだ。

「いや、まったく」ムーアは椅子《いす》の背にぐっと身をあずけた。「われわれ三人は、最大の情報をもつ、もっとも優秀な現政権メンバーだというのに、とんでもない重大事となりうることについてなんにも知らんのだからな」

「そのとおり、アーサー」グリーアも同感だった。「しかし、それは、確信をもって言えることは知らない、という意味ですな。ほかの者たちは不確かなことでも口にできるが、われわれはそうはいかない」

「まさにそういうことだ、ジェイムズ」つまり、この建物の外にいる人々は、確実ではないことでも独断的に話すことができるが、ここにいる三人はそうはいかない、ということである。そう、三人は何を言う場合でも、とことん注意してかからねばならない。他の人々が彼らの意見を事実と思い込む傾向があるからだ——ここCIAの〈七階〉にいるとわかるのだが、それはあくまでも意見であって、事実では絶対にないのである。意見がそのまま事実となるほどの予言能力があるとしたら、株の売買をやるとか、もうすこし儲《もう》かる仕事をやっているはずだ。

ジャック・ライアンは安楽椅子に深々と身を沈めてフィナンシャル・タイムズ紙を

読んでいた。ほとんどの者はそれを朝読むことにしているが、ジャックはちがった。朝は、SIS本部《センチュリー・ハウス》での仕事の準備として、一般ニュースを読むのだ——情報分析の仕事はニュースを追うことがあまりにも多く、アメリカでは車での一時間かそこいらの通勤中にラジオのニュースを聞いていた。だが、いまは、経済情報を読んでリラックスすることができる。このイギリスの経済紙は、ウォール・ストリート・ジャーナル紙とはいささか趣を異にしているが、そのちがった切り口がむしろ面白いのである——それが投資という抽象的問題に対する新しい見方を教えてくれ、アメリカで磨いた専門的技量を応用することも可能になる。そのうえ、時勢を読みとる助けにもなる。ここイギリスにも、摑《つか》みとられるのを待っている、投資の好機があるにちがいない。それをいくつか見つければ、このヨーロッパでの冒険もそれなりの価値があったことになる。ライアンはまだCIAでの仕事を単なる寄り道と考えていて、人生の最終的目的地はなお、はるか彼方《かなた》の霞《かすみ》のなかにあった。物事はひとつひとつ片づけていかねばならない。それがライアンのやりかただった。

「今日、父《ダッド》から電話があったわ」キャシーが医学誌から目を離さずに言った。読んでいたのは、定期購読している六誌のうちの一誌、ニュー・イングランド・ジャーナル・オブ・メディシン誌だった。

「何の用だったの、ジョーは？」

「ただ、どんな調子かって訊《き》いただけ。子供たちは元気かとか、そういうこと」キャシーは答えた。

《私のことはなんにも訊かなかっただろう？》とライアンはわざわざ尋ねはしなかった。メリル・リンチ社専務取締役のジョー・マラーは、娘婿《むすめむこ》の証券業界からの飛びだしかたが気に入らないのである。なにしろ、ご親切にも娘と駆け落ちし、はじめは教職についたが、そのうちスパイや他国政府を相手に〝狐《きつね》と猟犬ごっこ〟をしだしたのだ。ジョー・マラーは政府やその手先があまり好きではなかった——政府や役人はマラーたちが産みだした利益を使うだけの非生産的な人々、と彼は考えていた。そう思いたくなるのはジャックも理解できたが、誰かが世界の虎《とら》たちと闘わなければならないのであり、ジョン・パトリック・ライアンもそのうちのひとりなのである。ライアンも人並みにお金が好きだが、彼の場合、それは道具であり、目的ではない。お金は性能のよい車のようなものなのだ——それは素晴らしい場所まで運んでくれるが、そこに着いたら役目は終わる。そのあと、車のなかで眠るわけではないのだ。マラーはそのようには考えないし、自分と考えのちがう者は理解しようとさえしない。とはいえ、娘を愛しているし、キャシーが外科医になることについてがみがみ文句を言ったことはいちどもない。たぶん、病人やけが人の世話は女がしてもよいが、金儲けは男の仕事だ、と考えているのだろう。
「よかったじゃないか、ハニー」ライアンは広げたフィナンシャル・タイムズ紙のうしろから言った。日本経済がぐらつきはじめているようにライアンには思えた。ただ、編集局はそうは見ていない。いや、彼らは前にも間違えたことがある。

モスクワでは眠れぬ夜を送っている者がいた。ユーリー・アンドロポフはいつもの本数を終えてもまだマールボロを喫《す》いつづけていたが、ウォツカのほうは、スペイン大使のレセプション——まったくの時間の浪費——から帰ってから一杯だけに抑えていた。スペインはNATOに加盟し、その防諜《ぼうちょう》機関は憂鬱《ゆううつ》なことに無能というわけではなく、スパイをひとり政府内に潜りこませようとしたアンドロポフの意図を見破る力はあった。たぶん、宮廷への潜入を試みるよう指示したほうがよかったのだろう。宮廷に仕える者たちはおしゃべりという評判だし、スペイン政府はおそらく、へつらいたいというただそれだけの理由で、王制復活のため元首となったばかりの国王にいろいろ報告しつづけているはずだ。だからアンドロポフはレセプションで、ワインを飲み、食べものを指でつまんで口にほうりこみ、ごくふつうの無駄話をした。《ええ、素晴らしい夏になりましたね》とか。ときどき彼は、こんなに時間をとられるくらいなら政治局員になんかならないほうがよかったのではないか、と思う。いまはもう読書の時間もほとんどとれない——仕事と、延々とつづく外交的／政治的義務をこなすだけで精一杯なのだ。女がどうしてああなのか、いまならわかる、とアンドロポフは思った。これでは女どもが男たちに口うるさく文句を言い、不平ばかり鳴らしているのも無理はない。

しかし、彼の頭から離れようとしないのは〈ワルシャワ親書〉だった。《もしポーランド政府が今後も国民を不当に抑圧しつづけるなら、私は教皇の座からおりて、困難なときを過ごす祖国の人々のもとへもどらざるをえない》あの野郎！　世界平和を脅かしやがって。アメリカの連中がそそのかしたのか？　その可能性を示唆《しさ》する情報を見つけた工作員はひとりもいない。だが、そうじゃないと決めつけることもできない。アメリカの大統領は明らかにわが国の友ではない。やつはソ連政府を苦しめる方法をたえず探している——あの能無し野郎は図々《ずうずう》しくも、ソ連は世界の悪の中心だと言いやがった！　俳優ふぜいが何をぬかす！　アメリカのニュース・メディアと学界から嵐《あらし》のような抗議が噴きあがったが、それでもその言葉の毒を弱めることはできなかった。ヨーロッパ諸国はそれに同調した——最悪だったのは、東ヨーロッパの知識人たちがそれに飛びついたということだ。そのため、ワルシャワ条約機構加盟国全域のKGB配下の防諜機関にとって、あらゆる種類の問題が生じることになった。まるで防諜要員がまだ充分に忙しくないかのようにな、とユーリー・ウラジミロヴィッチ・アンドロポフは心のなかで愚痴り、またしても赤と白の箱から煙草《たばこ》を一本とりだし、マッチで火をつけた。もはやレコードが奏《かな》でる音楽も聴いていなかった。彼の脳は東欧に関する情報をいつまでも反芻《はんすう》していた。

ワルシャワは、ダンツィヒ――奇妙なことに港湾都市グダニスクはアンドロポフの頭のなかではいまだにドイツ占領時の名のまま――のあの反革命トラブルメイカーどもを弾圧しなければならない。さもないと、ポーランド政府は解体しかねない。モスクワはワルシャワにもっとも強い言葉で事態を収拾せよと命じた。ポーランド人は命令を実行するしかない。領土内にソ連戦車部隊が駐留しているので、彼らは何が必要で何が必要でないか理解せざるをえない。もしポーランドのくだらん〝連帯〟騒動がさらに大きく膨れあがったら、〝感染〟は広がりはじめ――西はドイツ、南はチェコスロヴァキア……そして東はソ連まで冒されることになるのではないか？　そんなことはとうてい許されない。

反対にポーランド政府がそれを抑えこめれば、事態はふたたび鎮静する。《次回まで？》とアンドロポフは思った。

もうすこし視野が広ければ、彼も共産主義体制がかかえる根本的問題に気づいていたことだろう。アンドロポフは政治局員であり、この国の生活の不快な側面から隔離されていた。欲しいものはみんな手に入るのである。上質な食べものは電話と同じくらい近くにある。豪華なアパートは家具が充分に備わり、ドイツ製の電化製品もある。ベッドは寝心地がいいし、ソファは座り心地がよい。建物のエレベーターがとまることは絶対にない。仕事場まで送り迎えしてくれる運転手もいる。街のごろつきに煩《わずら》わされないよう警護班もついている。いわば最後の皇帝ニコライ二世のように護《まも》られているのだが、彼もまた、頭ではまるでちがうと承知しているものの、誰もがそうであるように、自分の生活ぶりはふつうだと思っていた。窓の外の国民だって、食べものも、テレビも、観《み》る映画も、応援するスポーツ・チームも、車を所有するチャンスも、あるではないか。自分は、そうしたものを国民に与えているのだから、少々よい生活を送る資格はあるのだ、とアンドロポフは思った。もっともなことではないか。それに仕事はきつく、一般国民の誰よりもよけいに働いている。いったいぜんたい、国民はこのうえ何が欲しいというのか？

それなのに、このカロルという名のポーランドの聖職者がすべてを引っ繰り返そうとしている。

《しかも、やつはほんとうにそうしてしまうかもしれないのだ》とアンドロポフは思った。よく知られていることだが、かつてスターリンは「教皇がどれだけの師団を動かせるというのか？」と問うたが、世界の権力がすべて砲身から生まれるとはかぎらないということは彼も知っていたにちがいない。

もしカロルがほんとうに教皇の座からおりてしまったら、どうなる？　彼はポーランドにもどろうとするだろう。ポーランドが入れなかったら？——たとえば、市民権を剝奪《はくだつ》して？　いや、彼はなんとかしてポーランドにもどってしまうだろう。もちろん、ＫＧＢとポーランドの情報機関は教会内にスパイを潜りこませているが、だからといってどうなるものでもない。教会のほうはこちらの機関にスパイをどれくらい潜りこませているのか？　まったくわからない。ともかくだめで、たぶんカロルのポーランド入りを阻止する試みはことごとく失敗するはずだ。そして、邪魔したにもかかわらず教皇がポーランド入りを果してしまったら、それこそとんでもないことになる。

外交手段による解決を試みるという手はある。この役にふさわしい有能な外務省の役人がローマに飛び、カロルと秘密裏に会い、脅しをやめるよう説得するのだ。しかし、こちらに切れるどんなカードがあるというのか？　そんなことをしたら命がないぞと、あからさまに脅す？……いや、効きはしない。その種の脅迫は、殉教して聖人になれるチャンスでしかなく、もっとカロルをポーランドに行きたくさせるだけだ。神を信じる者にとって、それはまさに悪魔から送られてきた天国への招待状であり、カロルはその挑戦に即座に応じるはずだ。そう、このような男を死で脅すことはできない。ポーランドのカトリック教徒を厳しく弾圧するぞと脅したところで、カロルにさらにやる気を起こさせるだけだろう――やつは信徒を護るために、すぐにでも祖国に飛んで帰りたくなる。そのほうがもっと英雄的行為だと世界に思ってもらえるという計算もするにちがいない。

《カロルがワルシャワにつきつけた脅しの巧妙さは、熟考してはじめて理解できるものだ》とアンドロポフは認めざるをえなかった。しかし、確実なことがひとつある。それは、ほんとうに神が存在するのかどうかカロルが自分で見つけなければならないということだ。

《神は存在するのか？》とアンドロポフは思った。この問いには、長い年月にわたって多くの人々がさまざまな答えをだしてきたが、カール・マルクスとウラジーミル・レーニンがかたをつけた――余所《よそ》ではいざ知らず、ソ連ではそういうことになっている。《いや、もう遅すぎる》とユーリー・ウラジミロヴィッチ・アンドロポフは自分に言い聞かせた。この問題を自分なりに再考し、答えをだそうとしても、もう遅い。そう、神は存在しないのだ。生きているうちがすべてであり、命尽きたら何もかも終わるのである。だから、やるべきことはベストを尽くすということで、人生を精いっぱい生き、手のとどく果実をつみとり、手のとどかない実をつかみとるために梯子《はしご》をかけるのだ。

だが、カロルがこの方程式を変えようとしている。やつは梯子を揺さぶろうとしているのだ——もしかしたら木も？　この問いはちょっと強烈すぎた。

アンドロポフは椅子《いす》に座ったまま体をまわし、デカンターからウォッカをついで、考えこみながらひとくち飲んだ。カロルは間違った信念を振りかざし、こちらの信念を追いやろうとしているのだ。ソ連とその外に広がる同盟国の基盤そのものを揺さぶり、共産主義よりももっとよい信仰の対象があるぞと人々に告げようとしているのである。だから、何世代にもわたるわれわれの努力を台無しにしようとしていることになる。そんなことは私もソ連もとうてい許せない。だが、カロルの機先を制するのは不可能だ。やつを説得して思いとどまらせることはできない。だから、もう何もできないように、断固たる形できっぱりと、カロルの行動を完全に封じなければならないのだ。

簡単なことではないし、すこしは危険もある。しかし、何もしないのは、私にとっても、同僚たちにとっても、祖国にとっても、もっと危険だ。

だから、カロルは死なねばならない。だが、まずは計画を練る必要がある。そして、作戦を練りあがったら、それを政治局へ持っていくのだ。直接行動を提案する前に、しっかり組みたて、絶対に成功するようにしておかなければならない。そう、そのためにこそKGBがあるのではないか。

5　接近

ユーリー・ウラジミロヴィッチ・アンドロポフは早起きで、すでにシャワーを浴び、髭《ひげ》を剃《そ》り、着替えをすませ、七時前には朝食をとっていた。内容はベーコン、卵三個を使ったスクランブルエッグ、デンマークのバターがついた厚切りのロシア・パン。そしてコーヒーは、このアパートが誇るキッチン設備と同じドイツ製品。手もとにはプラウダ紙の朝刊だけでなく、KGBの語学担当が翻訳した西側新聞の切り抜き集と、早朝に本部でまとめられ午前六時に人の手によってアパートにとどけられる状況説明報告書があった。今日はとくに重要なことは何もないな、とアンドロポフは思いながら、今朝三本めの煙草《たばこ》に火をつけ、二杯めのコーヒーを飲んだ。相も変わらぬことばかりだ。アメリカの大統領は昨夜はわが国を威嚇《いかく》するようなことは言わなかった。嬉《うれ》しい驚きと言うべきか。たぶん、あいつはテレビの前で居眠りしていたのだろう、レオニード・イリイチ・ブレジネフがよくするように。

あとどれくらいレオニードは政治局を牛耳《ぎゅうじ》るのだろう、とアンドロポフは思った。

あの男が引退するなんてありえない。そんなことをしたら、子供たちが損害をこうむるのだ。レオニードの子供たちはソ連の〝王族〟に与えられる特権を大いに享受《きょうじゅ》しているから、父親を引退させるわけにはいかないのである。腐敗は誉《ほ》められたことでは絶対にない。アンドロポフ自身は腐敗に染まっていなかった――それどころか、腐敗は絶対にいけないというのが彼が貫く信念のひとつだった。だから現状が我慢ならないのだ。自分が祖国を救うのだ――救わねばならないのだ――とアンドロポフは思った。ぐずぐずしていると祖国は混沌《こんとん》のなかに落ちこんでしまう。《私が充分に長生きでき、取り返しがつかなくなる前にブレジネフが死んでくれればいいのだ》レオニード・イリイチの健康は明らかに衰えている。彼は煙草をなんとかやめてしまった――七十六歳で禁煙するとはすごい、とユーリー・ウラジミロヴィッチ・アンドロポフは認めざるをえなかった。しかし、あの男はもう耄碌《もうろく》している。ぼけはじめているのだ。物忘れが激しい。重要な会議でも居眠りし、同僚たちを落胆させることがある。しかし、彼の手は、突然強くにぎるという死ぬまぎわの人の手のように、権力をしっかりにぎっている。政治工作を巧妙にほどこしてニキータ・セルゲエヴィッチ・フルシチョフを失脚に追いこんだのはブレジネフで、その政治史の一ページを忘れる者なんてモスクワにはひとりもいない――それを仕組んだ本人に、同じような仕掛けはまず効かないだろう。もっとゆったりと仕事をしたらどうだろう？——すこしだけ身を引くというのもいいが、そこまでやらなくても、せめて事務的な職務をいくらかほかの者にまかせ、ほんとうに重要な問題に力を集中させるというのはどうだろう？——とレオニードにやんわりと助言する者もまったくいない。アメリカの大統領はブレジネフよりほんのすこし若いだけだが、ずっと健康的な生活を送っている。それとも、丈夫なのは頑健な農民の出のせいか。

考えこんでいるうちに、またしても、この種の腐敗に反対しているのが奇妙に思えてきた。これはアンドロポフのなかでは確かに腐敗なのだが、なぜそう思うのかと自問することはめったにない。だが、自問してしまったときは、実はなんと、マルクス主義に助けを求める。それは何年も前に捨て去ったものだが、彼とて時代の主潮のようなものに頼らざるをえず、そのようなものというと結局マルクス主義しかないのである。さらに奇妙なことに、彼が最後のよりどころとするのは、マルクスの信念とキリスト教の信仰が重なり合っている部分だ。これは偶然にちがいない、と彼は思う。だってそうじゃないか、マルクスはユダヤ人で、キリスト教徒ではなかったのだ。マルクスがかつて帰依《きえ》していたか拒絶した宗教は、ユダヤ教だったにちがいなく、彼や彼が受け継いだ歴史的・文化的遺産と異質なものではなかったはずだ。ＫＧＢ議長は苛立《いらだ》たしげに頭を振って、わだかまっていた想念をすべて頭から追い払った。朝食の皿の上に載っているものを食べ終わっても、仕事の皿の上にはまだやるべきことがたっぷり載っているのだ。ちょうどそのとき、ドアを控えめにノックする音が聞こえた。

「入れ」ノックのしかたで誰だかわかり、アンドロポフは声をあげた。

「お車の用意ができています、同志議長」警護班長は告げた。

「ご苦労さん、ウラジーミル・ステパノヴィッチ」彼は立ちあがると、スーツの上着をとりあげ、肩をすくめて腕を通し、仕事場へ向かう準備をととのえた。

いつものようにモスクワ中心部を走り抜ける十四分間のドライヴ。公用車は要人用高級車ジルで、完全な手作りだが、外見はアメリカのタクシー用車両チェッカー・キャブそっくりだ。アンドロポフを乗せたジルは、だだっぴろい大通りの中央車線をまっすぐ疾走していった。そこはモスクワ民警《ミリツィア》が一般車両の通行を禁止している政府高官専用の広い車線で、警官が夏の暑い日も凍《い》てつく冬の日も終日立ちつづけている。三ブロックくらいごとに警官が立ち、曲がるためにやむをえず車線を越える車は別にして、そこをふさぐ車が一台もないよう見張っているのだ。だから、その車線での移動はヘリコプターに乗るのと同じくらい快適で、空を飛ぶ不安感もなく、気分もずっと楽である。

諜報《ちょうほう》の世界ではＫＧＢという名でとおっている機関の、モスクワ・センターと呼ばれる本部は、かつての全ロシア保険会社本社ビルのなかにある。これほどの建物を建てたのだから、当時その会社は強大な力を誇っていたのだろう。アンドロポフの車はゲートを抜けて、中庭に入り、青銅製の扉の真ん前にとまった。と、車のドアがぐいと引きあけられ、降りた彼は、第八管理本部の制服警護官から正式な敬礼を受けた。そのまま建物のなかに入って、エレベーターまで歩いた。もちろんエレベーターのドアをあけて待っている者がいて、アンドロポフはそれに乗って最上階へ向かった。警護班の者たちは——世界中のこうした男たちがするように——主人の顔色をうかがったが、いつものように何の感情も読みとれなかった。アンドロポフはカード賭博師《とばくし》のように感情をしっかり隠すことができるのだ。最上階に着くと、彼は十五メートルほど歩いて秘書室のドアまで行った。アンドロポフの執務室にはドアがないからである。秘書室に鏡付きの衣装簞笥《だんす》があって、議長執務室への入口はそのなかにあるのだ。この偽装は、スターリン自身の秘密警察の長だったラヴレンチー・ベリヤにまでさかのぼる。彼は暗殺を異常と言わざるをえないほど極度に恐れ、奇襲チームがＮＫＶＤ（内務人民委員部）本部にまで入りこんできたらどうしようと不安になり、この安全策を思いついたのである。アンドロポフには大げさとしか思えないが、これもＫＧＢの伝統のうちであり、訪問者にはそれはそれでまあ面白いことではある――もっとも、ずいぶん昔からのもので、いまではここまで入ってこられる者はみな知っている〝公然の秘密〟ではある。

予定では、今日もまずはじめに十五分間の自由時間があり、そのあいだに机上の書類に目をとおし、それから毎日欠かさずにおこなわれる状況説明にのぞみ、次いで何日あるいは何週間も前に決まった会合をこなす。今日はほぼすべてが国内保安に関する協議だが、昼前に党書記局の者がやって来て、純粋に政治的な問題を話し合うことになっている。《ああ、そうだ、キエフの問題だ》彼は思い出した。KGB議長になると彼は、ここジェルジンスキー広場二番地で嬉しくも広範な問題に取り組まざるをえなくなり、すぐに党の問題は重要性が薄らいで見えるようになった。だが、憲章ではKGBはいちおう〝党の剣と盾〟ということになっている。それゆえ、その第一の任務は、建前としては、祖国の政府を熱烈に支持するという義務を果していないのではないかと思われるソ連国民への監視である。それについては、人権侵害に目を光らせるヘルシンキ・ウォッチなるグループが、大きな頭痛の種になりつつある。ソヴィエト社会主義共和国連邦は七年前にフィンランドの首都で、人権保障をも含むヘルシンキ宣言に署名し、その人権擁護グループはそれを本気にしたのだ。さらに悪いことに、ヘルシンキ・ウォッチはときおり西側ニュース・メディアの注意を引いてきた。ジャーナリストというのはとんでもない邪魔者になることがある。しかも、いまはもう以前のようには彼らを痛めつけることはできない——まあ、なかには手荒に扱ってもかまわない者もいるが。ともかく、資本主義世界は彼らを半神半人のように祭りあげ、すべての者にそうすることを求める。彼らは全員スパイのようなものだということを誰もが知っているのにである。なぜアメリカ政府が情報機関にジャーナリストになりすまして活動するのを公然と禁じているのか、そのわけを知るのは面白い。ほかの国のスパイ機関はみな、記者という身分を大いに利用しているのだ。アメリカ人はまるで、ニューヨーク・タイムズ紙の記者がうろうろのぞきまわっても問題ないと他国に安心させるために、わざわざそういう愚直な法律をつくり、それを遵守《じゅんしゅ》しているかのようなのである。鼻でせせら笑う価値もない、実に馬鹿《ばか》げたことだ。ソ連を訪れている外国人はみなスパイである。そんなことは誰でも知っているし、それゆえにこそ防諜担当の第二管理本部は、ＫＧＢのなかでも巨大な部門になっているのだ。

　そう、昨夜、一時間の睡眠をけずって考えこんだことも、こういう問題とたいしてちがいはしない。つきつめて考えるとそういうことになる。ユーリー・ウラジミロヴィッチ・アンドロポフはインターコムのボタンを押した。

「はい、同志議長」秘書――もちろん男――が間髪を入れず応《こた》えた。

「アレクセイ・ニコラエヴィッチを呼んでくれ」

「はい、ただちに、同志」アンドロポフの机上の時計で四分かかった。

「何でしょうか、同志議長？」アレクセイ・ニコラエヴィッチ・ロジェストヴェンスキーは第一管理本部――対外情報活動担当――に所属する古参の大佐だった。西ヨーロッパを広く渡り歩いた経験豊かな工作員だが、西半球つまりアメリカにはいちども行ったことがない。有能な工作員で、スパイ運営の才もあり、現場活動の技量と才覚ゆえ昇進して本部勤めとなり、アンドロポフが作戦実行に関する情報を必要としたときのKGB内の相談役のようなことをするようになった。中肉中背、とくに顔立ちがととのっているわけでもなく、世界のどの都市でもまわりに溶けこんで〝見えなくなる〟種類の男だった。現場での成功はそういう特徴をもつせいもあった。

「アレクセイ、ひとつ考えていることがあるんだ。きみはたしかローマで活動していたことがあったな？」

「ええ、ローマ駐在部《レジデンツーラ》に三年いたことがあります。ゴデレンコ大佐のもとで活動していました。彼はまだそこの駐在官《レジデント》です」

「有能な男かね？」アンドロポフは訊《き》いた。

ロジェストヴェンスキーは力をこめてうなずいた。「ええ、優秀な大佐です、同志議長。彼の運営する駐在部はなかなかのものです。私は彼からいろいろ学びました」

「ヴァチカンをよく知っているかな？」

これにはロジェストヴェンスキーも目をぱちくりさせた。「あそこには探るべきものはあまりありません。なかに接触できる者は何人かいますが、それが非常に重要になったことはこれまでにいちどもありません。カトリック教会は、わかりきった理由から、潜入するのがむずかしいんです」

「東方正教会への潜入はどうなってる？」アンドロポフは訊いた。

「むろん、接触できる者は何人かいまして、つつけば情報もいくらか返ってきますが、それが価値のあるものであることはめったにありません。だいたいが噂話《うわさばなし》のようなものので、それも、ほかのルートからも得られるものばかりです」

「教皇のまわりの警備は固いのかね？」

「身辺警護ということですか？」ロジェストヴェンスキーはいったいこの話の行き着く先はどこなのだろうかと思った。

「そうだ」議長は認めた。

ロジェストヴェンスキーは自分の体温が二、三度さがるのを感じた。「同志議長、教皇にも警護班がついていますが、彼らがするのはおもに消極的防護です。教皇のボディガードは私服のスイス人で——縞《しま》のジャンプスーツのような服を着て、気取って歩きまわる、あのコミック・オペラの道化のような連中は、ほとんど見世物です。私服の警護官のほうも、たまに教皇様に近づきすぎて感激のあまり倒れそうになる信者を引きもどすくらいのものです。彼らが武器を携行しているのかどうかさえ私は知りませんが、携行していると考えるべきでしょうな」

「なるほど。教皇に物理的に近づこうとする場合、どれほどの困難があるか知りたい。きみは何か知っているかね？」

《あっ》とロジェストヴェンスキーは思った。

「個人的に知っていることですか？　ありません、同志。私はローマ駐在中、ヴァチカン市国を何度か訪ねました。あそこの美術作品は、ご想像がつくと思いますが、素晴らしいものでして、妻はああしたものに興味があるのです。私はおそらく妻を五、六回は連れていきました。市国内には聖職者や修道女があふれています。私は警備体制を調べたことはいちどもないと白状しなければなりませんが、通常予想できるものをのぞいて、はっきりわかる方策はいっさい講じられていません——つまり、盗難や暴力行為といったものをふせぐ方策だけです。美術館にはふつうの警備員がいます。

でも、彼らの仕事といったら、トイレの場所を教えることくらいのようです。

教皇はサン・ピエトロ大聖堂に隣接する宮殿内の住居に住んでいます。私はそこにはいちども行ったことがありません。そこは工作員として関心をいだくような場所ではありません。わが国の大使が外交上の職務を果たすためにそこへときどき行くことは知っています。が、私は招かれたことはありません——当時の私の表向きの身分は商務官補でしてね、同志議長、位が低すぎたんです」

ロジェストヴェンスキーはつづけた。

「教皇に近づくことについて、お知りになりたいということでしたね。ということは、つまり、どこまでかというと？……」

「五メートルまで、できればもっと近く。五メートルまでは確実に」

《拳銃《けんじゅう》で撃てる距離》だとロジェストヴェンスキーはただちに理解した。「私には充分な知識がありません。それはゴデレンコ大佐と彼の部下たちの仕事でしょうな。教皇は信仰あつい信徒たちに接見することがあります。そこに紛れこむ方法は私にはわかりません。その他さまざまな理由で公衆の前に姿をあらわすこともあります。そうした機会がどのようなスケジュールで組まれるかも私にはわかりません」

「では、調べてみようじゃないか」アンドロポフは軽い調子で提案するように言った。

「私に直接報告してくれ。この件は誰とも話さないようにな」

「はい、同志議長」大佐は命令を受けて気を付けの姿勢をとった。「優先事項でしょうか？」

「ただちにかかってくれ」アンドロポフはごくさり気なく平常どおりの声で答えた。

「私が責任をもって調べます、同志議長」ロジェストヴェンスキー大佐は約束した。

顔には何の感情もあらわれていなかった。実は彼には感情などほとんどないのだ。KGB将校は良心の呵責《かしやく》を大いに感じるようには訓練されていないのである。いや、政治に対してだけは別だ。彼らは政治には多大な信頼を寄せねばならないことになっている。上からの命令はまさに神の意志に等しい。アレクセイ・ニコラエヴィッチ・ロジェストヴェンスキーのさしあたっての心配は、この特別な〝核爆弾〟が落ちることで、自分がかぶる可能性のある政治的〝死の灰〟だけだった。ローマはモスクワから千キロ以上離れているものの、たぶん充分に遠いとも言い切れない。しかし、政治的な問題を考えるのは自分の役目ではなかったので、彼はその心配を頭からこすり落とすようにして追いやった——ともかく、いまはそうしたほうがよい。そのとき、議長の執務机のインターコムが鳴った。アンドロポフは最上段の右のスイッチを弾《はじ》いた。

「何だ？」

「状況説明の時間です、同志議長」秘書が告げた。

「どれくらいかかる、アレクセイ、きみの考えでは？」

「数日、たぶん。まずは、即時評価をお望みですね。具体的なデータは追って受けとるということでよろしいですか？」

「それでいい。とりあえずは大まかな評価だけでよい」ユーリー・ウラジミロヴィッチ・アンドロポフは言った。「われわれはまだ、いかなる作戦も計画していない」

「わかりました、ご命令どおりに、同志議長。この足で地下の通信センターへ行ってきます」

「よし。頼むぞ、アレクセイ」

「我ソヴィエト連邦に尽くさん」反射的に口を突いてでた。ロジェストヴェンスキー大佐はふたたび気を付けの姿勢をとり、それから左向け左をして出入口に向かった。ほとんどの男がそうせざるをえないように彼もまた、秘書室にでるのに、頭をひょいと下げなければならなかった。衣装簞笥を抜けて、右へまがり、廊下にでた。

《教皇に、あのポーランド人聖職者に、どうすれば近づけるのだろう？》とロジェストヴェンスキーは自問した。ともかく、それは頭のなかだけで考えるぶんには面白い問題だ。KGBには理論家や学者があふれていて、それこそ外国の国家元首の暗殺方法——大戦争が起こりそうなときには有効——から、病院の医療記録を盗んで解釈する最良の方法まで、すべてを検討する。ＫＧＢの工作は広範囲にわたり、制限はほとんどない。

エレベーター・ホールへ歩いていく大佐の顔からうかがえるものは、まったくと言ってよいほどなかった。彼はボタンを押し、待った。四十秒後、ドアがひらいた。

「地階」と彼は運転係に言った。エレベーターにはかならず運転係が乗っている。無人にしておくと、格好の連絡場所《デッド・ドロップ》になる可能性があるからだ。しかも、運転係はすれちがいざまの受け渡しブラッシュ‐パスを見破る訓練も受けている。この建物のなかでは誰も信用されていないのだ。ここには抱えきれないほど多くの秘密が存在するのである。敵が潜入スパイをおきたいソ連内の場所がひとつだけあるとしたら、それは間違いなくこの建物だ。だから、陰湿な秘密ゲームでもしているかのように、誰もが誰もに目を光らせ、つねに監視し、あらゆる会話を吟味して内に秘められた意味をさぐろうとする。ただ、どんな職場でもそうであるように、ここでも男たちは友人をつくる。彼らは、妻子のこと、スポーツや天気のこと、車を買うか買わないか、さらには、幹部になれる幸運な者に約束される田舎の別荘《ダーチャ》が欲しいとか、そういうことをしゃべる。しかし、仕事について話し合うことはめったにない。もちろん、同じセクションの同僚たちとは話し合うが、その場合も、仕事のことを議論する場所である会議室のなかでだけだ。だが、こうした全組織的な制約が生産性を低下させ、KGBの能率を実際に減少させているのではないか、という不安がロジェストヴェンスキーの頭をよぎったことはいちどもない。この種の制約はまさに、国家保安委員会(KGB)が組織として信仰する宗教の一部なのである。

彼は通信センターに入るのに検問を通過しなければならなかった。当直の下士官は彼の写真付き通行証をチェックし、うなずきもせずに、ただ手を振って入室を許可した。

もちろん、ロジェストヴェンスキーがここに来るのははじめてではない。かなり頻繁に来ているので、上級通信将校には顔も名前も知られていたし、彼のほうも彼らを知っていた。机はそれぞれずいぶん離されておかれ、テレプリンターがたてる騒音のせいで、通常の会話も三、四メートル以上離れるともう、どんなに耳のよい者にも聞き取れない。これも含めた、部屋の配置のほぼすべては、長い年月のあいだに徐々に固められてきたもので、いまでは警備体制は考えうるかぎり完璧《かんぺき》に近い形になっていた。それなのに、いまでも三階の能率向上専門家がやって来て、おっかない顔をして歩きまわり、いつも悪いところを探している。ロジェストヴェンスキーは当直の上級通信将校の机まで歩いた。

「オレグ・イワノヴィッチ」彼は声をかけた。

ザイツェフは顔をあげ、まだ一日がはじまったばかりだというのに五人めになる訪問者を見た。五人めの訪問者は、五回めの邪魔でもある。当直の上級将校の仕事は、呪《のろ》いたくなるほど面倒になることがよくある。朝担当のときはとくに。深夜の当直は退屈だが、少なくとも邪魔されずに仕事ができる。

「はい、大佐、今朝は何でしょうか？」ザイツェフは下官らしく愛想よく尋ねた。

「ローマ駐在部《レジデンツーラ》に特別通信文を送ってほしい、駐在官《レジデント》あてであることを明確にしてな。ワンタイム・パッドを使ってもらいたい。きみがじかにやってくれないか」《暗号化を係の者にやらせないで》とまでロジェストヴェンスキーは言う必要はなかった。これはちょっと異例なことで、ザイツェフは興味をおぼえた。ともかく、自分があつかうのだから、当然どんな内容かわかる。暗号員を排除するだけで、この通信文を目にする者の数は半減する。

「わかりました」ザイツェフ大尉《たいい》はメモ帳と鉛筆をとった。「どうぞ」

「極秘。《特別緊急信。モスクワ本部・議長室よりローマ駐在官ルスラーン・ボリッソヴィッチ・ゴデレンコ大佐へ。連絡内容は以下のとおり——教皇に物理的に近づく方法を確かめ、報告せよ。以上》」

「それだけですか?」ザイツェフは驚いて訊いた。「これでは、どういう意味かと訊かれるのでは? 趣旨が明瞭《めいりよう》とは言えません」

「ルスラーン・ボリッソヴィッチなら、どういう意味かわかる」ロジェストヴェンスキーは請け合った。彼は怪しみはしなかった――ザイツェフは当然訊くべきことを訊いただけなのだ。ワンタイム・パッドを使うのはなかなか骨が折れることなので、それで暗号化された通信文はすみずみまで明快でなければならない。でないと、意味を明瞭にするためのやりとりが何度も必要となり、通信リンクが危険にさらされる可能性もある。実のところ、この通信文もテレックスで送信されるため、敵に傍受されるのは確実で、ワンタイム・パッド暗号という形式から重要通信文と悟られるのも確実なのだ。たぶんアメリカとイギリスの暗号破りたちが解読を試みることになるだろう。やつらとその巧妙な技には誰もが用心している。西側諸国の忌《い》まいましい情報機関は、連絡を密にとって一致協力して事にあたる。

「そうおっしゃるなら、承知しました、同志大佐。一時間以内に送信できます」ザイツェフは壁の時計に目をやって、ローマの時刻を確認してから言った。「ゴデレンコ大佐が出勤したときには机に載っているはずです」

《ルスラーンは復号するのに二十分かかる》ロジェストヴェンスキーは見積もった。

《そして、ザイツェフが心配したように、どういうことかと問い合わせる? たぶん。ゴデレンコは用心深い周到な男だ——それに、政治的にも抜け目ない。最初に発信人がアンドロポフということが明確にされていたとしても、ルスラーン・ボリッソヴィッチは妙だと思い、きっと内容確認の返信をする》

「返信があったら、平文になおし次第、電話をくれ」

「大佐がこの件の連絡先なんですね?」ザイツェフは訊《き》いた。正しい手順を確かめておきたかっただけだ。この大佐が口述した通信文の発信人は〝議長室〟だったのである。

「そうだ、大尉」

ザイツェフはうなずき、ロジェストヴェンスキー大佐の署名/確認スペースがあけられている通信文を手わたした。KGBではすべてが文書で記録されなければならない。ザイツェフはチェックリストに目を落とした。通信文、発信人、受取人、暗号方法、連絡先……よし、すべてそろい、署名スペースはみな規定どおりサインで埋まった。彼は顔をあげた。「大佐、すぐに送信できます。のちほど電話で送信時間をお知らせします」文書による記録を階上に送る必要もある。作業記録保存ファイルに収めるためだ。彼は最後に番号をひとつ書いて、そのカーボン・コピーを大佐に手わたした。

「発信番号です。それが本件の整理番号にもなります。大佐がそれを変えるまで同じ番号です」

「ご苦労、大尉」大佐は部屋からでていった。

オレグ・イワノヴィッチ・ザイツェフは壁の時計にふたたび目をやった。ローマはモスクワよりも二時間遅れている。駐在官は暗号通信文を平文になおすのに十分か十五分かかるはずだ——現場の人々はこうした作業がおそろしく下手なのだから——次いで彼は内容について考え、それから……どうする？　ザイツェフは独りでちょっとした賭《かけ》をしてみた。きっと、ローマ駐在官は内容の明瞭化を求める返信を送ってよこす。そうに決まっている。大尉はここ何年か、そのゴデレンコ大佐と通信文をやりとりしてきた。ゴデレンコはものごとを明確にしたがる用心深い男なのだ。そこでザイツェフは、返信にそなえてローマ用のパッド（暗号鍵綴《あんごうかぎつづ》り）を机の引出しに入れたままにしておこうと思った。彼は数えた——空白、句読点を入れて二百九字。階上の者たちが玩具《おもちゃ》にしているアメリカ製の新型コンピューターのひとつで暗号化できないとは残念だ、と彼は思った。しかし、無理なことを望んでもしかたない。ザイツェフは机の引出しからパッド記録簿をとりだすと、使用するパッドの番号を必要もないのに書き写し、それから広々とした部屋の西のはしまで歩いた。彼はほぼすべてのパッドの番号を覚えていた。チェスの心得があるからだろう、とザイツェフは思っていた。「パッド1-1-5-8-9-0」彼は金網の向こうの管理人に言い、紙片を手わたした。生きた歳月の大半をここで過ごしてきた、五十七歳にもなる管理人は、二、三メートル歩いて、正しいパッドを持ってきた。それは縦二十五センチ・横十センチほどのルーズリーフ式バインダーで、なかには五百枚かそれ以上あると思われる穴のあいた紙がぎっしり詰まっていた。今度使用される暗号鍵が記されているページには、プラスティックの札《タグ》がつけられている。

それぞれのページは電話帳のそれのように見える。しかし、目を近づけてよく見ると、ならんでいる文字はどんな言葉による名前にもならない。もっとも、まったくの偶然で文字が名前の配列と同じになる場合もあるが、そのような偶然は一ページに平均二、三あるていどだ。ザイツェフが所属する、暗号作成・解読を含む通信管理担当のKGB第八管理本部は、モスクワ市外の大環状道路にある。その本部ビルの屋上には、テレタイプライターにつながる非常に感度のよいアンテナが立っている。アンテナとテレタイプライターとのあいだにある受信機が何の法則性もないランダムな大気雑音を聞き取り、テレタイプライターがそれらの〝信号〟をドットとダッシュで表し、さらにそれを隣のテレタイプライターが文字に変換して印字する。実際には、こうしたテレタイプライターが数機接続されていて、もともとランダムな大気雑音が再度ランダム化され、まったく予測不可能なでたらめな文字の羅列がつくられる。そして、その羅列からワンタイム・パッドが作成される。それゆえ、その暗号鍵は完全にランダムな文字列になるはずで、どんな数式によっても予測不能であり、したがって暗号の解読も不可能になる。ワンタイム・パッド暗号はもっとも安全な暗号システムだと誰もが認めている。この暗号システムがソ連にとって重要なのは、アメリカが暗号解読にかけては世界一だからである。アメリカは〈ヴェローナ〉計画で一九四〇年代後半と五〇年代のソ連の暗号を解読さえし、KGBの前身機関はたいへんな辛苦をなめた。しかし、もっとも安全なワンタイム・パッド暗号は、使用がいちばん面倒、不便なものでもあり、ザイツェフ大尉のようなベテランでも難儀する。だが、愚痴ったところではじまらない。それに、アンドロポフ自身が、教皇に物理的に近づく方法を知りたがっているのだ。

そのときやっとザイツェフはおやっと思った——《教皇に物理的に近づく》という言葉に。しかし、なぜ教皇に近づきたい者がいるのか？　ユーリー・ウラジミロヴィッチ・アンドロポフは教皇に罪を告白して許しを請《こ》いたいのか？　もしそうなら、もちろん、誰にも聞かれたくはあるまい。

いったい俺が送れと命じられた通信文の意味は何なのか？

ローマ駐在官のゴデレンコは、経験豊かな現場工作員で、彼が取り仕切る駐在部は、KGBに協力するイタリア人や他の国籍のスパイを多数運営している。ゴデレンコはあらゆる種類の情報を送ってよこし、そのなかには、明らかに重要な情報もあるが、ただ単に面白いだけのものもある。しかし、その面白いだけの情報でも、暴露したら厄介なことになる要人の欠点だから、将来、評判を落として彼らを失脚させるのに利用できる可能性はある。要人だけがそうした欠点をもつのか、それとも高い地位についたおかげで、男なら誰もが夢見るが実際にひたれるのはごく少数という享楽《きょうらく》にふけられるのか？　いずれにせよ、ローマはそういう悦楽には格好の都市にちがいない。《皇帝たちの都市だものな》とザイツェフは思った。《当然だろう》彼はこれまでに読んだローマについての旅行書や古代ローマに関する歴史書のことを思い出した——ソ連では歴史にも政治的解釈が加えられるが、古代史の場合、その量はそれほど多くない。この国で生きるうえで知的にいちばんこたえるのは、生活のすみずみにまで加えられる政治的解釈で、そのストレスだけで酒に走る者も多い——むろん、ソ連では酒は手近にあって、いくらでも手に入る。さあ、もう仕事をしないと、とザイツェフは思った。彼はいちばん上の引出しから暗号回転盤《サイファー・ウィール》をとりだした。それは電話のダイヤルのようなものだった——置き換える文字を第一のダイヤルのいちばん上にもってきて、第二のダイヤルをワンタイム・パッドのページに示された文字分だけ回転させるのである。今回は二百八十四ページ十二行目からだ。この暗号鍵に関する情報は、通信文の最初の行に加えられ、それによって受取人はでたらめな文字の羅列から意味のとおる平文をつくることができる。

それは暗号回転盤《サイファー・ウィール》を使っても骨の折れる作業だった。まず、すでに書いたメッセージの文字を所定の位置にもってくる。次いで、ワンタイム・パッドのページに印刷された暗号鍵の文字分だけ盤を回転させる。そして、一回の作業でひとつ得られる文字を次々に書きしるしていく。つまり、ひとつの文字を得るのに、鉛筆をおき、盤を回転させ、ふたたび鉛筆をとり、結果を再チェック——彼の場合は二度——する、という作業が必要になるのだ。そうしてはじめて、次の文字に移れるのである（この種のことしかしない暗号員は、片方の手で盤を操り、もう一方の手で鉛筆をにぎるという芸当ができるが、ザイツェフはまだその技を習得していなかった）。これは退屈なんてものではない作業で、数学を学んだ者がするような仕事とはとても思えない。小学校のスペリング・テストの正誤をチェックするようなものだ、とザイツェフは心のなかで愚痴った。暗号文をきちんと仕上げるのに六分以上かかった。誰かに手伝ってもらってもよいなら、もっと短い時間ですんだのだろうが、それは規則違反であり、ここでは規則は絶対なのだ。

次に彼は、仕上がった暗号文に間違いがないことを再確認するため、作業をもういちど最初から繰り返さなければならなかった。間違えたままの暗号文を送信してしまったら、こちら側でも受信側でもとんでもないことになるからだ。こうして絶対に間違いがないようにしておけば、何か送信ミスが起こった場合、テレタイピストのせいにすることができる——これくらいのことは誰でもいちおうやる。四分三十秒かけて彼は間違いがひとつもないことを再確認した。よし。

ザイツェフは立ちあがると、部屋のはしまで歩き、ドアを抜けて送信室に入った。そこは気がおかしくなるほどの凄《すさ》まじい騒音だった。テレタイプライターはみな古い型で——ひとつだけだが一九三〇年代にドイツから盗んだものまであった——まるで機関銃のような音をたてていた。もちろん火薬の爆発音を引いた機関銃の音だ。テレタイプライターの前にはそれぞれ制服を着たタイピストがひとりずついる——全員が男で、みんな彫像ででもあるかのように背筋をぴんと伸ばして座っている。両手はすぐ前のキーボードに添えられたままなのだろう。そろいもそろって耳保護器《イヤ・プロテクター》をつけているのは、そうしないと部屋の騒音のせいで精神病院送りになってしまうからだ。ザイツェフが暗号文を持っていくと、送信室主任は黙ってそれを受けとり——彼もまたイヤ・プロテクターをつけていた——最後列の左端のタイピストのところまで歩いていった。そして、キーボードの上に縦に据えつけられているボードに暗号文をとめた。暗号文のいちばん上には送信先を示す識別番号があった。タイピストはその番号を正しくダイヤルし、待った。ややあって受信先のテレプリンターと接続したことを示す、小鳥の囀《さえず》りのような電子音が聞こえてきた——それはイヤ・プロテクターのなかから聞こえてくるようになっていて、同時にテレタイプライターの黄色いライトもついた。タイピストは意味のとおらない文字の羅列をタイプしはじめた。

なぜ彼らはこんなことをしていても気がおかしくならないのか？　ザイツェフにはそれがわからない。人間の脳はパターンや意味がなんとしても欲しいのだ。TKALNNETPINというような何の意味にもならない文字をタイプするには、ロボットさながらの細部への注意力を発揮し、人間の脳に完全に反することをしなければならない。タイピストはみんなピアノの達人だと言う者がいるが、そんなはずはない、とザイツェフは思う。どんなに調子っぱずれの不協和音からなるピアノ曲にだって、なんらかの調和はある。だが、ワンタイム・パッド暗号というものには調和など一切ない。

ほんの数秒でタイピストは顔をあげた。「送信完了しました、同志」ザイツェフはうなずき、主任の机までもどった。

「この整理番号のついた返信がきたら、ただちに私のところへとどけるように」

「はい、同志大尉《たいい》」主任は応《こた》え、その番号を頭のなかの〝重要〟番号リストに載せた。

やるべきことを終えてザイツェフは、自分の机へ向かってもどりはじめた。机には仕事の山がもうかなり高く積まれているはずだった。しかも、それらは、心を麻痺《まひ》させないとできないという点では、隣室のロボットたちの仕事とたいしてちがわないのである。《教皇に物理的に近づく？……なぜ？》と誰かが頭の奥で囁《ささや》きだしたのは、たぶんそのせいだった。

目覚し時計が六時十五分前に鳴りだした。〝非文明的な〟時間。祖国《くに》ではまだ午前一時十五分前なんだぞ、とライアンは心のなかで愚痴った。だが、そんなことをいつまでも考えている暇はなかった。彼はベッドの上掛けをぱっと剝《は》いで立ちあがり、よろよろとバスルームまで歩いた。まだ慣れなければならないことがたくさんある。トイレの水はここイギリスでもアメリカとほぼ同じように流れるが、洗面台が……。《いったいぜんたいなぜ》とライアンは思った。《洗面台で温水を使うのに二つも蛇口が必要なのか？　なぜ蛇口を湯と水の二つにわけるのか？》アメリカでは蛇口はひとつで、その下に手をやるだけでよいが、ここイギリスでは最初に流しのなかで湯と水を混ぜなければならず、それがわずらわしい。鏡のなかの寝起きの顔がまた気に入らない。《私はほんとうにこんな顔をしているのか？》いつものように、そう思いながら寝室へもどり、妻の尻《しり》をぽんとたたいた。

「時間だよ、ハニー」

女らしい不思議なぐずり声。「ええ、わかってる」

「小《リトル》ジャックを起こそうか？」

「寝かせておいて」キャシーは指示した。幼い息子は昨夜はなかなか眠ろうとしなかった。だから当然いまは起きる気分ではないだろう。

「オーケー」ジャックはキッチンに向かった。コーヒー・メーカーはボタンを押すだけでよく、それくらいのことならライアンにもなんとかできる。こちらに来る直前、彼はあるアメリカの新会社のＩＰＯ（株式新規公開）を知った。その会社は上質のコーヒーを売っていて、ジャックはずっと前からコーヒーにはかなりうるさく、一種のスノップだったので、会社に十万ドル投資し、商品のほうもいくらか買った――イギリスは素晴らしい国かもしれないが、おいしいコーヒーを期待できるところではない。とはいえ、マックスウェル・ハウス・コーヒーなら空軍から入手可能だし、たぶん、そのスターバックスという新会社にコーヒーを送ってもらうこともできるだろう。ジャックはそれも頭のなかにメモした。そして朝食のことを考えた。キャシーは今朝は何をつくってくれるのか？　外科医であろうとなかろうと、彼女はキッチンは自分の領域と見なしている。そこで夫がつくるのを許されるのは、サンドイッチと飲みものくらいだ。レンジは未知の世界《テラ・インコグニタ》というジャックにとって、それは都合のよいことだった。ここのレンジは母親が使っていたようなガス用のものだったが、商標はちがっていた。彼はまたよろよろと玄関ドアまで歩いた。新聞がきていないか見にいったのだ。

きていた。新聞については、タイムズ紙は定期購読の契約を結んで毎日家にとどけてもらい、インターナショナル・ヘラルド・トリビューン紙をロンドンの駅で買うという形にしていた。ライアンはやっとテレビのスイッチを入れた。ありがたいことに、この分譲地でもケーブル・テレビがはじまり、不思議《ミラビレ・デイクトウ》にもそこにはアメリカのCNNニュースも入っていた――プロ野球の試合結果にちょうど間に合った。つまり、イギリスも文明国であるということだ。昨夜はボルティモア・オリオールズがクリーヴランド・インディアンズを延長十一回、五対四でくだした。いまごろ選手たちはベッドのなかで眠り、ホテルのバーで一気に飲み干した試合後のビールの酔いをさましているにちがいない。何という楽しい想像だろう。彼らはまだ八時間たっぷり眠れるのだ。六時になって、CNNアトランタ本局のナイト・クルーが前日の出来事を要約して伝えはじめた。注目に値するようなニュースは何もなかった。経済は相変わらずちょっと不安定。ダウ・ジョーンズ平均株価はしっかり跳ねもどったが、失業率は高いままで、労働者階級の有権者たちはおいてきぼりを食っている。まあ、民主主義とはこういうものだ。おそらく、経済に対する自分の見かたは、鋼鉄をつくったりシボレーを組み立てたりする人々のそれとはちがうのだろう、とライアンは再認識せざるをえなかった。彼の父親は警察の警部補で、平の警官ではなく中間管理職の地位にあったが、組合に加入していて、ほとんどの場合、民主党に票を投じた。だが、ライアンはどちらの党にも入らず、独立の道を選んでいる。おかげで、屑《くず》かご直行の郵便物をあまり受けとらずにすむ。それに、大統領予備選挙なんて、どうだっていいじゃないか。

「おはよう、ジャック」キャシーがピンクの部屋着を着てキッチンに入ってきた。部屋着は古びて見すぼらしく、そんなものを妻が着るのはジャックには驚きだった。キャシーは着るものにはうるさいほうだったからである。彼はそれを着る理由を妻に尋ねはしなかった。きっと深い愛着を感じているものなのだろうと思っていた。

「やあ、ベイブ」ジャックは立ちあがると、妻を形だけお座なりに抱き、今日最初のキスをした。「新聞は？」

「いらない。電車のなかで読むから」彼女は冷蔵庫のドアを引きあけ、何かをとりだした。ジャックは見ていなかった。

「コーヒーはどうする？」

「飲むわ。今日は手術の予定はないの」手術の予定があるときは、キャシーはコーヒーを控える。カフェインのせいで手が軽くふるえると困るからである。目ん玉をいじって治そうとしているときに、手がふるえるなんてとんでもない。そう、今日はバード教授との顔合わせの日なのだ。ジョンズ・ホプキンズ大学病院のボスであるバーニー・カーツは彼のことを知っていて、友人だと言っていた。それもほっとさせてくれることであり、おまけに、キャシーはどんな眼外科医にも負けないくらいの腕の持ち主なのだから、新しい病院やそこのボスについて心配する理由なんて微塵《みじん》もない。それでも不安になるのが人間だが、キャシーの場合は男っぽいところがあって、それを表にださない。「ベーコン・エッグはどう？」彼女は訊《き》いた。

「コレステロールをとってもいいのかい？」夫は驚いて訊き返した。

「週に一度」医師ライアン夫人は有無を言わせぬ口調で答えた。だから、明日の朝はオートミール。

「いいとも、文句はない、ベイブ」ライアンは嬉《うれ》しそうに言った。

「どうせ、仕事場では体に悪いものを食べるんでしょう」

「私《モワ》が？」

「ええ、バターを塗ったクロワッサンとか。だいたい、クロワッサンはね、バターだけでできているようなものなのよ」

「バターをつけないパンなんて、石鹸《せっけん》を使わないシャワーのようなものだよ」

「そういう台詞《せりふ》は心臓発作を起こしたときに言いなさい」

「この前の検査のとき、コレステロール値は……いくらだったかな？」

「百五十二よ」キャシーは苛立《いらだ》たしげにあくびをした。

「なかなかいいんじゃない？」夫は食い下がった。

「まああではあるわね」妻は認めた。でも、彼女のほうは百四十六だった。

「ありがとう、ハニー」ライアンは医師に謝意を表し、タイムズ紙の特集ページに目をやった。ここイギリスでは、読者からの投書は不満、不賛成の叫びでしかないが、文章の質はどの新聞でも、彼が目にするアメリカの新聞、雑誌のどんな記事のそれよりもすぐれている。まあ、英語はここで発明されたのだから仕方ないか、とライアンは思った。ここの記者の言いまわしは詩に負けぬくらい格調が高いことが多く、アメリカ人には充分に理解できないほど微妙なこともある。よし、私もそういう文章術を身につけてやろう、とライアンは思った。

ベーコンが焼けるお馴染《なじ》みの音とうまそうな匂《にお》いが、たちまち部屋に充満した。コーヒー——クリームではなく牛乳で味を和らげたもの——はおいしく、ニュースは朝食を台無しにする類《たぐい》のものではなかった。神を畏《おそ》れぬ時代ということをのぞけば、仕事や生活はまああだったし、目覚めという最悪のときはすでに終わっていた。

「キャシー？」

「なあに、ジャック？」

「愛してるって、もう言ったかな？」

キャシーはこれ見よがしに腕時計に目をやった。「ちょっと遅すぎたわね。でも、早朝ということを考慮して許してあげる」

「今日はどんなことをするの、ハニー？」

「ああ、病院の人たちに会って、どういう具合になっているのかいろいろ見てまわるの。問題は看護婦たちね。優秀な人たちだといいんだけど」

「それ、重要なの？」

「手術を台無しにすることにかけては、気の利《き》かないへまな看護婦の右にでるものはいないわね。でも、ハマースミス病院の人たちはとっても優秀ということになっているし、バーニーによると、バード教授はここイギリスで最高の眼外科医と言ってもよい人だそうよ。彼はハマースミス病院とモールフィールズ病院で医学実習生に教えているの。バーニーとはほぼ二十年来の友人。ジョンズ・ホプキンズ大学病院にも何度も来ているそうなんだけど、私はなぜか会ったことがなかった。両面焼き半熟《オーヴァー・イージー》？」キャシーは訊いた。

「そう」

　卵を割る音が聞こえてきた。ジャック同様、キャシーも本物の鋳鉄製フライパンでないとだめと信じ切っている。洗うのに手間がかかるかもしれないが、卵はそれで焼いたほうがずっとおいしい。最後にトースターのレバーが押しさげられる音がした。

　スポーツ――ここではツポートゥ（単数）――欄は、ジャックがサッカーについて知る必要があるすべての情報――そんなものは皆無と言ってよい――を教えてくれた。

「昨夜のヤンキースはどうだったの？」キャシーは訊いた。

「知らんよ、そんなこと」夫は返した。彼は名内野手ブルックス・ロビンソンや右腕投手ミルト・パパスがいるボルティモア・オリオールズとともに育ったのだ。だが、妻はヤンキース・ファン。だから、野球のことでは結婚生活もちょっと大変なのである。たしかにミッキー・マントルは素晴らしい野球選手だった、とジャックは思った——母も彼が好きだったような気がする。しかし、マントルは細い縦縞《ピンストライプ》（ヤンキースのユニフォーム）を着てプレーしていたのだ。それでおしまい。ライアンは立ちあがり、妻のためにコーヒーをそそぎ、キスをして手わたした。

「ありがとう、ハニー」キャシーもジャックに朝食を手わたした。

卵はアメリカのものとは見ためがすこしちがう。卵黄を真っ黄色にするために鶏にオレンジ色のコーンを食べさせてつくったかのような卵なのだ。しかし、味は文句ない。ライアンは五分でおいしくいただいて、シャワーを浴びにいき、空いた席にキャシーが座った。

十分後、ライアンはシャツ——ボタン・ダウンの綿の白——、縞《しま》のネクタイ、海兵隊のタイピンを選んだ。六時四十分、ドアをノックする音がした。

「おはようございます」乳母／家庭教師のマーガレット・ヴァンダービークだった。彼女はわずか半マイルのところに住んでいて、自分で車を運転してくる。SISの厳しい調査で合格とされた乳母派遣会社お勧めの女性で、南アフリカ出身、牧師の娘、細身でかわいく、見たところとてもいいように思える。持ってくるハンドバッグは巨大。髪がナパーム弾の火炎のような赤なので、アイルランドの血が混ざっているようにも見えるが、どうやら純粋なボーア人（南アフリカのオランダ系白人）のようだ。大部分のイギリス人にはない訛《なま》りがあるのに、しゃべりかたはジャックの耳には心地よい。

「おはよう、ミス・マーガレット」ライアンは手を振って彼女を家のなかに招き入れた。「子供たちはまだ寝ているけど、もういつ目を覚ましてもおかしくない」

「小《リトル》ジャックは五カ月にしてはよく眠ります」

「たぶん時差ぼけのせいだろう」ライアンは考えたままを口にした。キャシーから子供は時差ぼけにはならないと言われていたが、ジャックはそれがどうしても信じられなかった。事実がどうであれ、小僧は——こう言うたびにジャックはキャシーにがみ怒られる——昨夜は十時半まで眠らなかった。そして、それがこたえるのはジャックよりキャシーのほうだ。彼は物音がしていても眠れるが、彼女は眠れない。

「そろそろ時間だ、ハニー」ジャックは声をあげた。

「わかってる、ジャック」ちょっと尖《とが》った声が返ってきた。ややあって、キャシーが息子を抱えてあらわれた。うしろから黄色いウサちゃん寝巻を着たサリーがついてくる。

「よう、おチビさん」ライアンはそばへ行って娘を抱きあげ、キスをした。

サリーはにっこり微笑《ほほえ》み、お返しにダディーを力いっぱいぎゅっと抱きしめた。なぜ子供というのはこんなに機嫌よく目覚められるのか、それがジャックには不思議でしかたない。もしかしたら、それは親との親密なきずなを結ぶための本能的行為なのかもしれない。つまり、親に面倒を確実に見させるために本能的に愛らしくなるのではないか。赤ん坊がほとんど生まれたばかりのときからマミーとダディーに微笑みかけるのも、そういうことなのか？　まったく、賢い生きものだ、赤ん坊というやつは。

「ジャック、哺乳瓶《ほにゅうびん》のミルクを温めて」キャシーは言い、幼い息子を抱いたままオムツ替えテーブルへ向かった。

「了解《ラジャー》、先生《ドック》」情報分析官は従順に応《こた》え、昨夜混ぜてつくっておいたミルクを温めにキッチンにもどった——それは男の仕事と、サリーの乳児期にキャシーにしっかり教えられていた。それもまた、家具の移動やゴミ出しと同じように、男が遺伝子的にできるようになっている家事なのである。

兵士にとっての小銃の掃除とあまり変わらない——キャップをねじってはずし、乳首を逆さまにして、水を四、五インチ入れた鍋《なべ》のなかに瓶をおき、レンジの火をつけ、

二、三分待つ。

しかし、これはミス・マーガレットがやってもいい仕事ではある。ジャックは窓の外にタクシーを見た。ちょうど駐車場にとまるところだった。

「車が来たぞ、ベイブ」

「わかった」観念した言いかただった。キャシーは子供たちを家において仕事に行きたくないのだ。まあ、母親ならみなそう思うだろう。ジャックはバスタブのないバスルームへ消えるキャシーの顔を目で追い、手を洗ってもどってきた妻が服を着るのを見まもった。彼女が腕を通した上着は、グレーの服に――かかとの低い布製のグレーの靴にも――よく合った。キャシーは第一印象をよくしたいのだ。サリーに、そして幼い息子にも、キスをし、彼女はジャックがあけて待っているドアのほうへ向かった。

タクシーはふつうのランド・ローヴァーのセダンだった。伝統的なイギリスのタクシーにこだわっているのはロンドンだけだ。ただ、古くなったもののなかには地方へ回されるものもある。朝の迎えの予約は、前日のうちにライアンが入れた。運転手はエドワード・ビーヴァートンという男で、七時前に働かねばならない男にしてはとっても機嫌がよさそうだった。

「やあ」ジャックは言った。「エド、妻だ。美貌《びぼう》のドクター・ライアン」

「おはようございます、マム」運転手は言った。「たしか、外科の先生」

「そう、眼外科――」

夫が妻の言葉をさえぎって言った。「彼女はね、目ん玉を切り、それを縫ってもとにもどすんだ。あなたも見るべきだよ、エディ。彼女のお手並みにはうっとりしちゃう」

運転手は身ぶるいした。「ありがとうございます。でも、遠慮しておきます」

「ジャックはそう言って人を怖がらせ、面白がっているだけなの」キャシーが運転手に言った。「おまけに、この人は弱虫で、本物の外科手術を見になんて来れやしないの」

「それでいいんです、マム。手術に参加するより、手術の原因をつくるほうがずっといい」

「えっ？」

「あなたは海兵隊員だったんでしょう？」

「そう。あなたは？」

「落下傘《らっかさん》連隊でした。そこで教わったんです――自分が負傷するより敵を傷つけるほうがよい、とね」

「ほとんどの海兵隊員はそれに賛成するね」ライアンはくすくす笑いを洩《も》らした。
「ジョンズ・ホプキンズ大学では、そんなこと教わらないわ」キャシーはふんと鼻を鳴らした。

一時間後、ローマ。ゴデレンコ大佐は、表向きはソ連大使館二等書記官で、外交官の仕事を日に二時間ほどするが、そのほかの時間のほとんどを、KGBローマ駐在部《レジデンツーラ》の長である駐在官《レジデント》としての仕事にあてていた。忙しいポストだった。なにしろ、ローマはNATO情報が集まる重要な地で、彼の仕事のおもなターゲットである、政治と軍事に関するあらゆる種類の情報が得られる都市なのだ。彼と配下の六人の専任または兼任の工作員は、ぜんぶで二十三人の協力者――政治的または金銭的理由からソ連に情報を流すイタリア人二十二人とドイツ人ひとり――を運営していた。共産主義というイデオロギーへの共感から情報源になってくれる者が大部分だと、ゴデレンコとしてもありがたいのだが、そういうケースは現在、急速に過去のものになりつつある。その点、ボンの駐在部は働きやすい環境にある。ドイツ人はドイツ人なのである。つまり、説得すれば、彼らの多くが、祖国《ファータラント》（ドイツ）の味方だと言うアメリカ人やイギリス人やフランス人に協力するよりは、同じ言葉をしゃべる東ドイツの人々を支援するほうが望ましいと考えてくれるのだ。一方、ゴデレンコにとっても同胞のロシア人にとっても、ドイツ人は味方には決してなりえない。彼らがとっていると主張する政治体制がいかなるものであろうとも。ただ、ときには、マルクス－レーニン主義がうまい具合にその事実をおおい隠してくれることはある。

イタリアでは事情がちがう。社会主義者として出発したベニト・ムッソリーニの記憶が戦後いつまでも残っていたが、それもいまやすっかり消え失《う》せ、イタリアの狂信的共産主義者たちも、革命的マルクス主義よりワインやパスタのほうが興味があるという状態になってしまった。〈赤い旅団〉というならず者集団だけはいまだに革命にこだわっているが、彼らは政治的に信頼できるスパイというより危険なごろつきだ。狂暴なディレッタントという呼びかたがいちばんぴったりする。ただ、そんなやつらも利用できないわけではない。ゴデレンコはときどき彼らにソ連行きの段取りをつけてやる。彼らがソ連でするのは、政治理論の勉強。いや、もっと重要なことがあり、それは戦術的利用価値が多少はある正しい戦闘技術の習得だ。

机上には夜中にとどいた受信文の山があり、そのいちばん上にモスクワ本部からのメッセージが書かれた薄い通信用紙があった。ヘッダーを見ただけで重要なものであることがわかった。暗号鍵綴《あんごうかぎつづ》りの番号は115890。それは机のうしろの戸棚に入っている自分のオフィス専用の金庫のなかにある。ゴデレンコは回転椅子《いす》に座ったまま うしろを向くと、まず、ダイヤル錠に接続された電子警報機を解除し、それからすこし膝《ひざ》をまげ、数字を合わせて金庫の扉をあけた。そこまでするのに数秒しかかからなかった。暗号鍵綴りの上には暗号回転盤《サイファー・ウィール》があった。ゴデレンコはワンタイム・パッドを使うのが大嫌いだったが、それを使うのはトイレへ行くのと同じくらい彼の生活の一部になっていた。つまり不愉快ではあるが必要なことだった。復号に十分かかった。それでやっと、肝心のメッセージの内容を理解することができた。《議長自身から?》とゴデレンコは思った。こういう場合どの国の中級役人もみなそうなるように、彼は校長室に呼ばれた生徒のような心境になった。

《教皇? いったいぜんたいなぜ、ユーリー・ウラジミロヴィッチは教皇に近づくことなんかに興味を示したりするのか?》ゴデレンコはちょっと考えた。《ああ、そうか。問題はカトリック教会の親玉ではない。ポーランドだ。あのポーランド野郎をポーランドから追いだすことはできるが、あいつからポーランドをとりあげることはできない。これは政治的問題なのだ》だから教皇に近づくことが重要になる。

しかし、ゴデレンコは気に入らなかった。

「《教皇に物理的に近づく方法を確かめ、報告せよ》」彼はもういちど読んだ。KGB

用語では、それはひとつのことしか意味しない。

《教皇を殺す?》とゴデレンコは思った。そんなことをしたら、とんでもない政治的大惨事となる。イタリアはカトリックの国だが、国民は群を抜いて信心深いわけではない。甘い生活《ラ・ドルチェ・ヴィタ》——それがこの国のほんとうの宗教なのだ。規律や秩序と縁がないという点では、世界でもイタリア人の右にでる者たちはいない。なぜ彼らのような人々がヒトラー主義者たちと手を結んだのか、そこのところがまったくわからない。ドイツ人にとっては、すべてがイン・オルドヌング、つまり、きれいに片づいて整然とし、いつでも使用できる状態になっていなければならない。イタリア人がつねにきちんと片づけておくのは、キッチン、それにたぶんワイン・セラーくらいのものではないか。ほかのすべては、この国ではそれはだらけた状態になっている。だから、ローマに来たロシア人は、銃剣で胸を突き刺されたようなカルチャー・ショックを受ける。イタリア人には規律感覚というものがまったくないのだ。車の流れを観察するだけでそれはわかる。この国で車を運転するのは、戦闘機を操縦するようなものではなかろうかと思わざるをえない。

しかし、イタリア人は生まれつき、たしなみのよい粋《いき》な感覚をもっている。だから、この国でしてはいけないことがある。イタリア人はみな、何人《なんぴと》にも文句のつけようのない美的感覚をもっているので、それを冒瀆《ぼうとく》するようなことをすると、重大きわまりない結果を引き起こしかねないのである。たとえば、情報源を失う可能性がある。報酬目当てであろうとなかろうと……そう、金銭ずくの者たちでさえ、自分たちの宗教に反するようなことはしようとはすまい。この国でも――いや、この国だからこそ――誰もが良心の呵責《かしやく》というやつを多少はもっているのだ。だから、このような作戦をほんとうに実行してしまったら、その政治的結果は絶大で、ローマ駐在部の活動成果にも悪影響をおよぼしかねないし、協力者の新規取り込みにも重大な影響がでる。

《では、私はいったいどうすればよいのだ？》とゴデレンコは自問した。ＫＧＢ第一管理本部所属の古参の大佐で、駐在官としても大成功した彼は、あるていど柔軟な行動がとれた。また、彼は巨大な官僚組織の一員でもあって、いちばん簡単なことは、どんな官僚でもすることだった。つまり、遅らせ、不明瞭《ふめいりよう》にし、妨害するのだ。

そうするにはあるていどの技術が必要になるが、ルスラーン・ボリッソヴィッチ・ゴデレンコはそれについて知らねばならないことをすべて知っていた。

6　だが、接近しすぎない

新しいことはいつも興味深い。それは外科医にとっても同じだった。ライアンは新聞を読み、キャシーは列車の窓から外をながめていた。今日もまた晴天で、空はキャシーのきれいな目のように青かった。ジャックのほうは、沿線の景色をもう覚えてしまったので、退屈になった。そうなるとかならず眠くなる。座席のすみにだらっともたれかかると、瞼《まぶた》が重くなってきた。

「ジャック、寝るつもり？　乗り過ごしたらどうするの？」

「終点だよ」夫は説明した。「われわれが降りるのは、停車駅ではなく終着駅なんだ。それにね、座れるときには絶対に立つな、横になれるときには絶対に座るな、だよ」

「そんなこと、誰に言われたの？」

「わが一等軍曹《ガニー》にさ」ジャックは目を閉じたまま答えた。

「えっ、誰？」

「アメリカ合衆国海兵隊、フィリップ・テイト一等軍曹。彼は、私が例のヘリの事故で〝死んじまう〟まで、わが小隊を私に代わって事実上指揮していた男だ——私の除隊後もそうしていたと思うけど」ライアンはいまだに彼にクリスマス・カードを送っている。あのときテイトがうまくやってくれたからこそ、いま、〝死んじまう〟などという、つまらないジョークを平気なふりをして口にできるのだ。テイトと、マイクル・バーンズという海軍病院・二等衛生下士官が、背中を固定してくれたおかげで、どうにか肢体不自由という後遺症をまぬかれたのである。バーンズもいまだにクリスマス・カードを受けとっている。

ヴィクトリア駅まで約十分というところで、ライアンは目をこすり、座ったまま背筋を伸ばした。

「お帰りなさい」キャシーが皮肉っぽく言った。

「来週の中ごろには、きみもこうなるよ」

キャシーはふんと鼻を鳴らした。「元海兵隊員にしては明らかに怠惰だわ」

「ハニー、何もすることがないときは、時間を有効に使ったほうがいいんだ」

「私はそうしているわよ」彼女はランセット誌をかかげて見せた。

「今朝はどんなことを読んだの?」

「言ったって、あなたには理解できないわ」彼女は答えた。そのとおりだった。ライアンの生物学の知識というと、高校でやった蛙《かえる》の解剖だけなのである。それならキャシーもしたが、彼女の場合はたぶん、ばらばらになった蛙をふたたびつなぎ合わせ、それが水に浮かぶ大きな睡蓮《すいれん》の葉に跳んでもどるのを見まもったのではないか。彼女はまた、ラスヴェガスのいかさま師のようにカードを配ることもできる。それを披露するたびに夫が唖然《あぜん》とするほど鮮やかな手さばきだ。しかし、拳銃《けんじゅう》はまるで扱えない。医者のほとんどはたぶんそうだろう。それに、ここイギリスでも、拳銃は汚《けが》らわしい道具で、警官たちでさえそう思い、彼らのうちの一部しか携行を許されない。おかしな国である。

「病院へはどうやって行けばいいのかしら？」終点が近づき、列車がスピードを落とすと、キャシーが訊《き》いた。

「最初はタクシーに乗ったほうがいい。地下鉄でも行けるけどね」ジャックは提案した。「新しい街なんだ。ゆっくり時間をかけて仕事場近辺の道やら何やらを学ぶことだ」

「この界隈《かいわい》はどんなようす？」そう彼女が訊いたのは、ニューヨークで育ち、ボルティモアの中心部で働いていたせいだ。どちらも目をしっかりあけていたほうがよい場所だった。

「見たところ、ジョンズ・ホプキンズ大学病院のあたりよりはずっといい。緊急治療室へ行っても、銃で撃たれた患者をそれほど多く見なくてすむと思う。それに、ここの住民はそれはそれは親切だ。アメリカ人だとわかったら、ほんとうによくしてくれる」

「そうね、きのうも食料品店で親切にしてくれたわ」キャシーも認めた。「でも、ほら、ここにはグレープ・ジュースがないのよ」

「えっ、それじゃあ、文明国じゃないぞ！」ジャックは驚きをあらわにした。

「では、サリーにここのビターでも飲ませるか」

「馬鹿《ばか》言わないで！」彼女は笑い声をあげた。「いいこと、サリーが好きなのは、ちゃんとしたグレープ・ジュース、それにハイシー・チェリー。ここにあるのはクロフサスグリ・ジュースだけ。あんなの怖くて買えないわ」

「うん。それに、サリーのやつ、おかしな綴《つづ》りを覚えてしまうんじゃないかな」ジャックは娘のサリーについては心配していなかった。子供はもっとも適応性のある生きものだからだ。もしかしたら、娘はクリケットのルールさえ覚えてしまうかもしれない。それならそれで、娘はあの不可解なゲームを私《ダディー》に解説してくれるだろう。

「あら、なにこれ、みんな煙草《たばこ》を喫《す》ってるわ」キャシーは、ヴィクトリア駅へ滑りこんでいく列車のなかからプラットフォームを観察した。

「ハニー、すべての医師にとっての未来の収入源と考えればいい」

「恐ろしいことだわ。煙草でなんて、間抜けな死にかた」

「ああ、そうだね」ライアン家では、煙草を一本でも喫おうものなら大変なことになる。これもまた医者と結婚した代償。もちろんキャシーは正しい。それはジャックも知っている。だが、人間誰しも、ひとつくらいの悪徳に染まる権利はあるのではないか。いや、キャシーだけは別で、悪徳とは無縁。もしキャシーにも密《ひそ》かに楽しむ悪徳があるとしたら、彼女はきわめて巧妙に隠していることになる。列車がついにとまり、二人も立ってコンパートメントのドアをあけることができた。

キャシーとジャックも、列車からどっと吐きだされる通勤者の群れのなかに入った。《まるでニューヨークのグランド・セントラル駅だ》とジャックは思った。《だが、あそこほどは混雑していない》ロンドンでは、鉄道の線路が蛸《たこ》あし状に広がっていて、駅がたくさんあるのだ。プラットフォームは広く、ゆったりしていて、あわただしく歩く人々もニューヨークでは考えられないほど行儀がよかった。どこだってラッシュ・アワーのときはラッシュ・アワーだが、このイギリスの都市には、ほかのどこにも真似《まね》しがたい品格のある優雅さがある。キャシーでさえ、すぐに賞賛しだすだろう。

ライアンはタクシーがならぶ外まで妻を導いた。そして彼女を先頭のタクシーのところへ連れていった。

「ハマースミス病院」ライアンは運転手に言った。それから妻にさよならのキス。

「じゃあね、ジャック、夜まで」キャシーは夫と別れるときかならず微笑《ほほえ》む。

「それじゃあ、ベイブ」そう言ってライアンは駅舎の反対側へ向かって歩きはじめた。

彼の心のかたすみには、妻が働かねばならないという事実を面白く思っていない部分があった。母は働いたことなどいちどもなかった。父は、彼の世代の男がみなそうだったように、家族を食わせるのは男の仕事だと思っていた。父エメット・ライアンは、息子が医者と結婚するのを喜びはしたが、女は家庭に入るべきだという男性優越主義的な考えの持ち主で、それがジャックにも曲がりなりにも引き継がれてしまった。ただ、キャシーはジャックよりもずっとかせぐ。たぶん、眼科医のほうが情報分析官よりも社会にとっては貴重だからだろう。いや、社会にとってというより、市場がそのような評価を下している、と言うべきか。ともあれ、キャシーにはジャックがしていることはできず、彼には彼女がしていることはできないのだから、いろいろ言ったところで仕方ない。

SIS本部《センチュリー・ハウス》に入ると、制服姿の警備官がライアンのことを覚えていて、微笑み、手を振ってくれた。

「おはようございます、サー・ジョン」

「やあ、バート」ライアンは自分のカードをスロットのなかに滑りこませた。緑のライトが点滅し、ジャックは保安ゲートを通り抜けた。そこからエレベーターまでわずか数歩だった。

サイモン・ハーディングもちょうど部屋に着いたところだった。いつもの挨拶《あいさつ》。

「おはよう、ジャック」

「やあ」ジャックは机に向かいながら、ぼそっと返した。マニラ紙の封筒が机上におかれていた。グローヴナー広場のアメリカ大使館から使いの者によってとどけられたものだと、表の付箋《ふせん》にある。彼はいちばん上を引きちぎって封筒をあけた。なかに入っていたのは、ミハイル・スースロフに関するジョンズ・ホプキンズ大学病院医師団からの報告書だった。ジャックはページをぱらぱら繰り、忘れていることもあるのに気づいた。非の打ちどころのない医者であるバーニー・カーツは、スースロフの糖尿病を末期と判断し、もうそう長くはもたないと予測していた。

「はい、これをどうぞ、サイモン。例の第一イデオローグの病状は見た感じより重いと言ってます」

「かわいそうに」ハーディングはパイプをいじりながら、報告書を受けとった。「まあ、あまりよい人間ではないけどね」

「そのようですね」

ライアンの机に積まれた書類の次のものは、朝の要約報告書《ブリーフィング・ペイパー》だった。〈秘《シークレット》〉という表示がついている。ということは、その内容は一、二日は新聞には載らないであろうという意味だ。だが、それでも、つまらない情報というわけではない。こうした文書にはときどき情報源が明示してあって、それによって情報が良いものか悪いものか判断できる場合もあるからだ。情報機関が受けとる情報がすべて、信頼度の高いものであるとはかぎらず、その点は注意しなければならない。陰口ていどの情報もたくさんある。各国政府の要人たちも陰で悪口を言うのが大好きだからだ。彼らも人の子で、嫉妬《しっと》深く、陰口大好き野郎なのである。とりわけワシントンではそうだ。おそらく、モスクワではもっとその傾向が強い？　ライアンはハーディングに訊いてみた。

「そりゃ、もう、モスクワのほうがずっとすごい。あそこは地位がすべてのような社会でね、他人《ひと》を陰で中傷しておとしいれることが――そう、ジャック、国技と言ってもよいくらいのものになっているんだ。もちろん、この国にもそうする者たちはいるが、向こうのやり口は半端《はんぱ》ではなく、悪意がまるだしになることもある。中世の宮廷に似ているんじゃないかと思う――地位を求めて毎日あざむき合う。ソ連の大官僚機構内の内輪もめはそれは恐ろしいものにちがいない」

「問題はそれがこの種の情報にどう影響するかですね」

「オックスフォード大学で心理学を学ぶべきだったと、よく思う。ここにも精神科医がかなりいる――ＣＩＡ本部《ラングレー》にも当然いるはずだ」

「ええ、もちろん。そのうちの何人かを知っています。ほとんどは私が所属する情報部にいますが、科学技術部にもいくらかいますね。でも、彼らの分析能力は充分ではありません」

「どう充分ではないのかね、ジャック？」

　ライアンは椅子《いす》に座ったまま伸びをした。「二カ月前、ジョンズ・ホプキンズ大学のキャシーの友人と話をする機会がありました。ソロモンという名の神経精神医学者です。ソロモンの意見は頭に入れておかないといけないと思います。彼は真の切れ者です――学部長でもありますしね。患者をソファに横たわらせて話を聞いてもあまり意味がないと、彼は考えています。ほとんどの精神病は脳内の化学的不均衡によって引き起こされる、という考えの持ち主なんです。それで職を失いそうになったのですが、二十年後、追い出そうとした連中もみな、彼が正しかったのだと悟りました。ともかく、そのソロモンがですね、大半の政治家は映画スターのようなものだと私に言ったのです。彼らは、おべっか使いや、追従者《イエス・マン》や、おいしい話ばかり耳もとに囁《ささや》く連中にとりかこまれている、というわけです――それで彼らの多くが、言われたおべっかやおいしい話を信じだす。信じたいことばかりですからね。彼らがすることはすべて、している本人たちにとっては、それは素晴らしい偉大なゲームなのですが、あるのはプロセスばかりで、成果などまったくありません。彼らは実在する人間のようではないのです。ほんとうの仕事は何もせず、しているように見えるだけでしてね。『野望の系列』という映画のなかに、こういう台詞《せりふ》があります――《ワシントンという都市では、人間は真実の姿ではなく、つくられた評判によって判断され、そのようにあつかわれる》ワシントンがそうなら、モスクワはもっとずっとそうではないのか？　あそこでは、すべてが政治ですから。問題とされるのは地位、シンボルだけなんです、でしょう？　ですから、内輪もめや足の引っぱり合いが、あそこでは荒れ狂っているにちがいない。それは二つの点でわれわれにも影響するはずだと思います。ひとつは、われわれが受けとる情報の多くがゆがんでいるという点。情報を流す本人も、相手に噛《か》みつくときには真実を把握できなくなっているか、自分の目的にかなうように――意識的または無意識的に――話をねじまげて伝えようとするはずですからね。もうひとつは、その情報を必要としている向こう側の連中も、それが正しいものかどうか判断できないという点。だから、われわれのほうで情報の正否を判断できたとしても、これから起こりうることを予測できない。向こうの連中がどうすればよいのかさっぱりわからないという状態なんですから——たとえ彼らにも正確なところがわかっていたとしても同じでしょう。要するに、われわれは間違った情報を分析しなければならず、その情報の第一の受け手である向こうの連中は、さらにそれに対して間違った対応をする、というのが通常の状態になるわけです。彼ら自身がどうしてよいかわからず、正しい対応がとれないというのに、そういう彼らがすることを予測するというのは、どだい無理というものではないでしょうか」

ハーディングはパイプをくわえたまま、にやっと笑った。「お見事、ジャック。きみもだんだんわかってきたな。客観的に言って、彼らが道理にかなうことをするのはほぼ皆無と言ってよい。しかしだ、彼らの行動を予測するのはそれほどむずかしいことではない。まず自分だったらどのような諜報《ちょうほう》活動をするか考え、その逆を答えとするんだ。それで毎回、正解さ」彼は笑い声をあげた。

「ソロモンが言ったことで、もうひとつ、不安になっていることがありまして、それはですね、そのように権力を手にしている者たちというのは危険な野郎になりうるということなんです。彼らはどこでやめるべきかという限度を知らないし、権力を賢く使う方法を知らない。ソ連のアフガニスタン侵攻はそうやってはじまったのだと私は思います」

「そのとおり」サイモン・ハーディングは真剣な顔をしてうなずいた。「連中は自分たちのイデオロギーが生みだす幻想に囚《とら》われていて、進むべき方向がよく見えなくなっているんだ。そして、最大の問題は、彼らがとてつもない権力を自由にできるということ」

「どうもよくわからないところがありますね」ライアンは言った。

「われわれはみなそう思っている、ジャック。それをわかって分析するのが、われわれの仕事だ」

話題を変えるときだった。「教皇の件で新しい情報は?」

「今日はまだない。バジルのところに何かとどいているなら、昼前に知らされるはずだ。心配かね?」

ジャックは真顔でうなずいた。「ええ。問題は、脅威がほんとうにあるとわかったとき、われわれにいったい何ができるか、です。教皇のまわりに海兵隊一個中隊を配置すればよいという問題ではありませんからね。あんなに晒《さら》されているんです——一般の人々にあれほど接する人は護《まも》りようがありません」

「それに、彼のような人は危険にも怯《ひる》まないからな」

「マーティン・ルーサー・キングが撃たれたときのことを覚えています。彼はですね、知っていたのです――ええ、知っていたはずです――自分をねらっている拳銃《けんじゅう》があるということを。しかし、しりごみしなかった。逃げ隠れするのは主義に反したからです。これはローマでもまったく変わらないでしょう、教皇がおもむくどんな地でもね」

「移動するターゲットを撃つのはむずかしいんじゃないかね」サイモン・ハーディングはあまり関心がなさそうに言った。

「ターゲットがあらわれる場所を一、二カ月前にわかっている場合は、そうでもありません。もしKGBがあの人を暗殺することに決めたら、われわれにできることはそうないと思います」

「教皇に警告することはできるんじゃないか」

「それはできます。でも、彼は笑い飛ばすんじゃないですか。たぶん、そうしますね。なにしろ、四十年にもわたって、ナチスと共産主義者の支配をくぐり抜けてきた人ですから。怖いものなんてもう何もないでしょう」ライアンは間をおいた。「決定のボタンは誰が押すんでしょう?」

「やはり政治局の本会議で票決せざるをえないのじゃないかな。こういうことは政治的影響が甚大《じんだい》すぎて、どれほど高位の政治局員でも独断でやろうとはしない。それに、彼らは集団指導制をしき、各自が平等に責任をもつようにしている——誰ひとり、連中のなかではいちばん自主性のあるアンドロポフでさえ、単独では何もしようとしない」

「オーケー、ということは——ええと、十五人の男たちが投票で採否を問うということですね。十五人と、そのスタッフや家族たちが、それについて話すことになる。われわれの情報源はどこまでできるんです? そういう話までわれわれは聞けますか?」

「そいつは微妙な質問だな、ジャック。すまんが、私には答えられない」

「文字どおりできない、それとも、そうすることを許されていないからできない?」

ジャックは語気をすこし鋭くした。

「ジャック、たしかに私も知っている情報源はある。だが、この件に関してはきみと議論できない」ハーディングはほんとうに困惑しているようだった。

「ああ、わかります、サイモン」ジャックのほうにだって、言えないことはある。たとえば、ここでは〈タレント・キーホール〉という言葉を口にすることさえできない。それはスパイ衛星計画を意味するもので、ジャックは知ることを許されているが、NOFORN（外国人には言ってはいけないこと）なのだ——とはいえ、サイモンもサー・バジルもそれについてはかなり知っているはずではある。だいたいの場合、教えればうまく利用できるのではないかと思われる人々に情報を教えないということになるのだから、とてもまともな話ではない。ウォール街の人々がこんなことをしていたら、アメリカ国民はみんな貧困線以下の生活を強いられることだろう、とジャックは胸の内でこぼした。人は、信頼できるか、信頼できないかのどちらかではないか。しかし、ゲームにはルールがあって、ライアンはそのルールを守ってプレーしているのだ。それはこの〝特殊なクラブ〟への入場料と言える。

「これはたいしたものだ」ハーディングはバーニー・カーツの報告書を三ページまで繰って言った。

「バーニーは才気煥発《かんぱつ》な人でしてね」ライアンはカーツの賢さを認めた。「だから妻のキャシーも彼の下で働くのが好きなんです」

「でも、彼は眼科医で、精神科医ではなかったよな？」

「サイモン、彼らほど高レベルの医者になると、専門が何であれ、あるていど何でもわかるものなのです。キャシーに訊《き》いて知ったんですが、スースロフの糖尿病性網膜症は、糖尿病という大きな病気の存在を示す一症状でしかないそうです。糖尿病のせいで網膜の毛細血管がだめになるわけで、それは検査でわかります。バーニー率いる医師団は症状を改善しただけです——完治させるのは不可能で——結局、視力の、そう、七五パーセントから八〇パーセントを回復させただけなのです。それで昼間、車を運転できるほどにはなったのですが、大本の糖尿病はそのままなので完治はないわけです。問題は目の毛細血管だけではないんです、でしょう？　糖尿病のせいで全身がやられているのです。〝レッド・マイク〟はせいぜいもって二年、腎不全《じんふぜん》か心臓病でくたばります」

「うちのほうの医者は五年かそこいらもつと考えているが」ハーディングは返した。

「まあ、私は医者ではありませんので。なんなら、そちらの人たちにバーニーと話し合ってもらったらどうです？　でも、そこにすべて書いてありますけどね。キャシーによると、糖尿病に関しては眼球を見るだけで多くのことがわかるそうです」

「スースロフは自分がもうあまりもたないということを知っているのだろうか？」

ライアンは肩をすくめた。「そこなんですよね、サイモン。医者は患者にほんとうのところを伝えるとはかぎりません、向こうではとくにそうではないでしょうか。スースロフの主治医は、政治的に信頼できる教授クラスの医者だと思います。そういう者は、こちらでは、専門分野を知り尽くしている超一流の医者ということになります。しかし、あちらではどうなんでしょう?……」

ハーディングはうなずいた。「そうなんだ。スースロフの主治医はたぶん、パストゥールよりレーニンのことをよく知っているんじゃないかな。きみはソ連のロケット設計の第一人者だったセルゲイ・コロレフの悲劇について聞いたことあるかね? あれはとんでもない醜悪な出来事だった。彼はかわいそうに手術台の上で殺されたと言ってもいい。手術を担当したのは二人の高位の外科医だったのだが、仲が悪くてね、危機的状況になったとき、ひとりがもうひとりを助けようとしなかったんだ。西側にとってはたぶんよいことだったんだろうけど、彼は優秀な技術者だったのに、無能な医者に殺されてしまったというわけだ」

「どちらかが責任をとらされた?」ライアンは訊いた。

「いや、まったく。二人とも政治的に重要な人物で、患者に要人がたくさんいたんでね。要人の友人を殺すまでは彼らは安全なんだ。もっとも、そういうことは絶対に起こらない。二人とも、自分たちの無能さを補ってくれる若い優秀な医師たちをかかえているにちがいないからね」

「ソ連が必要なもの、知ってます？　弁護士です。事故を商売の種にするあくどい連中はいただけませんが、人々の気をひきしめさせるのは弁護士だと思います」

「話をもどすが、スースロフはたぶん、自分が危険な状態にあるということを知らない。とにかく、うちの顧問医師たちはそう考えている。人的情報《ヒューミント》収集報告によると、彼はいまだにウォツカを飲んでいるそうだからね。それは彼のような糖尿病患者が絶対にしてはいけないことなんだ」ハーディングは顔をしかめた。「そして、彼の後釜《あとがま》はアレクサンドロフ、師のスースロフに負けず劣らず嫌な男だ。彼の人物情報を最新のものにするよう手配する必要があるな」彼はメモをした。

　ライアンのほうは、書類の山に向きなおって、朝の要約報告書《ブリーフィング・ペイパー》に目を通し、ついで公式に担当させられた仕事にとりかかった。グリーアがライアンにさせたかったのは、ソ連軍需産業の管理状況の研究だった。つまり、ソ連経済のその部分がどのように運営されているのか——そもそもうまく機能しているのか、ということを調べるのだ。ライアンとハーディングは、イギリス、アメリカ双方の情報を使って、共同でその研究を進めることになっていた。それはライアンの学歴に合った仕事だった。しかも、うまくやりこなせば、上層部の目にもとまる。

返信は十一時三十二分にきた。《ローマにしては早いな》とザイツェフ大尉《たいい》は思い、復号にとりかかった。平文になおしたらすぐロジェストヴェンスキー大佐に連絡するつもりだったが、それにはすこし時間がかかる。大尉は壁の時計に目をやった。昼食が遅れてしまうが、最優先でやらねばならないことなので、腹がすこし鳴っても仕方ない。ありがたかったのは、ゴデレンコ大佐が暗号鍵綴り《あんごうかぎつづ》の二百八十五ページ一行目から暗号化をはじめてくれたことくらいのものだった。

極秘

特別緊急信

発信人――ローマ駐在官《レジデント》

受取人――モスクワ本部、議長室

整理コード――作戦信15-8-82-666

時間的制約がなければ聖職者への接近は困難ではない。そちらの要求を完全に検討、評価するためには、さらなる指示が必要。聖職者は予見できる一般接見をおこない、その出現はかなり前からわかる。この機会を利用するのは、行事に参加する大群衆のせいで容易ではない、繰り返す、容易ではない。彼の警護状況の評価は、さらなる指示がなければ困難。不都合な政治的結果が予測されるため、聖職者に対する物理的行動は勧められない。聖職者に対する作戦の起点を隠すのは困難。

以上

《なるほど》とザイツェフは思った。《駐在官はこのたくらみがあまり好きではない》ユーリー・ウラジミロヴィッチは、現場からのこのちょっとした助言に耳をかたむけるだろうか？　いや、こんなことは自分のように給与等級が低い者が心配してもはじまらない。ザイツェフは電話の受話器をとり、ダイヤルした。

「ロジェストヴェンスキー大佐だ」ぶっきらぼうな声が応《こた》えた。

「通信センターのザイツェフ大尉です。6－6－6への返信が入りました、同志大佐」

「すぐ行く」ロジェストヴェンスキーは言った。

その言葉どおりだった。三分後、大佐は検問を抜けてやって来た。そのときにはもうザイツェフは、暗号鍵綴りを中央保管室へもどし、通信文とその平文を茶の封筒に入れてしまっていた。彼はその封筒を大佐に手わたした。

「ほかに見た者は？」ロジェストヴェンスキーは訊いた。

「もちろん、ひとりもいません、大佐」ザイツェフは答えた。

「よし」ロジェストヴェンスキー大佐はそれ以上なにも言わずに歩き去った。ザイツェフのほうも、机から離れ、昼食をとりに食堂へ向かった。ＫＧＢ本部で働くいちばんの特典は食べものだった。

洗面所に寄って手を洗ったときも、通信文が頭から去らなかった。ユーリー・ウラジミロヴィッチ・アンドロポフは教皇を殺したがっていて、ローマ駐在官はそれが気に入らないのである。ザイツェフは自分の意見をもってはいけないことになっていた。彼は通信システムの一部と化さねばならないのだ。ＫＧＢの幹部たちの頭には、心をもつ部下がいるなどという思いは、まず浮かばない……

……まして良心をもつ部下がいるとは、彼らは絶対に思わない……

ザイツェフは列にならび、金属製の盆と食器をとった。そして、ビーフ・シチューと厚切りパン四切れを選び、大きなグラスに紅茶を入れた。それを持ってレジで五十五カペイカ払った。いつもの昼食仲間はすでに食べ終わっていなかったので、結局、知らない者たちでいっぱいのテーブルのはしに座るはめになった。彼らはサッカーの話をしていて、ザイツェフはそれには参加せず、ひとりでいろいろ考えた。シチューはとてもおいしく、パンも焼き立てで申し分なかった。あと食器が本物の銀器であれば言うことない。階上の幹部専用の食堂では銀器が使われているが、ここでは一般のソ連国民が使っているのと同じ亜鉛とアルミニウムの合金の食器だ。それでも充分に役には立つが、軽すぎて、どうも手になじまない。

《やはり》とザイツェフは思った。《思ったとおりだった。議長は教皇を殺すことを考えているのだ》彼は宗教とは無縁の男だった。生まれてこのかた教会に行ったことはいちどもない――むろん、革命後、美術館に変えられてしまった大きな寺院を訪れたことはある。ザイツェフが宗教について知っていることは、ソ連の学校教育で当然のこととして教えこまれる反宗教プロパガンダだけだ。それでも、学校でいっしょだった子供たちのなかには、神を信じていると言う者たちもいた。彼はそれを告げ口しなかった。先生に言いつけるのは趣味ではなかったからだ。死んだらどうなるのか、どうすれば救われるのか、といった〝人生最大の疑問〟については、彼はあまり考えない。ソ連における人生は、昨日、今日、明日にかぎられていると言ってもよい。避けがたい経済的現実のせいで、国民は長期にわたる計画をほんとうに立てられないのである。買える別荘も、欲しくてたまらない高級車も、お金をためて念入りに計画した休暇も、ない。ソ連政府は、社会主義と呼ぶものを国民に押しつけ、個人的好みを無視して、すべての者がほとんど同じものを熱望するようにする――いや、そうするよう強制する。ということは、つまり、果てしないリストに載せられ、順番がまわってきたときに知らされ、その熱望するものを手にできるのだが、知らぬまに、高い地位にある党員に横取りされることもある。人の頭を飛び越えて、割り込める者がいるのである。ザイツェフの場合は、一般の人々のように、飼育場で太らされる若い肉牛のような生活を送っていた。いちおう大事にあつかわれるが、同じ時間に同じ味気ない餌《えさ》を与えられるだけの、まったく同じ日が永遠に繰り返される、そういう生活だ。だから、生活全体がどんよりと曇ったような陰気な雰囲気におおわれてしまい、退屈しきってしまう――ザイツェフの場合、退屈さをまぎらわせてくれるのは、暗号化して送信するメッセージの内容だけだ。ただ、彼はそれについて考えてはいけないことになっていた。記憶するのはもってのほかだった。しかし、誰にも話せないとなると、できるのは自分の頭のなかでぐずぐず考えることだけだ。今日、考えているメッセージはひとつだけだが、それが頭のなかのおしゃべりな住人さながらに、いっこうに黙ろうとしない。まるでハムスターの回し車のように、思考はぐるぐる回転するだけで、いつも同じところへもどってしまう。

《アンドロポフは教皇を殺したがっている》

暗殺を指示するメッセージを暗号化して送信したことは前にもあった。ただ、それほど多くはない。KGBは徐々に暗殺から手を引きつつあった。失敗に帰す試みがあまりにも多くなっていたからだ。現場の工作員は抜け目なく、暗殺術にも長《た》けているが、他国の警察官もとてつもなく利口で、巣上でじっと待つ蜘蛛《くも》のように人間離れした忍耐力をもっているのである。だから、いまでは、KGBがある人物を亡《な》きものにしたいと考え、それを実行に移すと、かならず目撃者がでて証拠が残ってしまう。姿を消してくれる魔法の隠れマントなるものは、童話のなかにしか存在しないのだ。

亡命者や亡命する恐れのある者——あるいは、同じく有害きわまりない、〝二重スパイ〟となって敵に仕えている疑いのある工作員や協力者——に関する通信文なら、ザイツェフはもっと頻繁にあつかっている。通信文という形で伝えられる亡命や二重スパイの証拠を見たことさえある。ここまでくると、問題の工作員は〝協議〟のため祖国に召還され、所属していた外国の駐在部《レジデンツーラ》にもどることはめったにない。そういう者たちはどうなるのか？——答えは噂《うわさ》の域をでないが、みなおぞましい話ばかりだ。たとえば、ある堕落した工作員は、生きたまま火葬炉に入れられて焼き殺されたという。ナチス・ドイツのSS（親衛隊）がやったと言われている処刑方法だ。ザイツェフも、そのときのもようを撮影したフィルムがあるという噂を聞いたことがあり、それを見た人を知っているという人を知っている人と話したことがある。だが、自分で見たことはないし、見た者に会ったこともない。そう、KGBにだって、とても実行できない常軌を逸したものはある、とオレグ・イワノヴィッチ・ザイツェフは思った。だから、処刑話というと、銃殺隊――これがしばしば大失敗をしでかすそうだ――か、ラヴレンチー・ベリヤが自らやったように“拳銃《けんじゆう》で頭に一発撃ちこむ”ということになる。こういう話なら、誰もが信じる。ベリヤの処刑写真はザイツェフも見たことがある。処刑された者たちは血をしたたらせているように見えた。鉄人フェリクスことジェルジンスキーは、きっとサンドイッチにかぶりつきながら処刑したにちがいない。彼は冷酷という言葉もまるで生温《なまぬる》いような男だった。

しかし、KGBの世界への対しかたが以前よりはクリトゥーラニー（文化的）になったということは、衆目の一致するところとまではいっていないものの、大方の者が感じている。KGBの活動は以前よりは文明化され、寛大になり、やさしくなったのだ。売国奴はむろん処刑される。が、その前に、とにもかくにも裁判で自分の行動を説明する形だけの機会が与えられる。裁判は、無罪ならそれを証明するチャンスではあるが、そういうことはまず起こりえない。というのも、国家は有罪確実という者だけ裁判にかけるからだ。KGB第二管理本部による捜査は、ソ連でもっとも恐れられている最高度に熟練したプロ集団によっておこなわれる。彼らは言わば神のような存在で、絶対に間違わず、だまされない。

ただし国家は、彼らは神などではないと言う。

それなら、男たちだ——そして女たち。〈雀《すずめ》の学校〉のことは誰もが知っている。男たちはよく、色仕掛け専門の女スパイを養成するこのＫＧＢ学校を話題にし、いやらしくにやっと笑ってウインクする。《ああ、そこの教官になれたらなあ！　いや、品質保証検査官になれたらもっといい！》と男たちは夢見る。なにしろ、いいことをして、なおかつ給料をもらえるのだ。妻のイリーナがよく言うように、男はみんな豚だ。《でも》とザイツェフは心のなかで呟《つぶや》いた。《豚になるのも楽しいかもしれない》

《教皇を殺す？——なぜ？　彼はわが国にとって何の脅威でもない》スターリンも冗談まじりに「教皇がいくつの師団をもっているというのか？」と言った。それなのに、なぜ教皇を殺さねばならない？　ローマ駐在官だって、やめたほうがいいと注意している。ゴデレンコは政治的影響を恐れているのだ。かつてスターリンはトロツキーの暗殺を命じ、ＫＧＢ工作員を送りこんだ。工作員がその任務のせいで長期間投獄されるという憂《う》き目にあうことを知りながら。それでも工作員は〝党の意志〟に忠実に任務を遂行した。ＫＧＢ訓練学校の教室では、それをプロ意識の発露と説明する——だが、さりげなく、《いまはもうその種のことはほんとうにしなくなっている》という忠告ともとれる但《ただ》し書きが付け加えられる。そんなことはクリトゥーラニーではない、とまでは教官も言わない。ともかく、そういうわけで、そう、ＫＧＢもその種の行為から手を引きつつある。

いや、いままでは。今日までは。古参の駐在官だって、やるべきではないと注意をうながしている。なぜ？　自分自身と自分が属する機関——そして祖国！——がそこまでニェクリトゥーラニー（野蛮）になるのを望んでいないから？

それとも、暗殺は愚かという言葉では足りないほど悪いことだから？　つまり、〝間違っている〟……？　いや、〝間違っている〟という観念はソ連国民とは無縁だ。ただ、道徳的に正しくないことをそう言うことはある。むろん、この国では、道徳は本来の意味を失い、政治的に正しいかいなかということになってしまった。祖国の政治体制の利益に貢献することは賞賛に値する。が、それに貢献しないことは……死に値する？

しかし、そうしたことを決めるのは誰なのか？

人間だ。

本来の意味での道徳がないので、人間が決めるのである。善悪を判定し、示してくれる神は存在しないのだ。

それでも……

そう、それでも、どんな人間の心にも善悪の観念が生まれつきある。人を殺すのは悪いことだ。人の命を奪うには、正当な理由が必要になる。しかし、どういうものがそうした理由になるのか決めるのは、やはり人間である。正しい権限をもった正しい地位にある正しい人間なら、人を殺す力と権利を有する、なぜなら……——なぜ？

なぜなら、マルクスとレーニンがそう言ったから。

それはこの国の政府がだいぶ前に決めたことだ。

ザイツェフはパンの最後の一切れにバターを塗り、それを椀《わん》に残っていたビーフ・シチューの汁にひたして食べた。深く考えすぎている、危険なことさえ考えているということが、自分でもわかっていた。この社会に生まれ育った者は、自分の頭で考えることを奨励されない、いや、禁じられてさえいる。党とその知恵を疑ってはいけないのだ。この食堂では絶対にいけない。このKGBの食堂では、党とそれが仕え護《まも》る母なる祖国は間違いをおかしうるか、という疑問さえ口にできない。ここで誰かが声にだしてそう言ったことなど、まったく、いまだかつて、ただの一度もない。まあ、たまには党や国の戦術についていろいろ考えたりする者もいる。しかし、そのときでも、話はクレムリン宮殿の煉瓦壁《れんがへき》より高くて頑丈な防壁に護られて広がることはない。

ザイツェフはさらに沈思黙考した。この国の道徳をあらかじめ決めてしまった二人の男がいる。ひとりは、ロンドンで暮らしていたドイツ系ユダヤ人。もうひとりは、皇帝《ツァーリ》があまり好きではなかっただけの帝政の官僚の息子で、彼には皇帝暗殺未遂事件を起こして処刑されてしまった大胆不敵な兄がいた。この男は、スイスというもっとも資本主義的な国に亡命したが、一九一七年にロシア革命が起こると、ドイツの策謀により〈封印列車〉で急遽《きゆうきよ》、母なるロシアに送り返された。第一次世界大戦で東西の戦線で戦わざるをえなかったドイツは、彼が帝政を転覆させれば、東部戦線でロシアと戦わずにすみ、西部戦線で他の西欧諸国を打ち負かせる、と考えたのである。結局のところ、彼がこの国でやったことは、どんな神でも、人間の進歩をうながす大計画を練るときには、こうはしなかっただろうと思われるものだった。レーニンが祖国の変革——最終的には全世界の変革——の手本としたのは、カール・マルクスが書いた本と、フリードリヒ・エンゲルスの著作、そして、まったく新しい国家の元首になるのだという自分の夢想だけだった。

マルクス＝レーニン主義が宗教とちがうのは、神がいないという点だけだ。両方とも、絶対的な力で人間の活動を支配しようとし、自分のシステムは先験的に正しいと主張する。ただ、この国のシステムの場合は、生殺与奪の権を行使することによって支配力を維持する方法をとっている。

それは正義のため、万国の労働者と農民のため、と国は言う。しかし、実際は、そういう人々とはちがう高い階層の者たちが、誰が労働者や農民かを決め、彼ら自身は豪華な別荘《ダーチャ》や部屋がたくさんあるアパートに住み、車を所有し、運転手をかかえ……さまざまな特権を有する。

いやはや、すごい特権だ！　ザイツェフが送信する通信文のなかには、この建物のなかの男たちが妻や愛人のために欲しがるパンティーストッキングや香水に関するものもある。そうしたものはよく西側の大使館から外交用郵袋《ゆうたい》に入れられて運びこまれる。ソ連ではつくることができないものなのに、特権階級《ノーメンクラトゥーラ》が西ドイツ製の冷蔵庫やレンジに加えてどうしても欲しがるものなのである。モスクワの通りの中央車線を運転手付きのジルで疾走するお偉方を見ると、ザイツェフにもレーニンが皇帝にどんな感情をいだいていたか理解できる。かつて皇帝は、王権神授説をふりかざし、自分は神の意思によって皇帝の地位にあると主張していた。そしていま党の指導者たちは、人民の意思によって現在の地位についているのだと主張する。

だが、人民が大喝采《だいかっさい》して彼らに何かを認めたというようなことは一切ない。西側の民主主義国家には選挙というものがある——プラウダ紙は数年ごとに西側の選挙をこっぴどくこきおろすが、それらは本物の選挙なのだ。現在、イギリスは意地の悪そうな女が、アメリカは年老いた無教養な俳優が動かしているが、二人ともそれぞれの国民に選ばれたのであり、前首相や前大統領は民衆による選択によって排除されたのである。どちらの指導者もソ連では嫌悪《けんお》の対象でしかないし、ザイツェフは彼らの精神状態や政治的信念を確認するために送信される公式通信文をたくさん見たことがある。そうした通信文には心配があらわになっていて、ザイツェフ自身、不安にならざるをえないが、イギリスやアメリカの指導者は、いかに情緒の安定しない不愉快な連中であろうと、国民に選ばれた者であることは確かなのだ。現在の政治局の〝貴族〟たちは、ソ連国民に選ばれた者たちでは決してない。

　そしていま、その共産主義国家が生んだ新しい〝貴族〟たちが、ローマにいるポーランド人聖職者を殺すことを考えている。しかし、なぜ彼が祖国《ロディーナ》にとって脅威となるのか？　教皇には思いのままになる軍隊などないのだ。では、政治的脅威があるというのか？　しかし、どんな？　ヴァチカンは外国政府と外交関係を結べる独立国家ということになっているが、軍隊をもたない国家が——何だというのか？　神がいなければ、教皇が行使できる力など幻ではないか、ひと吹かしの煙草《たばこ》の煙ほどの実体しかない。わが国には世界最大の軍隊があるのだ。それは誰もが見ているテレビ番組『我等ソヴィエト連邦に尽くさん』がいつも明らかにしている事実である。

では、なぜ何の脅威ももたらさない男を殺そうとするのか？ 彼は杖《つえ》をひと振りするだけで海を分けることができるのか？ この国に疫病《えきびょう》を蔓延《まんえん》させることができるのか？ もちろん、そんなことはできない。

《無害の人間を殺すのは犯罪だろう》とザイツェフは自分に語りかけた。ジェルジンスキー広場二番地での勤務中に心を働かせ、無言のうちに自由意志を主張するのは、はじめてだった。彼は自らに問い、答えをだしたのだ。

このことについて誰かと話せたら助かるのだが、むろん、そんなことはできるわけがない。となると、安全弁——自分の感情をうまく処理し、折り合いをつける方法——がないことになる。この国の法律と慣習のせいで、ザイツェフはひとりで自分の考えをひたすら反芻《はんすう》せざるをえず、それは最終的にはひとつの方向にしか向かわない。それが国家の認めない方向であるのは、結局、この国にとっては自業《じごう》自得ということになる。

昼食を終えて、彼は紅茶をゆっくり飲み、煙草に火をつけた。が、そうやって気持ちをゆったりさせようとしても、心の落ち着きはとりもどせなかった。ハムスターはまだ回し車のなかで走りつづけている。だが、この巨大な食堂のなかの誰も、それに気づいてはいない。誰の目にも、ザイツェフは食後の煙草をひとりで楽しんでいる男でしかなく、珍しくもなんともない。ソ連国民がみなそうであるように、ザイツェフも感情を隠す術《すべ》を心得ていて、顔からは何も読みとれない。彼は午後の仕事に遅れずにもどろうと、何くわぬ顔で壁の時計に視線を投げた。それはまさに、官僚でいっぱいの大きな建物のなかで働く平凡な官僚の仕種《しぐさ》だった。

階上では、すこしちがっていた。ロジェストヴェンスキー大佐は議長の昼食を邪魔したくなかったので、自分の部屋の椅子《いす》に座り、サンドイッチをぱくつきながら、だがセットのスープのカップには口をつけずに、時計の針が進むのを待っていた。議長と同様、彼もソ連の煙草よりも軽くておいしいアメリカ製のマールボロを喫《す》っていた。それは現場の工作員をしていたときに身についた嗜好《しこう》だが、いまでは第一管理本部の上級将校なので、このモスクワ本部の特別店でも買うことができる。それは、兌換《だかん》ルーブル紙幣で給料を受けとる者にとっても高価な煙草だったが、彼は安いウォツカしか飲まなかったので、ちょうど相殺《そうさい》されて問題なかった。ユーリー・ウラジミロヴィッチ・アンドロポフはゴデレンコの返信にどういう反応をするのだろうか、とロジェストヴェンスキーは思った。ルスラーン・ボリッソヴィッチ・ゴデレンコはたいへん有能な駐在官《レジデント》で、用心深く慎重であり、いわゆる〝口答え〟が許されるほど古参の上級将校だ。要するに、彼の仕事はモスクワ本部に役立つ情報を供給することで、何かが作戦を危うくする可能性があると思えた場合は、それについて注意をうながす義務がある――それに、最初の通信文には、したがわなければならない命令はなく、状況を確かめよ、という指示しかなかった。だから、そう、たぶんルスラーン・ボリッソヴィッチはこの返信でトラブルにおちいることはないだろう。だが、アンドロポフは吠《ほ》えるかもしれない。そのときは、A・N・ロジェストヴェンスキー大佐は、議長の怒鳴り声に耐えるしかなく、それは決して楽しいことではない。彼の地位はうらやみの対象ではあるが、恐怖を味わわざるをえない場合もある。彼は議長に話を聞いてもらえる立場にあるが、そこまで近いということは、いとも簡単にがぶっと嚙《か》まれることもありうるということだ。KGBの歴史には、ほかの者の行為のせいで別の者が叱《しっ》責《せき》されたという例がないわけではない。しかし、今回のケースではまずそうはならない。アンドロポフは疑いなく厳しい男だが、かなり公平でもあるのだ。とはいえ、凄《すさ》まじい音をたてて噴火する火山に近づきすぎれば、いいことは何もない。机上の電話が鳴りだした。議長の個人秘書からだった。

「議長がお会いになります、同志大佐」

「スパスィーバ」彼は立ちあがり、部屋の外にでて、廊下を歩いていった。

そして、議長執務室に入った。

「ゴデレンコ大佐からの返信です」ロジェストヴェンスキーは報告し、通信文を手わたした。

アンドロポフは驚きはしなかったし、腹を立てもしなかったので、ロジェストヴェンスキーは内心ほっとした。

「こういうものが返ってくるだろうと予想していた。現場の者たちは大胆さを失ってしまったからな、アレクセイ・ニコラエヴィッチ」

「同志議長、ローマ駐在官はプロとして問題点を査定し、指摘したのです」大佐は返した。

「つづけて」アンドロポフは命じた。

「同志議長」ロジェストヴェンスキーは細心の注意をはらって言葉を選んだ。「議長が考えられておられるにちがいないような作戦を実行した場合、かならず政治的リスクが生じます。あの聖職者は大きな影響力をもっています、実際にはそれがいかに幻の力であろうとも。ルスラーン・ボリッソヴィッチが心配しているのは、聖職者を襲うと、情報収集能力に影響がでる可能性があるということです。情報収集が彼の第一の任務なのです、同志」

「政治的リスクを評価するのは、私の仕事であって、彼の役目ではない」

「それはそのとおりなのですが、同志議長、あそこはゴデレンコの担当地域で、知らせる必要があると判断したことを議長に知らせるのが彼の仕事です。情報提供者を何人か失うというのは、私たちにとっても、直接的および間接的に、損害が生じる可能性があります」

「どれほどの損害が?」

「それはいまから予測できません。ローマ駐在部《レジデンツーラ》は、NATOの軍事・政治情報を提供してくれる非常に役立つ協力者を多数かかえています。われわれは彼らの情報なしでやっていけるでしょうか？　ええ、やってはいけるだろうと思います。しかし、そういう情報は当然あったほうがいいのです。損害の予測は、人間的な側面がからんできますので、むずかしいのです。スパイの運営は科学ではなく、芸術なんです」

「きみは前にもそう言っていたな、アレクセイ」アンドロポフは疲れをあらわにして目をこすった。議長の肌がいつもよりちょっと黄ばんでいるのにロジェストヴェンスキーは気づいた。肝臓がまた悪くなっているのだろうか？

「協力者はみな人間で、人間はそれぞれ特有の性癖をもっています。これは避けようのないことです」ロジェストヴェンスキーは説明した。たぶん、こう言うのはこれで百回めくらいだろう。こういう説明をすると怒る者もいるが、アンドロポフはときどきほんとうに耳をかたむけてくれる。前任者たちは彼ほどものわかる男ばかりではなかった。ユーリー・ウラジミロヴィッチ・アンドロポフがこうやって他人《ひと》の話を聞くのは、たぶん頭がよいからなのだろう。

「だから私は通信傍受による情報収集が好きなんだ」KGB議長は愚痴を言った。それはこの仕事にかかわる誰もが口にすることで、ロジェストヴェンスキー大佐もそれには気づいていた。問題はその種の情報収集がしっかりできるかどうかである。ソ連は西側の通信傍受を担当する組織にスパイを潜入させているにもかかわらず、肝心の傍受による情報収集では彼らにひけをとっている。とくにアメリカのNSA（国家安全保障局）とイギリスのGCHQ（政府通信本部）が、ソ連の暗号通信の解読にせっせと励み、ときどきそれに成功しているのではないかと、KGBは心配している。だからKGBはもっぱらワンタイム・パッドに頼るようになっているのだ。いまや、ほかの何も信用できないという状態である。

「これの信頼度は？」ライアンはハーディングに訊《き》いた。

「われわれは本物だと考えている。一部は公開情報だが、大半は閣僚会議のために用意された文書だ。そのレベルでは、彼らもあまり嘘《うそ》を言い合わない」

「そうでしょうか？」ジャックは鋭く切り込んだ。「ほかの誰もが嘘を言っているんですよ」

「しかし、ここに書かれているのは具体的な物、軍隊に届けなければならない製品だ。もしそれらが届かなかったら、当然わかってしまい、調査がおこなわれる。いずれにせよ——」ハーディングは自分を慎重に抑えながらつづけた。「ここでもっとも重要なのは、政策問題に関することで、そこで嘘をついても何の得にもならない」

「それはそうですね。先月、私はCIA本部《ラングレー》で、大統領府に提出されることになっていた経済評価報告書をこきおろし、ちょっとした騒ぎを起こしました。こんなものは真実であるはずがないと私が言い、報告書を作成した者は、これは政治局員たちが会議で目にしたデータそのままだと反論し——」

「で、きみは何て言い返したんだ、ジャック？」ハーディングはライアンの言葉をさえぎって訊いた。

「サイモン、お偉方が見ていようがいまいが、これは真実ではありえない、と言ったんです。報告書はまったくのでたらめだったのです——使用できる基本データがあの『不思議の国のアリス』なみの真実度しかないというのに、よくもまあ政治局員たちは政策立案などやれるな、と思いますね。そういえば、私が海兵隊員だったころ、ソ連軍兵士イワン・イワノヴィッチは背が十フィートもある大男かもしれないぞと、われわれは恐れたものです。ところが、そうではなかった。そういう男もなかにはいるかもしれませんが、彼らは子供ほども食べられないという食糧事情のせいで実際にはわれわれよりも小さいのです。それに、彼らの武器がまたひどい。AK－47はよい小銃ですが、私ならいつだってM－16を選びます。小銃は携帯無線機よりもずっと単純な機械なんですけどね。ソ連軍が使っている戦術無線機がとんでもない代物《しろもの》だということは、CIAに入ってから知りました。というわけで、海兵隊の少尉《しょうい》だったときに感じていたことは正しかったのです。要するに、サイモン、経済的実状ということに関しても彼らは政治局に嘘をつくのです。政治局員にさえ嘘をつくのですから、彼らは嘘しか言わないということになります」

「で、大統領への報告書はどうなったのかね？」

「大統領にわたされましたが、いちばんうしろに私が追加した五ページが付けられました。大統領がそこまで読んでくれていたらいいんですけど。彼は読むものがたくさんあるそうですからね。ともかく、私が言いたいのは、彼らは嘘に基づいて政策をつくっているということです。これでは、われわれのほうがもっとよい政策を立案できるんじゃないですか、現実をもうすこし正確に理解できているはずですから。あそこの経済はとんでもないことになっていると私は思います、サイモン。彼らのデータどおりにうまく動いているなんて、とても思えません。もしほんとうに経済がうまくいっているのなら、生産物にそれがあらわれるはずです。そういう好調を示す結果はまったく見えないじゃないですか」

「国民の腹も満たせない国をなぜ恐れるのか、ということか？」

「ええ」ライアンはうなずいた。

「だが、第二次世界大戦では——」

「一九四一年にソ連は、どうしても好きになれない国に侵入されました。しかし、ヒトラーはなんとも愚かな男で、ソ連国民の自国政府への反感を利用しようとせず、人種差別的な政策を実施しました。そのせいでソ連国民はジョー・スターリンの手のなかにもどってしまったと推定されています。ですから、第二次世界大戦のことをここでもちだすのは適切ではありません、サイモン。ソ連は根本的に不安定な国なのです。なぜか？　それはソ連の社会が不正なものだからです。安定した不正な社会というも

のは存在しないのです。彼らの経済は……」ライアンは言葉を切った。「そうだ、そ
れを利用するという手があるはずです……」
「どうするのかね？」
「彼らの土台をちょっと揺さぶるんです。軽い地震を起こしてやるとか」ライアンは
提案した。
「そうすればソ連は崩壊する？」ハーディングは訊いた。両眉《りょうまゆ》があがっていた。「連
中は核兵器をたくさん持っているぞ。そいつを忘れてはいけない」
「オーケー、では、軟着陸できるような方法をとるのです」
「そのほうがずっといい、ジャック」

7 立案

報道担当官としてのエド・フォーリの仕事は、モスクワに駐在するアメリカ人特派員をおだてるのに時間をすこしとられるというだけで、それほど大変ではなかった。ときにはアメリカ人以外も相手にしなければならず、この〝以外〟にはプラウダ紙などソ連の新聞や雑誌の記者だと自称する者たちも含まれていた。フォーリは、彼らは全員KGBの工作員か協力者だと決めこんでいた――KGBが工作員をジャーナリストに偽装させるのは日常茶飯なので、両者のあいだには違いはないと考えざるをえないのだ。それゆえ、アメリカに派遣されるロシア人記者の大半にはしばしば、ひとりかふたりのFBI捜査官が張りついて監視することになる。と言っても、実際には人員をまわせるほどの余裕があるときだけで、そんなことはそうあることではない。そもそも、記者と諜報員《ちょうほういん》の仕事は、事実上まったく同じなのである。

エド・フォーリは現在、パヴェル・クリツィンという名のプラウダ紙記者にまとわりつかれていた。クリツィンはプロのスパイか、でなかったらスパイ小説を読みすぎている男にちがいなかった。利口なふりより馬鹿《ばか》なふりをするほうが簡単なのでフォーリは、この複雑な言葉をここまで使いこなせるのだぞとばかり誇らしげに微笑《ほほえ》みながら、たどたどしいロシア語を披露していた。それに対してクリツィンは、ロシアのテレビを見れば早くマスターできるとフォーリに助言した。こうしたことがあって、フォーリはCIAファイル用の接触報告書を書き、このパヴェル・エフゲニエヴィッチ・クリツィンは自分を調査しにきた第二管理本部要員のようだと指摘し、自分はこのテストに合格したと考えるとの意見を添えた。もちろん、確かなところはわからない。おそらくソ連は読心術を心得る者たちも雇っているはずだ。彼らが遠隔透視《リモート・ヴューイング》と呼ばれるものまで、ほとんどあらゆるものを実験してきたことを、フォーリは知っている。彼のプロの目には、遠隔透視などジプシー占いよりも劣るが、不愉快きわまりないことに、CIAも刺激されて同種の計画を開始してしまった。エド・フォーリにとっては、信じられないものは存在しないも同然なのである。とは言うものの、CIA情報部の弱虫野郎が、来る日も来る日も体を張って情報収集にはげむ工作部要員――CIAのほんとうのスパイ――を出し抜くために、何をしようとしているのかは皆目わからない。

KGB《イワン》の目がいたるところに光っているということだけでも苦労がたえないのに、

この大使館内には彼らの〝耳〟もある。電子技術専門家が定期的に建物を調べて〝耳〟をさがすが、館内に盗聴器がいくつあるかは神のみぞ知るである（彼らは大使執務室にまで盗聴器を仕掛けるのに成功したこともある）。通りひとつ隔てただけの真向かいにKGBが使用する元寺院があって、アメリカ大使館内では〝聖母マイクロチップ寺院〟と呼ばれている。その建物には大使館にマイクロ波を照射する発信機があふれているからだ。そして、照射の目的は、CIAモスクワ支局がソ連の電話と無線を盗聴するのに使用しているあらゆる装置を妨害すること。大使館が浴びる放射線は健康に害をおよぼすレベルにまで達していたため、建物の壁板内に遮蔽《しゃへい》用の金属板が入れられ、その結果、かなりのマイクロ波が向かいのロシア人たちのところへ跳ね返されることになった。このゲームにはルールがあり、ロシア人はほぼいつもルールを守るが、ルール自体がたいして道理にかなっていない場合が多い。大使館がソ連政府に穏やかに抗議することもあるが、そのときは決まって「えっ、われわれが？　ありえない」という言葉とともに肩をすくめられる。ふつう、それで終わりになる。大使館の医師は心配していないと言う――しかし、彼のオフィスは地下にあって、石と土によって放射線から護《まも》られているのだ。ホットドッグ用のソーセージを焼きたけりゃ、東側の窓枠においとけばいい、と言う者もいる。

エド・フォーリがCIAモスクワ支局長であることを知っているのは、局員以外では大使と国防担当武官の二人だけだった。大使はアーネスト・フラー。古代ローマの貴族についての本のイラストのような風貌《ふうぼう》の持ち主で、長身痩軀《そうく》、白髪が実に上品で威厳がある。しかし実際は、アイオワの養豚場で育ち、奨学金を得てノースウェスタン大学に進み、法学部を卒業、いくつかの会社の役職につき、最後は大手自動車会社のCEO（最高経営責任者）にまでのぼりつめた。その間、第二次世界大戦中アメリカ海軍に三年いて、軽巡洋艦〈ボイシ〉の乗組員としてガダルカナル島攻防戦に参加。大使館員には、生真面目《きまじめ》な外交プレーヤー、天賦《てんぷ》の才のあるアマチュア、と見なされている。

国防担当武官のほうは、ジョージ・ドルトン准将《じゆんしよう》。所属は砲兵部隊で、ソ連の将軍たちとも仲良くやっている。髪は黒くちぢれていて、まるで熊《くま》、二十余年前には陸軍士官学校《ウエスト・ポイント》でアメリカン・フットボールのラインバッカーをやっていた。

フォーリはこの二人と会う約束があった——表向きは、新しいアメリカ人特派員たちとの関係について話し合うため。モスクワ支局では、大使館内の仕事についても偽装が必要だった。

「息子は慣れたかね？」フラー大使が訊《き》いた。

「アニメがなくて不満がたまっています。こちらに来る前に、例の出たてのビデオデッキ——ベータマックスのほう——とテープを何本か買ったんですが、たいして長くはなく、金もずいぶんかかります」

「『ロードランナー』とそっくりなのがここにもあるぞ」ドルトン将軍がフォーリに言った。「題名はたしか『ちょっと待った』とかいったな。ワーナーブラザーズのよりは劣るがね、朝のとんでもない体操番組よりはましだ。あの番組のお姉さんは筋骨隆々としていて、鬼の部隊最先任上級曹長をも鞭《むち》で打ち据えそうだ」

「それ、きのうの朝、見ました。あのお姉さんはオリンピック重量挙げチームの一員ですかね?」フォーリは冗談を飛ばした。「それでと……」

「第一印象は?——驚いたことは?」フラーが訊いた。

フォーリは首を振った。「だいたい出発前の状況説明どおりでした。どこに行っても、連れがいるようで。それはいつまで続くんでしょうか?」

「たぶん一週間かそこいらだろう。散歩をすることだな——もっといいのは、ロン・フィールディングの散歩を観察することだ。彼は表向きの支局長という仕事を立派にこなしている」

「進行中の大きな作戦はあるのかね?」フラー大使は訊いた。

「いえ。いまは通常の日常的作戦だけです。でも、ソ連のほうはいま、たいへん大きな作戦を展開しようとしています」

「どんな？」フラーは訊いた。

「彼らはRYAN作戦と呼んでいます。核ミサイル奇襲を意味するロシア語の頭字語です。彼らはわが国の大統領が核攻撃しようとしているのではないかと不安になっていまして、なんとか大統領の精神状態をつかもうと、アメリカにいる工作員たちを走りまわらせているのです」

「ほんとうの話かね？」フラーは驚きをあらわにした。

「ええ、ほんとうもほんとう、嘘《うそ》いつわりのない話です。彼らは大統領の選挙演説中の誇張を真剣に受けとめすぎたのだと思います」

「そういえば、ここの外務省から奇妙な質問を二、三受けた」大使は言った。「雑談ていどにしか考えていなかったのだが」

「わが国は軍隊に莫大《ばくだい》な金をつぎこんでいます。それが彼らを不安にさせるんです」

「彼らだって新しい戦車を一万も買っているんだから、わが国の軍隊補強は当然のことではないかね？」ドルトン将軍が意見を述べた。

「ええ、そのとおりです」フォーリも同感だった。「でも、自分の手のなかの拳銃《けんじゅう》は防衛の武器ですが、相手の手のなかの拳銃は攻撃の武器なんです。見解の相違というやつでしょうね」

「これ、見たかね？」訊きながらフラーは腕を伸ばし、国務省《フオギー・ボトム》からのファックスを手わたした。

フォーリは素早く目をとおした。「うわっ」

「これでソ連はずいぶん心配するだろうとワシントンには言っておいた。きみはどう思う？」

「私も同意見です。彼らが不安になる理由はいくつかあります。いちばん重要なものは、ポーランドが揺らぐようなことになれば、それが彼らの帝国全域に広がる、という恐れです。ポーランドも彼らが絶対に手放せない地域なのです。あそこの政治的安定がどうしても必要なんです。ワシントンではどんな意見がでているのでしょうか？」

「CIA《エージエンシー》がこれを大統領に見せたところでね。大統領が国務長官にわたし、長官がファックスで私のところへ送って意見を求めたという段階だ。探りを入れられないかね？　政治局でこれが話し合われていないかどうか？」

フォーリはすこし考えてからうなずいた。「やってみましょう」ちょっと不安になったが、これが自分の仕事なのである。探りを入れるというのは、ひとり以上の協力者に連絡しなければならないということだ。だが、それこそが自分たちの職務ではないか。問題は、妻を危険にさらさざるをえないという点である。メアリ・パットは反対しない――だって、現場のスパイ・ゲームが大好きなのだ。しかし、夫にとっては、妻を危険にさらすのは、いつだって嫌なものだ。そう感じるのも男性優越主義なのだろう、と彼は思った。「これの優先度は？」

「ワシントンがたいへん気にしている」フラーは答えた。ということは、重要だが緊急任務ではないということだ。

「わかりました。やってみます」

「ここモスクワできみがどんな資産《アセット》を運営しているかは知らない――知りたいとも思わない。こういうのは彼らにとって危険なことなのかね？」

「ここでは裏切り者は銃殺ですから」

「では、自動車商売より過酷だ、フォーリ。なるほどな」

「うーん、ヴェトナムの中央高原地帯もそれほど過酷ではなかった」ドルトン将軍が口を挟んだ。「しかし、ロシア人《イワン》のやりかたもぱっとしない。私も大統領について訊かれたよ、だいたい一杯飲みながら上級将校たちにな。やつら、うちの大統領がほんとうに心配なんだ、だろう？」

「どうもそのようです」フォーリも同じ意見だった。

「いいじゃないか。相手の自信をちょっと揺さぶり、びくびくあたりをうかがわせるのは、悪いことではない」

「取り返しのつかない事態にならないかぎりはね」フラー大使は二人に思い起こさせた。彼はこの世界に入ってまだそれほど長くなかったが、外交活動の重要さをしっかり認識していた。「よしと、私が知っておかねばならないこと、ほかにあるかね？」

「私のほうからはありません」支局長は答えた。「まだここに慣れているところでして。今日、ロシア人記者がひとり来ましてね、たぶん私のことをチェックしにきたKGB防諜要員《プレーヤー》でしょう。クリツィンという男です」

「あいつはKGBだ」ドルトン将軍が間髪を入れず言った。

「私もその臭《にお》いを嗅《か》ぎとりました。あの男はニューヨーク・タイムズ紙の特派員に話を聞いたりして私のことを調べると思います」

「きみは彼を知っているのか？」

「アンソニー・プリンス」フォーリはうなずいた。「まさに〝名は体を表す〟です。有名進学校グロトン・スクールから名門イェール大学。私もあの新聞社にいたことがありますので、ニューヨークで二、三回は会っています。たしかに頭はかなりいいですが、自分で思っているほど賢くはありません」

「きみのロシア語のていどは？」

「ロシア人でもとおるくらいです――妻のほうは詩人でもとおります。妻のロシア語はたいしたものです。あっ、ひとつ訊いておきたいことがありました。外国人居住区の隣人にヘイドックという夫妻がいます、夫はナイジェル、妻はペネロピ。彼らも工作員《プレーヤー》ですよね？」

「一流のな」ドルトン将軍は認めた。「彼らは信頼できる」

フォーリもそう思っていたが、確認をとっておくのは悪いことではない。彼は立ちあがった。「オーケー、では仕事にとりかからせてください」

「ようこそ、われらが大使館へ、エド」大使は言った。「ここでの職務は、慣れてしまえば、それほど悪くない。劇場やバレエのチケットは、この国の外務省をとおして欲しいものは何でも手に入る」

「私はアイスホッケーのほうがいいんですが」

「それも問題ない」ドルトン将軍が応《こた》えた。

「いい席ですか？」スパイは訊いた。

「いちばん前の席だ」

フォーリは顔をほころばせた。「そりゃすごい」

メアリ・パットのほうは、息子といっしょに外出し、通りを歩いていた。残念ながらエディは乳母車に乗るには大きすぎた。乳母車があればいろいろ面白いことができるはずなのだ。ロシア人は幼児連れのマザーズバッグを持った母親と係わり合いになるのをためらうだろう——二人とも外交官パスポートを所持している場合はなおさら——と彼女は思っていた。当面は散歩をし、このあたりの環境に慣れることしかできない。見えるものを見て、嗅げる臭いを嗅ぐのだ。ここは獣の腹のなか、そこにいる自分はウイルスのようなもの——でも、ウイルスはウイルスでも致死性のものがいい、と彼女は思った。メアリ・パット・フォーリは、ロマノフ家の近衛《このえ》騎兵の孫娘メアリ・カミンスキーとして生まれた。祖父のヴァーニャが彼女の子供時代の中心となったいちばん大きな存在だった。彼女はよちよち歩きのころから祖父にロシア語を教わった。それも、下品な現代ロシア語ではなく、過ぎ去りし日の上品で文学的なロシア語を。だから彼女はプーシキンの詩を原語で読んで泣くことができる。詩に関しては、メアリ・パットはアメリカ人というよりロシア人だ。詩人たちは、アメリカではおもに流行り歌《ポップ・ソング》を書かざるをえない状況に追いやられているのに、ロシアでは何世紀も前から崇《あが》められてきたからだ。この国には、賞賛すべきところも、愛すべきところも、たくさんある。

しかし、いまの政府は賞賛することも愛することもできない。メアリ・パットが十二歳になってティーンエイジャー時代を楽しみにしだしたとき、ヴァーニャお祖父《じい》さんがロシアの皇太子アレクセイの物語を話してくれた――いい子だったが、不運でな、血友病を患《わずら》っていて虚弱だった、と祖父は言った。皇帝の近衛騎兵だったヴァーニャ・ボリッソヴィッチ・カミンスキーは、アレクセイに乗馬を教えた。馬術もまた、その年頃の皇太子が習得しなければならない身体的技術だったからである。ヴァーニャは細心の注意を払わねばならなかった――アレクセイは転んで出血したら大変で、帝政ロシア海軍水兵の腕にだかれて移動することが多かったくらいなのだ。だが、ヴァーニャはこの仕事を立派にやりおおせ、皇帝ニコライ二世と皇后アレクサンドラから感謝された。彼は馬術を教えるうちにアレクセイとも親しくなり、父と息子とまではいかないまでも、叔父と甥《おい》ほどの関係になった。その後、ヴァーニャお祖父さんは第一次世界大戦の前線におもむき、ドイツ軍と戦ったが、戦争初期のタンネンベルクの戦いで捕虜になってしまった。祖国で革命が起こったことを知ったのは、ドイツの捕虜収容所のなかでだった。彼はどうにかこうにか〝母なるロシア〟にもどり、白軍に身を投じて反革命の絶望的な戦いをした――そして、皇帝が家族もろともエカテリンブルグの権力強奪者たちによって惨殺《ざんさつ》されたことを知った。そのとき、この戦争は負けたと悟り、彼はなんとか戦場から脱出し、アメリカにわたって新しい生活をはじめた。だが、死んだ者たちへの哀悼の念はいつまでも消えなかった。

この話をしたときの祖父の目に浮かんだ涙をメアリ・パットはいまでも覚えている。ヴァーニャお祖父さんのボルシェビキに対する心底からの憎悪《ぞうお》を彼女が受け継いだのは、その涙のせいだった。憎悪はすこしは弱まった。彼女は熱狂する人間ではないからだ。しかし、軍服を着たロシア人や、党の会議に出席するためジルに乗って疾走するロシア人を見るたびに、彼らの顔は敵――打ち負かさなければならない敵――の顔になる。〝共産主義は祖国の敵〟という言葉もそのまますんなり信じられる。もしこのおぞましい政治体制を崩壊させるボタンを見つけたら、彼女は一瞬もためらわずそれを押すことだろう。

だから、モスクワ行きはまさしく夢の転任だった。ヴァーニャ・ボリッソヴィッチ・カミンスキーは、悲しい昔話を孫娘に語って聞かせたとき、彼女に生涯の使命と、それを遂行する情熱をも与えたのだ。メアリ・パットにとって、ＣＩＡに入るという選択は、自分の蜂蜜《はちみつ》のような色の金髪にブラシをかけるのと同じくらい自然な行為だった。

そしていま、こうやってモスクワの通りを生まれてはじめて歩きまわり、彼女は祖父の過去への熱愛をほんとうに理解できた。建物の屋根の勾配《こうばい》から、通りのアスファルトの色、人々の顔に浮かぶ無表情に至るまで、すべてがアメリカで知ったものとはちがっている。誰もが通りしなに彼女を見つめるのは、アメリカの服を着ていると鴉《からす》の群れのなかの孔雀《くじやく》のように目立つからだ。幼いエディに微笑《ほほえ》みかける者さえいる。ロシア人は陰気になりはてても、持ち前の子供へのやさしさだけは失わないでいるというわけだ。面白半分に、民警察官《ミリツイオニエール》――モスクワの警察官はこう呼ばれる――に道を訊《き》いてみた。彼は親切で、メアリ・パットがわざと下手に発音するロシア語にも助け船をだしてくれ、道を教えてくれた。よいこともひとつは見つかったわけである。尾行者がひとりいることはわかっていた。三十五歳くらいのKGB要員。五十ヤードほど距離をたもち、彼なりにできるだけ気づかれぬよう尾《つ》けてくる。彼の間違いは、メアリ・パットが振り向いたとき、さっとあらぬ方向を向くことだった。たぶん、そうするよう訓練されたのだ。顔を監視対象に覚えられないように、ということなのだろう。

通りも歩道も広かったが、人通りはそれほどなかった。ほとんどのロシア人が働いている時間で、買物や社交の会やゴルフにでかける暇な女性はここにはいないのだ――いるとしたら、おそらく党の最高幹部の奥さん連中くらいなものだろう。アメリカで言えば有閑マダム、いや、そんな種族はもういないか、とメアリ・パットは考えた。少なくとも彼女の記憶では、母親はずっと働いていた――実はいまでも働いている。しかし、ここの働く女性というのはシャベルを使って仕事をし、男たちはダンプカーを運転する。彼らは穴のあいた道路をたえず補修しているが、穴がすっかり埋まることは決してない。《その点はワシントンやニューヨークとまったく同じね》とメアリ・パットは思った。

しかし、ここにも街頭の物売りはいて、アイスクリームも売っていたので、幼いエディにひとつ買ってやった。エディの目はすべてを見ているはずだった。この街とこの任務が息子に与える影響を考えると良心が痛むが、エディはまだ四歳だし、これがよき学習体験になるという側面もあることはある。ともあれ、バイリンガルにはなるだろう。それに、アメリカのふつうの子供たちよりは祖国のよさを正しく理解できるようになる。それはよいことだ、とメアリ・パットは思った。さて、あの尾行者だが、どれほどの腕前か？　そろそろ確かめてみようかしら。彼女はハンドバッグに手を入れ、適当な長さに切られた紙テープをこっそりとりだした。色は赤、鮮やかな赤。角をまがる瞬間、彼女は見ていてもわからぬほどさりげなく、そのテープを街灯の柱に張り、そのまま歩きつづけた。そして、新しいブロックを五十ヤードほど進んだところで、道に迷ったかのように振り向いた……と、ちょうど柱の前を通りすぎる尾行者が見えた。では、いまの〝旗立て〟に気づかなかったのだ。連絡用の印をつけるところを見ていれば、彼は少なくともそのテープのほうに視線を投げたはずだ……それに、尾行者はたったひとり。彼女は道をでたらめに選んで歩いていたので、ほかに監視する者がいないことはわかっていた。複雑で大がかりな監視態勢が組まれているのなら、見えない監視者がいる可能性もあるが、そういうことはまずなさそうだった。メアリ・パットは現場での任務で正体を見破られたことはいちどもない。彼女はヴァージニア州タイドウォーターにあるCIA訓練所《ザ・ファーム》で学んだことを何ひとつ忘れていないのだ。そこでの成績はクラス一だったし、自分の優秀さをきちんと自覚している――さらにすごいことに、注意しなくてすむほど優秀になるのは不可能ということも頭に入っている。しかし、注意を怠らなければ、どんな馬でも乗りこなせる。彼女はヴァーニャお祖父さんからそうも教えられた。

　これから私とエディはこの街で冒険をたくさんすることになる、とメアリ・パットは思った。だが、KGBが尾行をつけるのに飽きるまで、それはおあずけ。活動を本格的に開始するのは、尾行者の姿が消えてから。既存の潜入スパイの運営に加えて、どんな人物を抱き込んでCIAの協力者に仕立てあげられるのかしら？　そう、私はいま、獣の腹のなかにいる。そして私の仕事は、その獣の胃に出血性潰瘍《かいよう》をつくること。

「よし、わかった、アレクセイ・ニコラエヴィッチ、きみは駐在官《レジデント》を知っている」アンドロポフは言った。「では、彼に何と言えばいい？」

ここで痛烈な言葉でののしる返信を送って、ローマ駐在官《レジデント》に身のほどをわきまえさせるという行動にでないところは、さすがに議長で、聡明《そうめい》さを示す証拠である。重要な地位にある部下をこっぴどく叱《しか》りつけるのは愚か者だけだ。

「彼は指示を求めています――どこまで視野に入れた作戦なのか、そういうことを知りたがっているのです。それを彼に教えるべきです。問題は、議長は具体的に何をしようとしておられるか、ということです。そこまですでに考えておいでなのでしょうか、同志議長？」

「なるほど、大佐、きみは何をすべきだと思うかね？」

「同志議長、アメリカ人が使う表現で、共感できたものがひとつあります。〝それは私の給与等級以上の問題だ〃というものです」

「自分は議長の真似《まね》はしない、と言いたいのか?——頭のなかだけでも、自分が議長だったら……とは考えないと?」ユーリー・ウラジミロヴィッチ・アンドロポフはすこし声を尖《とが》らせた。

「はい、正直なところ。私は自分に理解できること——作戦上の問題——しか考えません。それを越えて高度な政治的領域にまで立ち入る能力は私にはありません、同志」

《賢い答えかただ、嘘《うそ》ではあるがな》とアンドロポフは判断した。しかし、頭では考えていようと、たしかにロジェストヴェンスキーは高レベルなことを議論することはできない。KGBでは議長以外の誰も、そうしたことに関する考えを口にしてはいけないことになっているからである。党中央委員会の最高幹部たちに作戦についていろいろ訊かれる可能性はある。ただ、それは政治局の命令を受けておこなわれ、その種の命令はブレジネフが直接下さねばならない性質のものだ。それはまだありそうもない、とアンドロポフは思った。だから、そう、部下がみなするように、大佐も頭のなかで密《ひそ》かに考えをめぐらせてはいるだろうが、党の宣伝係ではなくKGB将校である彼は、そうした考えを外には決してだそうとはしないはずだ。

「よし、政治的側面はまったく考えなくてよい。現実とは無関係な純粋に理論上の問題と思ってくれ――どうすればあの聖職者を殺せる？」

ロジェストヴェンスキーは不安げな顔をした。

「おい」議長は部下に言った。「きみは複雑な作戦計画をいくつも立ててきた男じゃないか。ゆっくり考え、意見を聞かせてくれ」

ロジェストヴェンスキーは椅子《いす》に座ってから話しはじめた。「まず最初に、この種のことに精通した者に協力を求めます。ここモスクワ本部にもそういう将校は何人かいますが……現実とは無関係な理論上の問題として考えてみてくれということですので……」大佐の声が先細って消え入り、目が左上を向いた。ふたたび開かれた口から、言葉はゆっくりとでてきた。「第一に、ゴデレンコの駐在部には情報収集だけ――ターゲットに関する調査とか、そういうことだけ――させるべきです。ローマ駐在部の人間を作戦実行に使ってはいけません……いや、実行のいかなる場面にも、ソ連の人間はいっさい使わないほうがよいと、私は進言いたします」

「なぜ？」アンドロポフは訊いた。

「イタリアの警察はよく訓練されたプロ集団で、これほどの重大事件が起こった場合、人員を充分に投入し、もっとも優秀な者たちに捜査を担当させます。それに、この種の事件では、目撃者がかならずでます。どんな人間にも目が二つあり、記憶があるのです。なかには聡明な者もいます。そうしたことは予測不可能です。では、たとえば、遠くからの狙撃《そげき》がよいということになりますが、そのような方法は国家レベルの作戦であることを明かしてしまいます。それほどの射撃能力のある狙撃手は、よく訓練され、装備もしっかりしていなければなりません。つまり、兵士ということになります。兵士は軍隊の一員で、軍隊は国家の組織です――教皇を殺したがる国がそうあるでしょうか？」ロジェストヴェンスキー大佐は問うた。「完全な秘密作戦であれば、起点にまでさかのぼられることはありません」

アンドロポフは煙草《たばこ》に火をつけ、うなずいた。人選に間違いはなかった。この大佐は馬鹿《ばか》ではない。「だから？」

「実行者はソ連と何のつながりもない男であるのが理想です。逮捕される可能性も考えておかねばなりませんので、その点はきちんとしておく必要があります。逮捕されれば尋問されます。尋問されれば、ほとんどの者が心理的または肉体的理由によりしゃべってしまいます」ロジェストヴェンスキーはポケットに手を入れ、自分の煙草をとりだした。「アメリカのマフィアの殺しについて読んだことがあります……」ふたたび声が先細って消え入り、目が遠くの壁を見つめ、頭が過去の記憶を調べはじめた。

「それで?」議長はうながした。

「ニューヨークでの殺しです。マフィアのある幹部が仲間と対立しまして、組織は彼を消すことにしました。それもかなり屈辱的な殺しかたで。黒人にやらせたのです。マフィアにとっては、黒人に殺されるというのはずいぶんと不名誉なことなのです」ロジェストヴェンスキーは説明した。「問題は、その黒人の暗殺実行者が犯行直後にほかの男に殺されてしまったという点です。殺したのはマフィアの殺し屋と思われ、まんまと逃げてしまいました——逃走を手助けした者がいることは疑いなく、慎重に仕組まれた計画であったことは確実です。事件は迷宮入りとなりました。仕掛けは完《かん》璧《ぺき》でした。ターゲットも暗殺者も殺されてしまうんですからね。ほんとうの殺人者たち——この暗殺計画を仕組んだ者たち——はやるべきことを見事にやり果《おお》せ、組織内部で名をあげましたが、法の裁きを受けることはありませんでした」

「ふん、凶悪な犯罪者どもの話じゃないか」アンドロポフは侮《ぶ》蔑《べつ》をあらわにして鼻を鳴らした。

「はい、同志議長。そのとおりではありますが、巧みに遂行された作戦は、研究に値します。むろん、それをそのまま、いまわれわれが考えているような任務に用いるのは適当ではありません。あれは成功した巧妙なマフィアの殺しと見えなければいけないものだったのです。しかし銃撃犯は、マフィアのメンバーではないとはっきりしていたからこそ、ターゲットに近づけ、金を支払った暗殺指令者たちとのつながりを断ち切ることができたのです。それはまさに、われわれが成し遂げたいことです。もちろん、そのマフィアの作戦をそのまま真似ることはできません――たとえば、同じように暗殺者を殺してしまっては、その嫌疑はわれわれにまっすぐ向けられてしまいます。今回はレオン・トロツキーを排除したときのようにやってはいけません。トロツキーのときは、暗殺指令の出所をしっかり隠蔽《いんぺい》する措置はとられませんでした。あれは、いま引き合いにだしたマフィアの殺しの場合と同様、一種の声明と考えるべきものだったのです」ソ連の行動とニューヨークのギャングの殺しがそっくりだということは、鋭い観察眼を誇るロジェストヴェンスキーならずともわかる。しかし、トロツキー暗殺とマフィアの殺しには戦術と目的に関する面白い一致点があるということは、彼のように作戦立案を専門とする者しか気づかない。

「同志、この件を充分に検討するには、すこし時間が必要です」

「よし、二時間与える」アンドロポフ議長は寛大に応《こた》えた。

ロジェストヴェンスキーは立ちあがり、気を付けの姿勢をとってから、衣装箪笥《だんす》を抜けて秘書室にでた。

ロジェストヴェンスキーのオフィスはもちろん小さかったが、自分専用の部屋で、議長室と同じ階にあった。窓からはジェルジンスキー広場が見わたせ、そこを走る車や〝鉄人フェリクス〟の像も見ることができた。回転椅子は座り心地がよく、机には電話が三つ載っていた。ソ連はなぜかマルチライン電話をつくれずにいる。専用のタイプライターもあるが、めったに使わない。幹部共同秘書室から秘書をひとり呼んでタイプさせるほうが好きなのだ。アンドロポフが彼女たちのひとりを口述タイプとは別の目的で利用しているという噂《うわさ》があったが、ロジェストヴェンスキーは信じなかった。審美家の議長がそんなことをするはずがない。腐敗は彼の趣味ではないのである。だから魅力があるのだ。ブレジネフのような男に忠誠心を感じるのはむずかしい。ロジェストヴェンスキーは〈剣と盾〉というKGBの標語をそのまま信じこんでいた。祖国と国民を護《まも》るのが自分の仕事なのであり、国民は護られなければならないのだ——ときには祖国の政治局員たちからも。

《しかし、なぜこの聖職者からも護られる必要があるのか？》と彼は自問した。

ロジェストヴェンスキーは首を振り、与えられた課題に思考を集中させた。彼は目をあけて考える癖があった。そうやって自分の考えを見えないスクリーン上に映画のように映して吟味していくのだ。

最初に考えたのはターゲットの特質だった。教皇は写真で見るかぎり背の高い男のようで、ふつうは白い服を着ている。これ以上に撃ちやすいターゲットはまずないだろう。しかも屋根も窓もない車に乗ってゆっくり動きまわるのだから、さらに狙《ねら》いやすくなる。車がゆっくり動くのは、信徒たちが教皇の姿をよく見られるようにするためだ。

しかし、銃撃者は誰にすればいいのか？　KGB要員ではいけない。ソ連の国民もだめだ。では、亡命ロシア人は？　西側のどの国にもKGBがわざと亡命させた者たちがいて、彼らの多くが休眠工作員、いわゆるスリーパーになっていて、それぞれの国で生活を営みながら活動を命じる指令がとどくのを待っている……。しかし、彼らの多くが土地の人々に同化してしまい、指令を無視したり、居住する国の防諜《ぼうちょう》機関に通報したりするという問題がある。ロジェストヴェンスキーはそういう長期にわたる任務が嫌いだった。スリーパーたちはあまりにも簡単に、自分が誰だか忘れ、仮の姿であるべき偽装そのままの存在になってしまうからである。

そう、銃撃者はつながりがまったくない部外者《アウトサイダー》でなければならない。ソ連国民でも元ソ連国民でもいけないし、KGBに訓練された外国人でもいけない。理想的なのは信仰を棄《す》てた聖職者か修道女だが、そうした者たちが手中に舞い込むなどということは、西側のスパイ小説やテレビ映画のなかでしか起こらない。現実の諜報活動がそれほど都合よく運ぶことはおよそない。

　では、どのような銃撃者が必要なのか？　非キリスト教徒？　ユダヤ人？　イスラム教徒？　無神論者ではソ連と簡単に結びついてしまうので、そういう者たちのひとりというのもまずい。ユダヤ人にやらせられたら――非常に面白いことになる！〝神の選民〟のひとりに！　いちばんいいのはイスラエル人だ。イスラエルには宗教的狂信者がかなりいる。可能ではある……が、むずかしい。イスラエルにもＫＧＢの資産《アセット》はあるが――ソ連からの移民の多くはＫＧＢのスリーパー――あの国の防諜機関は名を馳《は》せるほど有能だ。このような作戦の秘密があばかれる可能性はあまりにも高い。これは絶対にばれてはいけない作戦なのだ。だからユダヤ人の線も消える。

　北アイルランドの狂人というのはどうだろう？　あそこのプロテスタントは間違いなくカトリック教会を憎悪《ぞうお》していて、彼らの指導者のひとり――名前は思い出せないが、大酒飲みで、ビール醸造所の宣伝のような男――がかつて、教皇の死を願っていると言ったことがある。その男は牧師でさえあったはずだ。しかし、残念なことに、そうした人々はカトリック教会よりソ連をもっと憎んでいる。彼らの敵であるカトリック系のＩＲＡがマルクス主義だと主張しているせいだ。もっとも、それはロジェストヴェンスキー大佐には受け入れがたいことだった。ＩＲＡがほんとうにマルクス主義なら、党の規律を利用して彼らのひとりに作戦を引き受けさせることも可能なのだが……それはできない。大佐はアイルランドのテロリストたちについて詳しいわけではなかったが、彼らのひとりに民族的な信仰よりも共産党の規律を優先させるのはとてもむりだということはわかっていた。この方法は理論上は魅力的ではあるが、実際に手筈《てはず》をととのえるのは至難の業だ。

となると、イスラム教徒しか残らない。彼らの多くは狂信者で、教皇がカール・マルクスと関係がないのと同じくらい自分たちの宗教の核となる信仰と関係ない。イスラム世界は大きすぎ、大きいがゆえの病に苦しんでいる。しかし、イスラム教徒にするなら、どこで捕まえればいいのか？　ＫＧＢはイスラム教徒が住む多くの国で活動しているし、他の共産主義国家の情報機関も同じことをしている。《うーん、これはいい考えだぞ》とロジェストヴェンスキーは思った。ソ連の同盟国のほとんどは情報機関をもち、それらの大部分はＫＧＢの言いなりになる。

なかでも最も優秀なのは、長官のマルクス・ヴォルフによって見事に運営されているドイツ民主共和国（東ドイツ）の国家公安局《シュターズィ》だ。ポーランドの機関も優秀だが、この作戦に彼らを使うわけにはいかない。ポーランドにはカトリックの信仰が浸透しているからだ——ということは、間接的にではあるが、西側の考えかたも浸透しているということである。ハンガリー？——いや、この国もカトリックが強すぎ、イスラム教徒はテロリスト集団用の思想訓練キャンプにいる外国人だけで、彼らを利用するのも避けたほうがよい。チェコスロヴァキアについても同様だ。ルーマニアは真の同盟国とは言えない。支配者チャウシェスクは筋金入りの共産主義者ではあるが、ルーマニア特有のジプシー・ギャングのような振る舞いが多すぎる。となると、残るは……ブルガリア。そう、もちろん。隣国はトルコで、そのトルコはイスラム教国だが、世俗的な文化もあり、犯罪集団の活動も活発だ。それにブルガリア人は国境越しの接触をよくしていて、密輸も頻繁におこない、それをNATO関係の情報収集に利用することもある。ちょうどゴデレンコがローマでやっているようなことをしているわけだ。

だから、ソフィアの駐在官を通して、ブルガリア人に〝汚い仕事〟をやらせればいい。彼らはKGBに積年の恩があるのだ。ブルガリアはKGBのおかげで、強情な自国民をロンドンのウェストミンスター橋の上で片づけることができたのである。あれは非常に巧妙な暗殺作戦で、秘密の一部があばかれてしまったのは最悪の不運による。《いや、そこには教訓もひとつあるぞ》とロジェストヴェンスキー大佐は自分に思い出させた。やるなら、ちょうど例のマフィアのような殺しかたをして、KGBに嫌疑がかからないようにするのだ。つまり、KGBがそんな下手な真似《まね》をするはずがないと思うような殺しかたをするのである。そう、だから、ギャング風の処刑に見えるようにしなければならない。それでも危険はある。西側の各国政府は当然疑いをもつだろう——が、ジェルジンスキー広場との直接的なつながりはもちろん、間接的なつながりさえ一切ないのだから、公《おおやけ》に疑念を表明することはできない……

《それでいいのか？》と彼は自問した。

イタリア人もアメリカ人もイギリス人も、怪しむにちがいない。彼らは囁《ささや》き、たぶんそうした囁きは報道機関にまでとどき、人々の知るところとなるだろう。それはかまわないのか？

かまわないかどうかは、この作戦がアンドロポフと政治局にとってどれほど重要か、それにかかっている。危険はたしかにある。が、重大な政治的計算においては、危険と作戦の重要さを秤《はかり》にかけるのである。

よし、では、ローマ駐在部に予備調査を担当させる。そして、ソフィア駐在部にブルガリア人と接触させ、暗殺実行者を雇わせる——たぶん凶器は拳銃《けんじゅう》でなければならないだろう。ナイフで殺せるほど近づくプランを練るのはあまりにもむずかしいし、小銃は隠すのが大変すぎる。こうしたことには、なんといってもサブマシンガンが最適なのだが、それもだめだということだ。そして、銃撃者はソ連はもちろん他の社会主義国の国民であってもいけない。そう、NATO加盟国から調達したほうがいい。となると、手配は多少複雑になる。だが、それほどむずかしいことでもない。

ロジェストヴェンスキーは新しい煙草《たばこ》に火をつけ、自分の論理的思考のなかをあちこち歩きまわるようにして、間違いを、弱点を、さがした。いくつか見つかった。どんな計画にも弱点はある。最大の問題は、銃撃を実行させるのに適任のトルコ人を見つけることだ。これはブルガリア人に頼らざるをえない。彼らの秘密情報機関はどれほど優秀か？　ロジェストヴェンスキーは彼らと直接仕事をしたことはなかった。ブルガリアの情報機関については評判でしか知らない。そして、その評判は最高というわけではない。ブルガリア政府は、ソ連政府よりも粗野で暴力的で、あまり文化的《クリトウーラニー》ではなく、その情報機関も同様なものになってしまっているのだ。ただ、こうした見方は、異常と言ってもよいほどのロシア人の強烈なKGBびいきのせいもあるのではないか、とロジェストヴェンスキーは疑っている。しかし、ブルガリアは政治的にも文化的にもソ連の弟なのは確かであり、両国の関係を兄‐弟ととらえるこの考えかたはどう頑張っても無視できない。ともかく、トルコ国内にしっかりした手づるをつくれるほどの実力が彼らにありさえすればよい。つまるところ、優秀な工作員、できればモスクワで訓練された者が、ひとりいさえすればよい、ということだ。そういう者たちはたくさんいるはずだ。ＫＧＢの学校には必要な記録が残っているにちがいない。ソフィア駐在官が適任者を個人的に知っている可能性もある。

よし、これで作戦案ができるぞ、とロジェストヴェンスキー大佐は思い、ちょっと誇らしくなった。いまは本部で働く〝ぐうたら者〟に成り下がっているが、まだまだ現場の作戦を立案できる力はある。彼は煙草の火をもみ消しながら、にやっと笑った。そして、白い電話の受話器をとり、議長室に電話するため、１１１をダイヤルした。

（2巻へ続く）

T・クランシー
田村源二訳
大戦勃発（1〜4）
財政破綻の危機に瀕し、孤立した中国は、シベリアの油田と金鉱を巡り、ロシアと敵対する。J・ライアン戦争三部作完結編。

T・クランシー
S・ピチェニック
伏見威蕃訳
自爆政権
過激派による民族間の衝突が激化するスペイン。史上最悪の内戦を阻止すべく完全武装した米国の戦術打撃部隊は王宮内へ突入する！

T・クランシー
S・ピチェニック
伏見威蕃訳
国連制圧
テロリストが国連ビルを占拠。緊急会議が招集されるが、容赦なく人質一人が射殺された。フッド長官は奇襲作戦の強行を決意する。

J・アーチャー
永井淳訳
運命の息子（上・下）
非情な運命の手で、誕生直後に引き裂かれた双子の兄弟の波瀾万丈。知らぬ間に影響し合う二人の人生に、再会の時は来るのか……。

L・ネイハム
中野圭二訳
シャドー81
ジャンボ旅客機がハイジャックされた。犯人は巨額の金塊を要求し政府・軍隊・FBI・銀行はパニックに陥る……。新しい冒険小説。

R・ハリス
後藤安彦訳
暗号機エニグマへの挑戦
一九四三年三月、ブレッチレー・パークの暗号解読センターは戦慄した……天才暗号解析者が謎の暗号に挑む。本格長編サスペンス。

トマス・ハリス
宇野利泰訳
ブラックサンデー
スーパー・ボウルが行なわれる競技場を大統領と八万人の観客もろとも爆破する――パレスチナゲリラ「黒い九月」の無差別テロ計画。

T・ハリス
菊池光訳
羊たちの沈黙
若い女性を殺して皮膚を剝ぐ連続殺人犯〈バッファロゥ・ビル〉。FBI訓練生スターリングは元精神病医の示唆をもとに犯人を追う。

T・ハリス
高見浩訳
ハンニバル（上・下）
怪物は「沈黙」を破る……。血みどろの逃亡劇から7年。FBI特別捜査官となったクラリスとレクター博士の運命が凄絶に交錯する！

T・ハリス原作
T・タリー脚色
高見浩訳
レッド・ドラゴン
―シナリオ・ブック―
すべてはこの死闘から始まった――。史上最大の悪漢の誕生から、異常殺人犯と捜査官との対決までを描く映画シナリオを完全収録！

C・カッスラー他
土屋晃訳
白き女神を救え
世界の水系を制圧せんとする恐るべき組織。その魔手から女神を守るべく、オースチンとザバーラが暴れまくる新シリーズ第2弾！

R・ハーマン
大久保寛訳
ワルシャワ大空戦（上・下）
ポーランド空軍戦闘機が国籍不明機に撃墜された。背後に見え隠れするロシアの陰謀。合衆国史上初の女性大統領は大胆な決断をした。

S・ハンター
染田屋茂訳
真夜中のデッド・リミット（上・下）
難攻不落の核ミサイル基地が謎の部隊に占拠された！　ミサイル発射までに残されたのは十数時間。果たして、基地は奪回できるか？

S・ハンター
染田屋茂訳
クルドの暗殺者（上・下）
かつてアメリカに裏切られたクルド人戦士が、復讐を果たすべく米国内に潜入した。標的は元国務長官。ＣＩＡ必死の阻止作戦が始まる。

S・ハンター
佐藤和彦訳
極大射程（上・下）
大統領狙撃犯の汚名を着せられた伝説のスナイパー・ボブ。名誉と愛する人を守るため、ライフルを手に空前の銃撃戦へと向かった。

S・ハンター
玉木亨訳
魔弾
音もなく倒れていく囚人たち。闇を切り裂く銃弾の正体とその目的は？『極大射程』の原点となった冒険小説の名編、ついに登場！

D・L・ロビンズ
村上和久訳
戦火の果て（上・下）
第二次大戦末期の一九四五年。ベルリン陥落に至る三ヵ月間に、戦史の陰に繰り広げられた幾多の悲劇を綴った、戦争ドラマの名編。

R・ワイマント
西木正明訳
ゾルゲ
引裂かれたスパイ（上・下）
男はいかに日本の国家中枢に食い込んだのか。これが東京諜報網の全貌だ！　20世紀最大の国際スパイ、ゾルゲの素顔に迫る決定版。

R・ラドラム
山本光伸訳
暗殺者（上・下）
僕はいったい誰なんだ？　記憶を失った男は執拗に自分の過去を探るが、残された僅かな手掛りは、彼を恐ろしい事実へと導いてゆく。

R・ラドラム
山本光伸訳
単独密偵（上・下）
凄腕スパイを包囲する、米・欧・中・露の超高精度監視ネットワーク——巨匠ラドラムが現代の情報化社会の暗部を活写する会心作。

R・ラドラム
山本光伸訳
シグマ最終指令（上・下）
大量虐殺の生還者か、元ナチス将校か……父の幻影を探るべく、秘密結社〝シグマ〟に挑む国際ビジネスマンと美貌のエージェント。

フリーマントル
新庄哲夫訳
ユーロマフィア（上・下）
理想のヨーロッパを目指す欧州連合。そこにはびこる巨大悪〝ユーロマフィア〟の恐るべき全貌が明らかに。衝撃のルポルタージュ！

フリーマントル
戸田裕之訳
待たれていた男（上・下）
異常気象で溶けた凍土から発見された、大戦当時のものと見られる三名の銃殺体は何を物語る？　チャーリー・マフィン、炎の復活！

フリーマントル
松本剛史訳
シャングリラ病原体（上・下）
黒死病よりも黒い謎の疫病が世界規模で蔓延！　感染源不明、致死まで5日、感染者250万人。原因は未知の細菌か生物兵器か？

新潮文庫最新刊

いとうせいこう著
ボタニカル・ライフ
—植物生活—
講談社エッセイ賞受賞
都会暮らしを選び、ベランダで花を育てる「ベランダー」。熱心かついい加減な、「ガーデナー」とはひと味違う「植物生活」全記録。

岡本太郎著
美の呪力
私は幼い時から、「赤」が好きだった。血を思わせる激しい赤が——。恐るべきパワーに溢れた美の聖典が、いま甦った！

T・クランシー
田村源二訳
教皇暗殺（1・2）
時代は米ソ冷戦の真っ只中、諜報活動が最も盛んな頃。教皇の手になる一通の手紙をめぐって、32歳の若きライアンが頭脳を絞る。

D・L・リンジー
山本光伸訳
刻まれる女
完璧な美貌とグロテスクな異形を併せ持つモデル。虜になった彫刻家を待ち受ける罠とは？　驚愕の展開が閃くリンジーの会心作。

M・サリヴァン
上野元美訳
地底迷宮（上・下）
岩、水、そして闇。巨大洞窟に隠された月の石をめぐって、決死の多重追跡戦が繰り広げられる。ノンストップ閉所恐怖サスペンス！

R・N・パタースン
東江一紀訳
子供の眼（上・下）
真相は、六歳の子供だけが知る。息詰まる裁判は終わった、しかしその後に……。すべての法廷スリラーを超えた圧倒的サスペンス。

Title : RED RABBIT (vol.1)
Author : Tom Clancy

教《きょう》皇《こう》暗《あん》殺《さつ》 1

新潮文庫　ク - 28 - 27

Published 2004 in Japan
by Shinchosha Company

平成十六年三月一日発行

訳者　田《た》村《むら》源《げん》二《じ》

発行者　佐藤隆信

発行所　株式会社 新潮社

郵便番号　一六二―八七一一
東京都新宿区矢来町七一
電話 編集部(〇三)三二六六―五四四〇
読者係(〇三)三二六六―五一一一
http://www.shinchosha.co.jp

価格はカバーに表示してあります。

乱丁・落丁本は、ご面倒ですが小社読者係宛ご送付ください。送料小社負担にてお取替えいたします。

印刷・錦明印刷株式会社　製本・錦明印刷株式会社

ISBN4-10-247227-4 C0197